·现当代经典散文品读·

徐宏杰◎主编

心灵的顾盼

XINLING DE GUPAN

安徽师范大学出版社
ANHUI NORMAL UNIVERSITY PRESS

丛书策划:汪鹏生
责任编辑:胡志恒
装帧设计:丁奕奕

图书在版编目(CIP)数据

心灵的顾盼 / 徐宏杰主编. —— 芜湖:安徽师范大学出版社,2018.7(2020.6重印)
(现当代经典散文品读)
ISBN 978 - 7 - 5676 - 2836 - 6

Ⅰ.①心… Ⅱ.①徐… Ⅲ.①散文集-中国-当代 Ⅳ.①I267

中国版本图书馆CIP数据核字(2017)第102723号

心灵的顾盼

XINLING DE GUPAN　　　　徐宏杰　主编

出版发行:安徽师范大学出版社
　　　　芜湖市九华南路189号安徽师范大学花津校区　　　邮政编码:241002
网　　　址:http://www.ahnupress.com/
发 行 部:0553-3883578　5910327　5910310(传真)
印　　刷:香河利华文化发展有限公司
版　　次:2018年7月第1版
印　　次:2020年6月第2次印刷
规　　格:700 mm×1000 mm　1/16
印　　张:17.5
字　　数:226千字
书　　号:ISBN 978 - 7 - 5676 - 2836 - 6
定　　价:55.00元

写在《现当代经典散文品读》出版之际

《现当代经典散文品读》丛书，按照内容分为10册，选入的近三百篇散文，是现当代中外优秀散文名篇，几乎可视为百年散文史的缩影。编选者视野开阔，粹取拣择中，可见出其独特的眼光。选入的文章，篇篇可读，文字优美，有发人深省的内涵。既有文学大家的名篇佳什，又有一些年轻作家的感人至深的新作，甚至包括当代一些网络作者的好文章。作者中有学养丰厚的著名人文学者，也有研究自然科学的科学家、发明家。编选者立意在知识的丰富、美好人生的发掘、伟大智慧的分享。在知识性、思想性和欣赏性等多方面，丛书都有较高的价值。读起来使人时而低徊欲泣，时而激扬踯励，时而心入浩茫辽阔中，时而意落清澈碧溪前。这套书可以作为在校学生课外阅读的材料，也可以作为一般读者经典阅读的进阶。

每篇散文后所附"品读"文字，也是值得"品味"的，对帮助欣赏、理解所选文章极有帮助。篇幅一般都不短，内容丰富，不是泛泛的作者介绍，也不是说一些写作背景和特点的话，而是意在"品读"所选文章背后的价值世界。不少品读文字，更像是一篇研究作品。如《诗意的栖居》一册中所选建筑学家梁思成的《千篇一律与千变万化——音乐、绘画、建筑之间的通感》，是建筑学中的名作。它涉及艺术哲学中的一个重要原理。艺术要追求变化，这个道理很多人讲过，但这篇文字则谈重复在艺术创造中不可忽缺的价值。人们常常将重复当作一种缺点,但梁先生认为,没有重复就没有艺术。重复是音乐的灵魂。《诗经》在一定程度上也是重复的艺术,那回环往复的沓唱是《诗经》的命脉。重复也是建筑的基本语言,颐和园七百多米的长廊,人民大会堂的廊柱,因重复而体现出特别的魅力。编选者在细腻的分析中,发掘此文深长的意味,给读者以重要启发。由趣味学习,到专业学习,这套书有不可忽视的价值。

　　散文的重要特点之一,是用优美的语言,自由而较少拘束的形式,表达当下直接的生命感受,散文也可以说是当下生命体验的记录。因此,好的散文家,一定是对人生、自然、生命、宇宙、理想等有感觉的人,一定是对世界有"温情"的人。那种整天沉浸在琐屑利益竞逐中、对生活持漠然态度的人,不会有通灵清澈的觉悟,不会有朗然明快的理想,也写不出有感染力的文字。好的散文不是"写"出的,而是从清澈、真实的心灵中"泻"出的。我通读这套书所选的文章,仔细品味编选者的点评,丛书中无处不在的清新气息,给我极深的印象。就像本丛书所选美学家宗白华先生的《美从何处寻?》中所说的,世界充满了美,我们要有一双发现美的眼睛。美不光在外在的形式,更在那生命的潜流中。正因此,散文,不是美的文字,而在传递一种美丽的精神。人,不在于有光鲜的外表,而在于有一种光明的情怀。外在的"容"可以"整",内在精神世界是无法通过技术性的劳作"整"好的。这套书在知识获取的同时,对提升人的精神境界、护持人的生命真性、分享生命的美好等方面,都具有独特的价值。

　　这套宏大的散文名篇选读丛书,是由徐宏杰先生花近十年时间独立完成的。他是当代闻名的语文特级教师,是语文教学和研究方面的权威学者,他在教学之余,投入如此心力,来完成这样的作品,为他深爱的学生,更为全国广大读者。这样的精神尤令人感佩。这套书中凝结着他三十余年教学经验和研究所得。他曾经跟我说,他是以充满敬意的心来做这项工作的。从我阅读的感受,他的确是这样做的:从选文到解说,他以敬心体会所选文章背后的温情和智慧;又以敬心斟酌自己的品读文字,力求给读者,尤其是青少年读者留下真正有价值的信息。

朱良志

2018年4月10日于北京大学

仔细想想，生于这世间真是一件幸运的事。花开花落，云卷云舒，山川胜景，花鸟虫鱼，乃至美食风俗，人情冷暖，皆是千种形貌，万般滋味，有意思得很。万卷书，万里路，情景交融，雅俗相宜，合起来便是不虚此行的人生。用眼睛欣赏，用耳朵聆听，用双手把玩，都会归于用心灵感受。急功近利的现代社会常常会让心灵蒙尘，这尘土唯有一杯清茶，一本好书，一方美景方可洗涤干净。携一赤子之心行走人世间，让心灵的顾盼为人生注入感悟、趣味和新鲜。

目
录

西

湖的雪景

——献给许多不能与我共欣赏的朋友

◇钟敬文

从来谈论西湖之胜景的,大抵注目于春夏两季;而各地游客,也多于此时翩然来临——秋季游人已暂少,入冬后,则更形疏落了。这当中自然有其所以然的道理。春夏之间,气温和暖,湖上风物,应时佳胜,或"杂花生树,群莺乱飞",或"浴晴鸥鹭争飞,拂袂荷风荐爽",都是要教人眷眷不易忘情的。于此时节,往来湖上,陶醉于柔婉芳馨的情趣中,谁说不应该呢?但是春花固可爱,秋月不是也要使人喜欢么?四时的烟景不同,而真赏者各能得其佳趣;不过,这未易泛求于一般人罢了。高深父先生曾告诉我们:"若能高朗其怀,旷达其意,……揽景会心,便得真趣。"这是前人深于体验的话。

本文选自钟敬文著《西湖的雪景》(山东画报出版社 2004 年版)。钟敬文(1903—2002),原名谭宗,又名静闻、金粟。广东海丰人。民间文艺学家、民俗学家、教育家、诗人、散文作家。毕生致力于教育事业和民间文学、民俗学的研究和创作工作。编辑《民间文艺》《民俗》及民俗丛书。主要作品有:散文集《荔枝小品》《西湖漫拾》《湖上散记》等。

自宋朝以来,平章西湖风景的,有所谓"西湖十景""钱塘十景"之说,虽里面也曾列入"断桥残雪""孤山霁雪"两个名目,但实际上,真的会去赏玩这种清寒的景致的,怕没有很多人吧。《四时幽赏录》的著者,在"冬时幽赏"门中,言及雪景的,几占十分的七八;其名目有"雪霁策蹇寻梅""三茅山顶望江天雪霁""西溪道中玩雪""扫雪烹茶玩画""山窗听雪敲竹""雪后镇海楼观晚炊"等。其中大半所述景色,读了不禁移人神思,固不徒文字粹美而已。

西湖的雪景,我共玩了两次。第一次是在此间初下雪的第三天。我于午前十点钟时才出去。一个人从校门乘黄包车到湖滨下车,徒步走出钱塘门,经白堤,旋转入孤山路。沿孤山西行,到西泠桥,折由大道回来。此次雪本不大,加以出去时间太迟,山野上盖着的,大都已消去,所以没有什么动人之处。现在我要细述的,是第二次的重游。

那天是一月廿四日。因为在床上感到意外冰冷之故,清晨初醒来时,我便推知昨宵是下了雪。果然,当我打开房门一看时,对面房屋的瓦上全变成白色了,天井中一株木樨花的枝叶上,也黏缀着一小堆一小堆的白粉。详细地看去,觉得比日前两三回所下的都来得大些,因为以前的虽然也铺盖了屋顶,但有些瓦沟上却仍然是黑色。这天却一色地白着,绝少铺不匀的地方了。并且都厚厚的,约莫有一两寸高的程度。日前的雪,虽然铺满了屋顶,但于木樨花树,却好像全无关系似的,这回它可不免受影响了,这也是雪落得比较大些的明证。

老李照例是起得很迟的。有时我上了两节课下来,才看见他在房里穿衣服,预备上办公厅去。这天,我起来跑到他的房里,把他叫醒之后,他犹带着几分睡意的问我道:"老钟,今天外面有没有下雪?"我回答他说:"不但有呢,并且很大。"他起初怀疑着,直待我把窗内的白布幔拉开,让他望见了屋顶才肯相信。"老钟,我们今天到灵隐去耍子吧?"他很高兴的说。我"哼"的应了一声,便回到自己的房里来了。

我们在校门上车时,大约已九点钟左右了,时小雨霏霏,冷风拂人如泼水。从车帘两旁缺处望出去,路旁高起之地,和所有一切高低不平的屋顶,都撒着白面粉似的,又如铺陈着新打好的棉被一般。街上的已经大半变成雪泥,车子在上面碾过,不绝地发出唧唧的声音,与车轮转动时磨擦着中间横木的音响相杂。

我们到了湖滨,便换登汽车。往时这条路线的搭客是相当热闹的,现在却很零落了。同车的不到十个人,为遨游而来的客人还怕没有一半。当车驶过白堤时,我们向车外眺望内外湖风景,但见一片迷蒙的水气弥漫着,对面的山峰,只有一个几于辨不清楚的薄影。葛岭、宝石山这边,因为距离比较密迩的缘故,山上的积雪和树木,大略可以看得出来;但地位较高的保俶塔,便陷于朦胧中了,到西泠桥前近时,再回望湖中,见湖心亭四围枯秃的树干,好似怯寒般的在那里呆立着,我不禁联想起《陶庵梦忆》中一段情词俱幽逸的文字来：

> 崇祯五年十二月，余住西湖。大雪三日，湖中人鸟声俱绝。是日更定矣，余拏一小舟，拥毳衣炉火，独往湖心亭看雪。雾凇沆砀，天与云与水上下一白，湖上影子，惟长堤一痕，湖心亭一点，与余舟一芥，舟中人两三粒而已。到亭上，有两人铺毡对坐，一童子烧酒，炉正沸，见余大喜，曰："湖中焉得更有此人！"拉余同饮，余强饮三大白而别。问其姓氏，是金陵人，客此。及下船，舟子喃喃曰："莫说相公痴，更有痴似相公者！"
>
> ——《湖心亭看雪》

心想这时不知湖心亭上，尚有此种痴人否？车过西泠桥以后，暂驶行于两边山岭林木连接着的野道中。所有的山上，都堆积着很厚的雪块，虽然不能如瓦屋上那样铺填得均匀普遍，那一片片清白的光彩，却尽够使我感到宇宙的清寒、壮旷与纯洁了。常绿树的枝叶上所堆着的雪，和枯树上的很有差别。前者因为有叶子衬托着之故，雪片特别堆积得大块点，远远望去，如开满了白的山茶花，或吾乡的水锦花。后者，则只有一小小块的雪片能够在上面粘着不堕落下去，与刚著花的梅李树绝地相似。实在，我初头几乎把那些近在路旁的几株错认了。野上半黄或全赤了的枯黄，多压在两三寸厚的雪褥下面；有些枝条软弱的树,也被压抑得欹欹倒倒的。路上行人很稀少。道旁此地人的屋里,时见有衣着破旧而笨重的老人、童子,在围着火炉取暖。看了那种古朴清贫的情况,仿佛令我暂时忘怀了我们所处时代的纷扰、繁遽了。

到了灵隐山门,我们便下车了。一走进去,空气怪清冷的,不但没有游客,往时那些卖念珠、古钱、天竺筷子的小贩子也不见了。石道上铺积着颇深的雪泥。飞来峰疏疏落落的著了许多雪块,清冷亭及其它建筑物的顶面,一例的密盖着纯白的毡毯。一个拍照的,当我们刚进门时,便紧紧的跟在后面,因为老李的高兴,我们便在清冷亭旁照了两个影。

好奇心打动着我,使我对眼前所看到的并不满足,而更向处境较幽深的韬光庵去。我悄悄地尽移着步向前走,老李也不声张的跟着我。从灵隐寺到韬光庵的这条山径,实际上虽不见怎样的长,但颇深曲而饶于风致。这里的雪,要比城中和湖上各处都大些,在径上的雪,大约有半尺来厚,两旁树上的积雪,也比来路上所见的浓重。曾来游玩过的人,该不会忘记的吧,这条路上两旁是怎样的繁植着高高的绿竹。这时,竹枝和竹叶上,大都著满了雪,向下低低地垂着。《四时幽赏录》山窗听雪敲竹条云:"飞雪有声,惟在竹间最雅。山窗寒夜,时听雪洒竹林,淅沥萧萧,连翩瑟瑟,声韵悠然,逸我清听。忽尔回风交急,折竹一声,使我寒毡增冷。"这种风味,可惜我们是没有福分消受的。

在冬天，本来是游客冷落的时候，何况这样雨雪清冷的日子呢？所以当我们跑到庵里时，别的游人一个都没有——这在我们上山时看山径上的足迹便可以晓得的，而僧人的眼色里，并且也有一种觉得怪异的表示。我们一直跑上最后的观海亭。那里石阶上下都厚厚地堆满了水沫似的雪，亭前的树上，雪着得很重，在雪的下层并结了冰块。旁边有几株山茶花，正在艳开着粉红色的花朵。那花朵有些堕下来的，半掩在雪花里，红白相映，色彩灿然，使我们感到华而不俗，清而不寒；因而联忆起那"天寒翠袖薄，日暮倚修竹"的佳人来。

登上这亭，在平日是可以近瞰西湖，远望浙江，甚而至于那渺溟的沧海的。可是此刻却不能了。离庵不远的山岭、僧房、竹树，尚勉强可见，稍远则封锁在茫漠的烟雾里了。

> 空斋蹋壁卧，忽梦溪山好。
>
> 朝骑秃尾驴，来寻雪中道。
>
> 石壁引孤松，长空没飞鸟。
>
> 不见远山横，寒烟起林杪。
>
> ——《雪中登黄山》

我倚着亭柱，默默地在咀嚼着渔洋这首五言诗的清妙；尤其是结尾两句，更道破了雪景的三昧。但说不定许多没有经验的人，要笑它是无味的词句呢。文艺的真赏鉴，确实是件不容易的事！自己解说了一番，心里也就释然了。

　　本来拟在僧房里吃素面的，不知为什么，竟跑到山门前的酒楼喝酒了。老李不能多喝，我一个人也就无多兴致干杯了。在那里，我把在山径上带下来的一团冷雪，放进在酒杯里混着喝。堂倌看了说："这是顶上等的冰其淋呢。"

　　半因为等不到汽车，半因为想多玩一点雪景，我们决意步行到岳坟才叫划子去游湖。一路上，虽然走的是来时汽车经过的故道，但在徒步观赏中，不免觉得更有意味了。我们的革履，踏着一两寸厚的雪泥前进，频频地发出一种清脆的声音。有时路旁树枝上的雪片，忽然丢了下来，著在我们的外套上，正前人所谓"玉堕冰柯，沾衣生湿"的情景。我迟回着我的步履，旷展着我的视域，油然有一脉浓重而灵秘的诗情，浮上我的心头来，使我幽然意远，漠然神凝。郑綮对人说他的诗思，在灞桥雪中、驴背上，真是懂得冷趣的说法。

　　当我们在岳王庙前登舟时，雪又纷纷地下起来了。湖里除了我们的一支小划子以外，再看不到别的舟楫。平湖漠漠，一切都沉默无哗。舟穿过西泠桥，缓泛里西湖中，孤山和对面诸山及山下的楼亭房屋，都白了头，在风雪中兀立着。山径上，望不见一个人影；湖面连水鸟都没有踪迹，只有乱飘的雪花堕下时，微起些涟漪而已。柳宗元诗云："千山鸟飞绝，万径人踪灭。孤舟蓑笠翁，独钓寒江雪。"我想这时如果有一个渔翁在垂钓，它很可以借来说明眼前的景物。

　　舟将驶近断桥的时候,雪花飞飘得更其凌乱,我们向北一面的外套,差不多大半白而且湿了。风也似乎吹得格外紧劲些,我的脸不能向它吹来的方面望去。因为革履渗进了雪水的缘故,双足尤冰冻得难忍。这时,本来不多开过口的舟子,忽然问我们道:"你们觉得此处比较寒冷么?"我们问他什么缘故,据说是宝石山一带的雪山风吹过来的原因。我于是默默的联想到知识的范围和它的获得等问题上去了。

　　我们到湖滨登岸时,已是下午三点多钟了。公园中各处都堆满了雪,有些已经变成了泥泞,除了极少数在等生意的舟子和别的苦力之外,平日朝夕在此间舒舒地来往着的少男少女、老爷太太,此时大都密藏在"销金帐中,低斟浅酌,饮羊羔美酒"——至少也靠在腾着红焰的火炉旁,陪伴家人或挚友,无忧虑地大谈其闲天,——以享受着他们"幸福"的时光,再不愿来这风狂雪乱的水涯,消受贫穷人所惯受的寒冷了!

1929年1月写成

简 评

　　这篇游记散文,写于1929年1月,是作者在浙江大学任教时重游西湖的观感。文章以游踪为线索,采取移步换景的手法,从白堤、西泠桥,到灵隐寺、韬光庵,最后泛舟过断桥,直至登岸,从不同的角度,以多变的笔法细致地勾勒出各个景点雪景的不同情态,将西湖的雪景写得玲珑剔透,丰富多彩。作者独具慧眼,以细腻的笔调挖掘出远处的、眼前的、树上的、湖面的、漫漂的、堆积的等形态各异的雪景,惟妙惟肖地刻画出了西湖雪的色彩之美、朦胧之美,使人仿佛身临其境,如同亲临现场"幽赏"一般。文中多处引用了古诗文佳句,古今相联,使文章平添许多诗情。钟敬文素以民俗学和民间文艺研究著称,但其散文也有不凡的魅力和独特的个性,清淡隽美,幽深精细,《西湖的雪景》即是其众多散文中一篇代表性的佳作。

　　《西湖的雪景》的副标题是将此文"献给许多不能与我共欣赏的朋友"。作者没有和之前的文人墨客们如出一辙地去写春夏之西湖,而着笔西湖雪景,大雪封盖下的景致能有看头?光这一点就显出与众不同。钟敬文先生的独特在于,散文尽写雪景之奇和雪景之美,但又以游客多在春夏两季来西湖赏景作为烘托,即使"断桥残雪"被列为西湖十景之一,也很少有人"真的会去赏玩这种清寒的景致的",这使作者成为透着文人风度的深明游趣的"真赏者"。作者通过记述自己游览西湖的过程,舒徐地展开一幅赏雪西湖图,从步行赏雪到御舟赏雪,尽显西湖雪景的奇情妙趣。历代文人大都以"奇趣"为高雅,冬游西湖的本身正是这样一种奇趣。作者通过记述自己游览西湖的过程,尽管表面上颇为纪实,却又不时显露出西湖雪景所蕴藏着的奇妙情趣,尤其结尾还体现了"潇洒型江湖之忧"传统文人的品格。

　　回顾近现代文学史,我们发现:近百年来的美文创作,都是有着中

西湖的雪景

华民族五千年文明的底蕴的。《西湖的雪景》不但大量引用古人的诗句、典故，在语言上也能够熔铸文言入白话，既增添了文章的韵味，又毫不影响白话的文脉。即以第一句为例：

从来谈论西湖之胜景的，大抵注目于春夏两季；而各地游客，也多于此时翩然来临。——秋季游人已渐少，入冬后，则更形疏落了。

"西湖之胜景""注目于""于此时""翩然来临""已渐少""更形疏落"，几乎句句都有文言的影子，又仍是通顺的白话，通观全篇，莫不如此。多读读这样的美文，是能够改善我们的欣赏品位，提升我们的母语水平的。

雪，在西湖胜景中，并不十分引人注目，游客们大抵注目于春夏两季。钟敬文先生笔下的《西湖的雪景》，仍然是很值得去欣赏的。作者曾两次来到西湖看雪景，第二次写得尤为详细。读此文让人感到饶有趣味的是到灵隐山的情景：从灵隐寺到韬光庵的这条山径，实际上虽不见怎么的长，但颇深曲而饶于风致。这里的雪，要比城中和湖上各处都大些，在路上的雪，大约有半尺来厚，两旁树上的积雪，也比来路上所见的浓重。雪下得很大，压得竹枝和竹叶都向下低低地垂着，加上作者摘录的明代高濂《四时幽赏录》"山窗听雪敲竹"条云："飞雪有声，惟在竹间最雅。山窗寒夜时，听雪洒竹林，淅沥萧萧，连翩瑟瑟，声韵悠然，逸我清听。"笔端流露着点点诗意。西湖的雪景实在令人向往！其实，西湖的大雪也将观海亭粉妆玉砌了一番，"石阶上下都厚厚地堆满了水沫似的雪，亭前的树上，雪著得很重，在雪的下层并结了冰块。旁边有几株山茶花，正在艳开着粉红色的花朵。那花朵有些堕下来的，半掩在雪花里，红白相映，色彩灿然，使我们感到华而不俗，清而不寒"。这雪虽称不上瑞雪，但它是一场好雪，也许它并不预示着明年是丰收年，但它仍带给了作者无尽的回味，同时也带给读者无穷的向往。

作者的散文总体上属于周作人那种学者式散文的类型，平和、幽雅,意蕴深涵,但又具有自己的独到之处。西湖景色一年四季可谓各有千秋,春季有着"杂花生树,群莺乱飞"万紫千红的美景,夏季则有着"浴晴鸥鹭争飞,拂袂和风荐爽"的画卷,让人不禁想到,此处"实是欲界之仙都"啊!然而,秋冬之际却冷清得多,至于西湖的雪景,也只有一些文人雅士、有高尚情趣的人才能够欣赏得了。明末清初时期,才子张岱曾有《湖心亭看雪》的雅趣,可在这茫茫雪海之中,却只有两人"痴似相公",不知张岱是否想到,百年之后,又有一人带着超尘脱俗、揽景会心的情怀来到这里,面对着清寒、幽静的冬雪,挥笔洒下自己的心境。钟敬文的《西湖的雪景》情感丰富而深刻,情致幽雅而独特,文笔轻松、随意,情致所发,笔墨所至,文章在一片看似悠闲的情思之中,暗含着对时代纷乱的深切忧思。文章以静写动,以静显动,动静相显,文思飞扬。文章还善于运用色彩的点缀和古旧诗文的穿插,情趣盎然,令人回味无穷。

谈

吃

◇夏丏尊

本文选自夏丏尊《平屋杂文》(开明出版社1992年版),本文最初发表于《中学生》1930年1月第一号上。夏丏(miǎn)尊(1886—1946),名铸,字勉旃,后改字丏尊,号闷庵。浙江绍兴上虞人。夏丏尊是中国新文学运动的先驱,还是我国语文教学的耕耘者。著有《平屋杂文》《文章作法》《现代世界文学大纲》《阅读

说起新年的行事,第一件在我脑中浮起的是吃。回忆幼时一到冬季,就日日盼望过年,等到过年将届,就乐不可支,因为过年的时候,有种种乐趣,第一是吃的东西多。

中国人是全世界善吃的民族。普通人家,客人一到,男主人即上街办吃场,女主人即入厨罗酒浆,客人则坐在客堂里口嗑瓜子,耳听碗盏刀俎的声响,等候吃饭。吃完了饭,大事已毕,客人拔起步来说"叨扰",主人说"没有什么好的待你",有的还要苦留:"吃了点心去","吃了夜饭去"。

遇到婚丧,庆吊只是虚文,果腹倒是实在。排场大的大吃七日五日,小的大吃三日一日。早饭,午

饭,点心,夜饭,夜点心,吃了一顿又一顿,吃得来不亦乐乎,真是酒可为池,肉可成林。

过年了,轮流吃年饭,送食物。新年了,彼此拜来拜去,讲吃局。端午要吃,中秋要吃,生日要吃,朋友相会要吃,相别要吃。只要取得出名词,就非吃不可,而且一吃就了事,此外不必别有什么。

小孩子于三顿饭以外,每日好几次地向母亲讨铜板,买食吃。普通学生最大的消费,不是学费,不是书籍费,乃是吃的用途。成人对于父母的孝敬,重要的就是奉甘旨。中馈自古占着女子教育上的主要部分。"食不厌精,脍不厌细","沽酒,市脯","割不正",圣人不吃。梨子蒸得味道不好,贤人就可以出妻。家里的老婆如果弄得出好菜,就可以骄人。古来许多名士至于费尽苦心,别出心裁,考察出好几部特别的食谱来。

不但活着要吃,死了仍要吃。他民族的鬼,只要香花就满足了,而中国的鬼,仍依旧非吃不可。死后的饭碗,也和活时的同样重要,或者还更重要。普通人为了死后的所谓"血食",不辞广蓄姬妾,预置良田。道学家为了死后的冷猪肉,不辞假仁假义,拘束一世。朱竹垞宁不吃冷猪肉,不肯从其诗集中删去《风怀二百韵》的艳诗,至今犹传为难得的美谈,足见冷猪肉牺牲不掉的人之多了。

不但人要吃,鬼要吃,神也要吃,甚至连没嘴巴的山川也要吃。有的但吃猪头,有的要吃全猪,有的是专吃羊的,有的是专吃牛的,各有各的胃口,各有

与写作》《夏丏尊选集》《夏丏尊文集》,译有《爱的教育》《文心》《近代日本小说集》。

各的嗜好，古典中大都详细有规定，一查就可知道，较之于他民族的对神只作礼拜，他民族的神，这是唯心，中国的神倒是极端唯物的。

梅村的诗道"十家三酒店"，街市里最多的是食物铺。俗语说"开门七件事"，家庭中最麻烦的不是教育或是什么，乃是料理食物。学校里最难处置的不是程度如何提高，教授如何改进，乃是饭厅风潮。

俗语说得好，只有"两脚的爷娘不吃，四脚的眠床不吃"。中国人吃的范围之广，真可使他国人为之吃惊。中国人于世界普通的食物之外，还吃着他国人所不吃的珍馐：吃西瓜的实，吃鲨鱼的鳍，吃燕子的窠，吃狗，吃乌龟，吃狸猫，吃癞虾蟆，吃癞鼋，吃小老鼠。有的或竟至吃到小孩的胞衣以及直接从人身上取得的东西。如果能够，怕连天上的月亮也要挖下来尝尝哩。

至于吃的方法，更是五花八门，有烤，有炖，有蒸，有卤，有炸，有烩，有熏，有炙，有熘，有炒，有拌，真真一言难尽。古来尽有许多做菜的名厨司，其名字都和名卿相一样煊赫地留在青史上。不，他们之中有的并升到高位，老老实实就是名卿相。如果中国有一件事可以向世界自豪的，那么这并不是历史之久，土地之大，人口之众，军队之多，战争之频繁，乃是善吃的一事。中国的肴菜已征服了全世界了。有人说，中国人有三把刀为世界所不及，第一把就是厨刀。

不见到喜庆人家挂着的福禄寿三星图吗？福禄

寿是中国民族生活上的理想。画上的排列是禄居中央，左是福，寿居右。禄也者，拆穿了说，就是吃的东西。老子也曾说过："虚其心实其腹"，"圣人为腹不为目"。吃最要紧，其他可以不问。"嫖赌吃着"之中，普通人皆认吃最实惠。所谓"着威风，吃受用，赌对冲，嫖全空"，什么都假，只有吃在肚里是真的。

吃的重要，更可于国人所用的言语上证之。在中国，吃字的意义特别复杂，什么都会带了"吃"字来说。被人欺负曰"吃亏"，打巴掌曰"吃耳光"，希求非分曰"想吃天鹅肉"，诉讼曰"吃官司"，中枪弹曰"吃卫生丸"，此外还有什么"吃生活""吃排头"等等。相见的寒暄，他民族说"早安""午安""晚安"，而中国人则说："吃了早饭没有？""吃了中饭没有？""吃了夜饭没有？"对于职业，普通也用吃字来表示，营什么职业就叫做吃什么饭。"吃赌饭"，"吃堂子饭"，"吃洋行饭"，"吃教书饭"，诸如此类，不必说了。甚至对于应以信仰为本的宗教者，应以保卫国家为职志的军士，也都加吃字于上。在中国，教徒不称信者，叫做"吃天主教的"，"吃耶稣教的"，从军的不称军人，称做"吃粮的"，最近还增加了什么"吃党饭""吃三民主义"的许多新名词。

衣食住行为生活四要素，人类原不能不吃。但吃字的意义如此复杂，吃的要求如此露骨，吃的方法如此麻烦，吃的范围如此广泛，好像除了吃以外就无别事也者，求之于全世界，这怕只有中国民族如此的了。

在中国,衣不妨污浊,居室不妨简陋,道路不妨泥泞,而独在吃上,却分毫不能马虎。衣食住行的四事之中,食的程度,远高于其余一切,很不调和。中国民族的文化,可以说是口的文化。

佛家说六道轮回,把众生分为天、人、修罗、畜生、地狱、饿鬼六道。如果我们相信这话,那么中国民族是否都从饿鬼道投胎而来,真是一个疑问。

简评

1905年(光绪三十一年)夏丏尊先生借款东渡日本留学,先在东京弘文学院补习日语,毕业前考进东京高等工业学校,但因申请不到官费,于光绪三十三年(1907)辍学回国。光绪三十四年(1908)夏丏尊任杭州浙江省两级师范学堂通译助教,后任国文教员。民国八年(1919)与陈望道、刘大白、李次九等三人积极支持五四新文化运动,推行革新语文教育,被称为第一师范的"四大金刚",受到反动当局和守旧派的攻击,相继离校。20世纪20年代,夏丏尊、叶圣陶、俞平伯、朱自清、郑振铎等一批青年作家曾共同执教于浙江上虞白马湖畔的春晖中学,在教学之余,以闲暇生活入文,因文化气质相近而被后人称为"白马湖作家群"。

夏丏尊先生的散文"既没有什么惊人的思想,也没有什么华美的文采,但是读者如果能够将他的作品细心地读下去,就会在平淡和朴素文字底下,发现作者的构思是多么的巧妙,在曲折的层次和起伏的波澜中,蕴含着浓郁的情致和深远的遐想,因而比起那些堆砌辞藻和雕琢文字的篇章来,作家的这种功夫就要高明得多了,它更经得起人们细致地咀嚼和回味。"(林非《三十年代散文作家的小品创作》,见《中国现代散文史稿》)《谈吃》最初是发表在《中学生》杂志1930年1月第一号上,应该说是作者比较有特色的一篇杂文。虽说是杂文，但文章的主题鲜明，文思集中，行文酣畅，不以直抒胸臆见长，只是尽情描写展现，挥洒自如，不厌其详，作者的立场和观点自然而然地蕴涵于字里行间。本文的写法引人深思，实际上，表面上说的是国人好吃的现象引人深思，但是，在更深的层次上说的是，中华传统文化精华与糟粕并存之事实引人深思。俗话说"民以食为天"，事实的确如此。夏丏尊在这篇《谈吃》中用犀利的语言，给我们阐明了一个观点：民族文化实际上是"吃的文化"。纵观全文，作者笔下的吃有一个显著的特点，就是它的涉及面很广，具体说来由我国的传统节日到"不但人要吃，鬼要吃，神也要吃，甚至连没嘴巴的山川也要吃。""吃"是无处不在的。五花八门的"吃"的内容，形散而神不散，说到吃，真是无处不在，无时不有，其中还包括什么鬼神要吃……中国人吃的范围极广，吃的方法五花八门，还有谈及了吃的重要性。不单单这样，文章的针对性也很强，事例的描写繁多、完整。例如："'开门七件事'，家庭中最麻烦的不是教育或是什么，乃是料理食物"，这足见中国人对"吃"的重视，当然，这是贬义的。由此看来，文章的说服力的确很强，面面俱到。从结构看来，严密而且谨慎，从"吃"谈到"文化"，由浅入深。

　　"中国人是全世界善吃的民族。""食不厌精，脍不厌细。""舌尖上的中国。"吃的习俗与文化源远流长。"中国民族的文化，可以说是口的文化"，这是本文所揭示出的中国民族的特征和民族文化的特征。但是，虽是谈吃，却谈出了思想，又以杂文笔法出之，幽默的语言中闪露着讽刺的锋芒，表现着作者对"吃"的情感态度和价值评判。如作者健在，现在要写"谈吃"文章，恐怕触角要延伸得更广、更远。

　　本文是一篇知识性、思想性和趣味性都很强的杂文。作者的观点隐含于尽情的描述之中。他将中国的民族文化说成是吃的文化，实在是一种深刻的讽刺，至今仍有它的现实意义。反复阅读本文，细心体会它的语言特色,应该说有一定的启迪。"民以食为天",以今天人的观点视之,在我们这一代人看来,"吃"不仅在人们生活中有着极为重要的地位,更包含着文化。随着社会的进步,我们对物质文明生活的要求也在不断地提高,自然而然对"吃"也变得讲究了,我们向着更高等的一面进发,使得我们也更加能够享受美好的生活,享受着这个丰盛物质世界。所以,"吃"并不是一件什么不登大雅之堂的事。如何评价作者文中这样评价我们"吃的文化"呢?显然,这里面有一段很深的历史渊源。但我们必须注意一点,那就是我们对于饮食上面不能过于奢侈,要适可而止;否则,过分的讲究会产生很多负面的效应,其危害前面已经提到,尽管想要追求更高层次的物质文明境界本身并无过错。

文章的开头作者就说了这样一段话:"说起新年的行事,第一件在我脑中浮起的是吃。回忆幼时一到冬季,就日日盼望过年,等到过年将届,就乐不可支,因为过年的时候,有种种乐趣,第一是吃的东西多。"当然,作者不仅仅局限于谈吃的乐趣。据说,有一次夏丏尊拜访老友弘一法师,看到他吃饭时,只有一道咸菜。夏丏尊不忍地问:"难道这咸菜不会太咸吗?"弘一法师回答道:"咸有咸的味道。"吃完饭后,弘一法师倒了一杯白开水喝。夏丏尊又问:"没有茶叶吗?怎么喝这平淡的开水?"弘一法师笑着说:"开水虽淡,淡也有淡的味道。"启功先生在一篇文章中回忆道:"他(弘一法师)每天只吃一顿饭,白水煮萝卜,连一点油也不放。旁人都认为他太苦了,我揣度他的想法,大概他认为既是佛门中人,又解救不了大众之苦,于是只有自己多吃些苦来作为补偿。真是可敬。"人生咸淡皆有味,一句朴实无华的语言中包含着丰富的生活感悟。"咸""淡"这两种不同的滋味,分别代表了两种不同的生活,甚至是两种不同的人生。例如:富裕与贫穷,腾达与困窘,出仕与隐居,崇高与平凡,叱咤风云与默默无闻,成就非凡与普普通通……而"皆有味"则是指不管是何种生活、何种人生,都值得我们去细细品味,都值得我们去珍惜热爱。我们从两位老朋友、两位文化大师的交谈中自然能得到这样的启示：面对任何一种生活处境，我们都应该乐观对待。贫穷时不落魄，富贵时不自傲；失意时不气馁，腾达时不骄横；山珍海味吃得，粗茶淡饭也吃得；宝马坐得，自行车也骑得；成功时开心，挫折时不灰心……只有这样，我们才能真正品味到丰富多彩的人生滋味。这大概是作者当年"谈吃"的时候没有想到的。梁晓声在他的《慈母情深》一文中说过："什么叫文化——吃东西也是文化。"一般说来，人们谈吃，只谈它们的好吃与不好吃，但是文学名家谈吃就不一样了，他们不仅仅是在谈吃，而是目光更多地放在了由吃引发的情感上面，让读者不仅享受了美食，还获得了心灵上的共鸣。

深刻的人生哲理以幽默语言出之，这是夏丏尊的散文风格。

家

◇丰子恺

本文选自《丰子恺经典作品选》(当代世界出版社2002年版)。丰子恺(1898—1975),浙江桐乡人,号子觊,后改为子恺。我国现代画家、散文家、美术教育家、音乐教育家、漫画家和翻译家。早在20世纪20年代他就出版了《艺术概论》《音乐入门》《西洋名画巡礼》《丰子恺文集》《丰子恺散文集》等著作。他一生出版的著作达

从南京的朋友家里回到南京的旅馆里,又从南京的旅馆里回到杭州的别寓里,又从杭州的别寓里回到石门湾的缘缘堂本宅里,每次起一种感想,遂记如下。

当在南京的朋友家里的时候,我很高兴。因为主人是我的老朋友。我们在少年时代曾经共数晨夕。后来为生活而劳燕分飞,虽然大家形骸老了些,心情冷了些,态度板了些,说话空了些,然而心底里的一点灵火大家还保存着,常在谈话之中互相露示。这使得我们的会晤异常亲热。加之主人的物质生活程度的高低同我的相仿佛,家庭设备也同我的相类似。我平日所需要的:一毛大洋一两的茶叶,听

头的大美丽香烟,有人供给开水的热水壶,随手可取的牙签,适体的藤椅,光度恰好的小窗,他家里都有,使我坐在他的书房里感觉同坐在自己的书房里相似。加之他的夫人善于招待,对于客人表示真诚的殷勤,而绝无优待的虐待。优待的虐待,是我在作客中常常受到而顶顶可怕的。例如拿了不到半寸长的火柴来为我点香烟,弄得大家仓皇失措,我的胡须几被烧去;把我所不欢喜吃的菜蔬堆在我的饭碗上,使我无法下箸;强夺我的饭碗去添饭,使我吃得停食;藏过我的行囊,使我不得告辞。这种招待,即使出于诚意,在我认为是逐客令:统称之为优待的虐待。这回我所住的人家的夫人,全无此种恶习,但把不缺乏的香烟自来火放在你能自由取得的地方而并不用自来火烧你的胡须;但把精致的菜蔬摆在你能自由挟取的地方,饭桶摆在你能自由添取的地方,而并不勉强你吃;但在你告辞的时光表示诚意的挽留,而并不监禁。这在我认为是最诚意的优待。这使得我非常高兴。英语称勿客气曰 at home。我在这主人家里作客,真同 at home 一样。所以非常高兴。

然而这究竟不是我的 home,饭后谈了一会,我惦记起我的旅馆来。我在旅馆,可以自由行住坐卧,可以自由差使我的茶房,可以凭法币之力而自由满足我的要求。比较起受主人家款待的作客生活来,究竟更为自由。我在旅馆要住四五天,比较起一饭就告别的作客生活来,究竟更为永久。因此,主人的房屋里虽然布置妥帖,主人的招待虽然殷勤周至,但

一百八十多部。丰子恺的散文,在中国新文学史上也有较大的影响。主要作品有《缘缘堂随笔》《辞缘缘堂》《缘缘堂再笔》《告缘缘堂在天之灵》《随笔二十篇》《甘美的回忆》《艺术趣味》《率真集》《护生画集》等。这些作品除一部分艺术评论以外,大都是叙述他自己亲身经历的生活和日常接触的人和事。

在我总觉得不安心。所谓"凉亭虽好，不是久居之所"。饭后谈了一会，我就告别回家。这所谓"家"，就是我的旅馆。

当我从朋友家回到了旅馆里的时候，觉得很适意。因为这旅馆在各点上是称我心的。第一，它的价钱还便宜，没有大规模的笨相，像形式丑恶而不适坐卧的红木椅，花样难看而火气十足的铜床，工本浩大而不合实用、不堪入目的工艺品，我统统称之为大规模的笨相。造出这种笨相来的人，头脑和眼光很短小，而法币很多。像暴发的富翁，无知的巨商，升官发财的军阀，即是其例。要看这种笨相，可以访问他们的家。我的旅馆价既便宜，其设备当然不丰。即使也有笨相——像家具形式的丑恶，房间布置的不妥，壁上装饰的唐突，茶壶茶杯的不可爱——都是小规模的笨相，比较起大规模的笨相来，犹似五十步比百步，终究差好些，至少不使人感觉暴殄天物，冤哉枉也。第二，我的茶房很老实，我回旅馆时不给我脱外衣，我洗面时不给我绞手巾，我吸香烟时不给我擦自来火，我叫他做事时不喊"是——是——"，这使我觉得很自由，起居生活同在家里相差不多。因为我家里也有这么老实的一位男工，我就不妨把茶房当作自己的工人。第三，住在旅馆里没有人招待，一切行动都随我意。出门不必对人鞠躬说"再会"，归来也没有人同我寒暄。早晨起来不必向人道"早安"，晚上就寝的迟早也不受别人的牵累。在朋友家作客，虽然也很安乐，总不及住旅馆的自由：看见他家里的人,总得想出几句话来说说,不好不去睬他。脸孔上即使不必硬作笑容,也总要装得和悦一点,不好对他们板脸孔。板脸孔,好像是一种凶相。但我觉得是最自在最舒服的一种表情。我自己觉得,平日独自闭居在家里的房间里读书,写作的时候,脸孔的表情总是严肃的,极难得有独笑或独乐的时光。若拿这种独居时的表情移用在交际应酬的座上,别人一定当我有所不快,在板脸孔。据我推想,这一定不止我一人如此。最漂亮的交际家,巧言令色之徒,回到自己家里,或房间里,甚或眠床里,也许要用双手揉一揉脸孔,恢复颜面上的表情筋肉的疲劳,然后板着脸孔皱着眉头回想日间的事,考虑明日的战略。可知无论何人,交际应酬中的脸孔多少总有些不自然,其表情筋肉多少总有些儿吃力。最自然,最舒服的,只有板着脸孔独居的时候。所以,我在孤癖发作的时候,觉得住旅馆比在朋友家作客更自在而舒服。

然而,旅馆究竟不是我的家,住了几天,我惦记起我杭州的别寓来。

在那里有我自己的什用器物,有我自己的书籍文具,还有我自己雇请着的工人。比较起借用旅馆的器物,对付旅馆的茶房来,究竟更为自由;比较起小住四五天就离去的旅馆生活来,究竟更为永久。因此,我睡在旅馆的眠床上似觉有些浮动;坐在旅馆的椅子上似觉有些不稳;用旅馆的毛巾似觉有些隔膜。虽然这房间的主权完全属我,我的心底里总有些儿不安。住了四五天，我就算账回家。这所谓家，就是我的别寓。

当我从南京的旅馆回到了杭州的别寓里的时候，觉得很自在。我年来在故乡的家里蛰居太久，环境看得厌了，趣味枯乏，心情郁结，就到离家乡还近而花样较多的杭州来暂作一下寓公，借此改换环境，调节趣味。趣味，在我是生活上一种重要的养料，其重要几近于面包。别人都在为了获得面包而牺牲趣味，或者为了堆积法币而抑制趣味。我现在幸而没有走上这两种行径，还可省下半只面包来换得一点趣味。

因此，这寓所犹似我的第二的家。在这里没有作客时的拘束，也没有住旅馆时的不安心。我可以吩咐我的工人做点我所喜欢的家常素菜，夜饭时同放学归来的一子一女共吃。我可以叫我的工人相帮我，把房间的布置改过一下，新一新气象。饭后睡前，我可以开一开蓄音机，听听新买来的几张蓄音片。窗前灯下，我可以在自己的书桌上读我所爱读的书，写我所愿写的稿。月底虽然也要付房钱，但价目远不似旅馆这么贵，买卖式远不及旅馆这么明显。虽然也可以合算每天房钱几角几分，但因每月一付，相隔时间太长，住房子同付房钱就好像不相联关的两件事，或者房钱仿佛白付，而房子仿佛白住，因有此种种情形，我从旅馆回到寓中觉得非常自然。

然而，寓所究竟不是我的本宅。每逢起了倦游的心情的时候，我便惦记起故乡的缘缘堂来。在那里有我故乡的环境,有我关切的亲友,有我自己的房子,有我自己的书斋,有我手种的芭蕉、樱桃和葡萄。比较起租别人的房子,使用简单的器具来,究竟更为自由;比较起暂作借住,随时可以解租的寓公生活来,究竟更为永久。我在寓中每逢要在房屋上略加装修,就觉得要考虑;每逢要在庭中种些植物,也觉得不安心,因而思念起故乡的家来。牺牲这些装修和植物,倒还在其次;能否长久享用这些设备,却是我所顾虑的。我睡在寓中的床上虽然没有感觉像旅馆里那样浮动,坐在寓中的椅上虽然没有感觉像旅馆里那样不稳,但觉得这些家具在寓中只是摆在地板上的,没有像家里的东西那样固定得同生根一般。这种倦游的心情强盛起来,我就离寓返家。这所谓家,才是我的本宅。

当我从别寓回到了本宅的时候,觉得很安心。主人回来了,芭蕉鞠躬,樱桃点头,葡萄棚上特地飘下几张叶子来表示欢迎。两个小儿女跑来牵我的衣,老仆忙着打扫房间。老妻忙着烧素菜,故乡的臭豆腐干,故乡的冬菜,故乡的红米饭。窗外有故乡的天空,门外有打着石门湾土白的行人,这些行人差不多个个是认识的。还有各种商贩的叫卖声,这些叫卖声在我统统是稔熟的。我仿佛从飘摇的舟中登上了陆,如今脚踏实地了。这里是我的最自由,最永久的本宅,我的归宿之处,我的家。我从寓中回到家中,觉得非常安心。

但到了夜深人静,我躺在床上回味上述的种种感想的时候，又不安心起来。我觉得这里仍不是我的真的本宅，仍不是我的真的归宿之处，仍不是我的真的家。四大的暂时结合而形成我这身体，无始以来种种因缘相凑合而使我诞生在这地方。偶然的呢？还是非偶然的？若是偶然的，我又何恋恋于这虚幻的身和地？若是非偶然的，谁是造物主呢？我须得寻着了他，向他那里去找求我的真的本宅，真的归宿之处，真的家。这样一想，我现在是负着四大暂时结合的躯壳，而在无始以来种种因缘凑合而成的地方暂住，我是无"家"可归的。既然无"家"可归，就不妨到处为"家"。上述的屡次的不安心，都是我的妄念所生。想到那里，我很安心地睡着了。

简评

　　丰子恺先生是中国现代深受人们敬仰的漫画家、散文家。他的绘画、文章在几十年沧桑风雨中保持一贯的风格：雍容恬静；其漫画更是脍炙人口。丰子恺自幼爱好美术，1914年考入浙江省立第一师范学校，师从李叔同学习绘画和音乐。另一位对他有较大影响的老师则是夏丏尊，他称李叔同对他的教育方式为"爸爸般的教育"，而夏丏尊老师的教育则为"妈妈般的教育"。这两位老师，尤其是李叔同，对他的一生影响甚大。一天课后，李叔同很严肃地对他说："你的画进步很快！我在南京和杭州两处教课，没有见过像你这样进步快速的人，你以后可以……"聪明的丰子恺明白了老师的意图。后来，在《为青年说弘一法师》一文中说："当晚这几句话，便确定了我的一生。……这一晚一定是我一生中一个重要的关口，因为从这晚起，我打定主意专门学画，把一生奉献给艺术，直到现在没有变志。"师从弘一法师，丰子恺以中西融合的画法创作漫画以及散文而著名。

丰子恺先生散文的风格如果用一个词来概括，那就是"童心"。作为一位散文家首先是要葆有一颗金子般的"童心"。正如周涛先生所说"丰子恺之所以画好、文章好，关键在有童心童趣，葆有健康完整的自然心态，才能养就大师的眼光。"（周涛《我醉欲眠》）葆有童心十分重要，这样你就会对世界充满新奇。苏联著名作家巴乌斯托夫斯基也这样说过："孩子每天都可以发现一个诱人的世界，而这个世界却是大人们早就看厌了的。"

关于"家"，丰子恺的《家》中也同样葆有童心，这是我们读本文的前提。

北宋大文学家苏轼有诗云："人生到处知何似，应是飞鸿踏雪泥。雪上偶然留指爪，鸿飞哪复计东西。"人生不仅是渺小的，同样也是伟大的，因为他有思想，有光热，每个人都有他的价值。作者从朋友家到旅馆再到别寓再到本宅的每一次不同的感想，用平易自然、朴素的手法写得生动形象，把读者引到了作者心目中的最自由、最永久的住所。这些感受我们每一个人都有过，可是在作者笔下变得栩栩如生，读之如临其境，可见作者非凡的文学功力。

丰子恺先生可以把朋友家、旅馆、出租房都当成自己的家，这不失为一种大度，对这个世界的大度，也是对自己的大度。他没有太多的要求，只求一个轻松的氛围，他就觉得是家。可从另一个方面看，丰子恺即使是到了真正属于自己的房子里，也不觉得这是自己真正的家。他的家在哪里？他迷茫了。在他的概念中，五湖四海都是家，又都不是家。既然无"家"可归，就不妨到处为"家"。也许他真的想通了，可是很大程度上他也是在回避着这个问题，因为他也不知道到底什么才是"家"真正的定义。

什么是家？哪里是家？这大概是一个再平常不过的问题了。但是，就是这样一个普通的问题，答案有可能言人人殊。当然，你可以认

家

为"家"是责任。父辈通常教育孩子,总是要让他们成家立业父母才安心。你也可以认为"家"是自由。鸟儿没有了天空,它们就没有了自由,也就没有了家。你还可以认为"家"是快乐。没有快乐的家不能称之为"家"。家是给人温暖的地方,不是给人痛苦的地方。还有一个通常的认为"家"是归宿。当我们身心疲惫的时候,我们需要的是"家",是我们心的归宿。在这里我们可以生活得很平静,像无风时的湖水一般,我相信绝大多数人还是喜欢平静的生活的。家的快乐,家的温暖,本文的作者感受是细腻而又温柔的。他写于1926年圣诞节的《子恺画集·代序——给我的孩子们》一定会深深地打动读者:"我的孩子们!憧憬于你们的生活的我,痴心要为你们永远挽留这黄金时代在这册子里。然这真不过象'蜘蛛网落花',略微保留一点春的痕迹而已。且到你们懂得我这片心情的时候,你们早已不是这样的人,我的画在世间已无可印证了!这是何等可悲哀的事啊!"

为了更好地阅读丰子恺的《家》,下面我们来比较地了解一下几位现代著名作家在"家"中的看法有什么异同?

现代文学史上很有个性的女作家苏雪林认为"家"——家的观念是从人类天性带来的。她写于1941年1月的散文《家》,写了无数中国人的美丽家园正遭受着日军铁蹄的践踏。全篇将一个人不同阶段从少年到中年到老年对家的观念与向往一一道来,既琐碎又浪漫,结尾笔锋一转,提醒国人莫忘现在中国处在什么时代,"这时代正用得着霍去病将军那句壮语:'匈奴未灭,无以家为。'"著名女作家、学者方令孺先生,曾写了在一个中秋的夜晚,一个异乡人在月光、山水与人的情景交融之中,对"家"的感悟。写她身处异乡,在异乡过中秋节,从而有感而发,写出了对家的感悟。每个人都有一个家,家里有自己的爹娘和兄弟姐妹。从你呱呱落地到长大成人,家是你的根源所在。本文作者丰子恺,从他居住的角度来写"家",从南京的旅馆,到杭州的别寓,再到石门湾的缘缘堂本宅,到结尾处峰回路转,直指自己的内心,揭示了无"家"可归和到处为"家"的对立与统一。要言之,苏雪林的看法:家的好处是自由随便,不需要寄人篱下、受他人的气;要将家的概念宏观化,同心合意的抢救千万个小家组成的大"家"。方令孺的看法:"家"是人们的精神寄托和归宿,无论它给人多大的负担,人们还是愿意象蜗牛一样背着它滞重地向前爬。丰子恺的看法:在无始以来种种因缘凑合而成的地方暂住,到处为"家"。

诚然,家是人们的精神归宿和寄托,我们都依赖于家庭。生活不要注重结果,要注重过程。可结果其实也很重要,精神上的也是不可或缺的。当我们身心疲惫的时候,我们需要的是"家",是我们心的归宿。在这里我们可以生活得很平静,像无风时的湖水一般,我相信绝大多数人还是喜欢"家是避风的港湾"。本文作者丰子恺对于"家"他没有太多的要求,只求一个轻松的氛围,他就觉得是家,这种的家是自由自在的。家不是狭义的自己的这一个小家,而是像苏雪林所说的"千千万万的小家组成的一个大家"。只有大"家"的存在,我们小家才能和谐安定的长存。他又想:"但到了夜深人静,我躺在床上回味上述的种种感想的时候,又不安心起来。我觉得这里仍不是我的真的本宅,仍不是我的真的归宿之处,仍不是我的真的家。四大的暂时结合而形成我这身体,无始以来种种因缘相凑合而使我诞生在这地方。偶然的呢?还是非偶然的?"应该指出,文中的佛教色彩也是明显的,"负着四大暂时结合的躯壳",难免有虚无主义的因子在。

家

读

《伊索寓言》

◇ 钱锺书

本文选自钱锺书《钱锺书集:写在人生边上·人生边上的边上·石语》(生活·读书·新知三联书店2011年版)。钱锺书,(1910—1998),出生于江苏无锡,字默存,号槐聚,现代作家、文学研究家。1929年,考入清华大学外文系。1937年,以《十七十八世纪英国文学中的中国》一文获牛津大学学士学位。1941年,完成《谈艺录》

　　比我们年轻的人,大概可以分作两类。第一种是和我们年龄相差得极多的小辈,我们能够容忍这种人,并且会喜欢而给以保护;我们可以对他们卖老,我们的年长只增添了我们的尊严。还有一种是比我们年轻得不多的后生,这种人只会惹我们的厌恨以至于嫉忌,他们已失掉尊敬长者的观念,而我们的年龄又不够引起他们对老弱者的怜悯;我们非但不能卖老,还要赶着他们学少,我们的年长反使我们吃亏。这两种态度是到处看得见的。譬如一个近三十的女人,对于十八九岁女孩子的相貌,还肯说好,对于二十三四岁的少女们,就批判得不留情面了。

所以小孩子总能讨大人的喜欢，而大孩子跟小孩子之间就免不了时常冲突。一切人事上的关系，只要涉到年辈资格先后的，全证明了这个分析的正确。

把整个历史来看，古代相当于人类的小孩子时期。先前是幼稚的，经过几千百年的长进，慢慢地到了现代。时代愈古，愈在前，它的历史愈短；时代愈在后，它积的阅历愈深，年龄愈多。所以我们反是我们祖父的老辈，上古三代反不如现代的悠久古老。这样，我们的信而好古的态度，便发生了新意义。我们思慕古代不一定是尊敬祖先，也许只是喜欢小孩，并非为敬老，也许是卖老。没有老头子肯承认自己是衰朽顽固的，所以我们也相信现代一切，在价值上、品格上都比古代进步。

这些感想是偶尔翻看《伊索寓言》引起的。是的，《伊索寓言》大可看得。它至少给予我们三重安慰。第一，这是一本古代的书，读了可以增进我们对于现代文明的骄傲。第二，它是一本小孩子读物，看了愈觉得我们是成人了，已超出那些幼稚的见解。第三呢，这部书差不多都是讲禽兽的，从禽兽变到人，你看这中间需要多少进化历程！我们看到这许多蝙蝠、狐狸等的举动言论，大有发迹后访穷朋友、衣锦还故乡的感觉。但是穷朋友要我们帮助，小孩子该我们教导，所以我们看了《伊索寓言》，也觉得有好多浅薄的见解，非加以纠正不可。

例如蝙蝠的故事：蝙蝠碰见鸟就充作鸟，碰见兽就充作兽。人比蝙蝠就聪明多了。他会把蝙蝠的方

《写在人生边上》的写作。1947年，长篇小说《围城》由上海晨光出版公司出版。1949年，回到清华任教。1958年，《宋诗选注》由人民文学出版社出版，列入中国古典文学读本丛书。1972年3月，六十二岁的钱锺书开始写作《管锥编》。1976年，由钱锺书参与翻译的《毛泽东诗词》英译本出版。《管锥编》1—4册由中华书局相继出版。1985年，《七缀集》由上海古籍出版社出版。1989年，《钱锺书论学文选》舒展编成，由广东花城出版社出版。1990年12月，电视连续剧《围城》在中央电视台播出，获得普遍好评。

法反过来施用：在鸟类里偏要充兽，表示脚踏实地；在兽类里偏要充鸟，表示高超出世。向武人卖弄风雅，向文人装作英雄；在上流社会里他是又穷又硬的平民，到了平民中间，他又是屈尊下顾的文化分子：这当然不是蝙蝠，这只是——人。

蚂蚁和促织的故事：一到冬天，蚂蚁把在冬天的米粒出晒；促织饿得半死，向蚂蚁借粮，蚂蚁说："在夏天唱歌作乐的是你，到现在挨饿，活该！"这故事应该还有下文。据柏拉图《菲得洛斯》对话篇说，促织进化，变成诗人。照此推论，坐看着诗人穷饿、不肯借钱的人，前身无疑是蚂蚁了。促织饿死了，本身就做蚂蚁的粮食；同样，生前养不活自己的大作家，到了死后偏有一批人靠他生活，譬如，写回忆怀念文字的亲戚和朋友，写研究论文的批评家和学者。

狗和它自己影子的故事：狗衔肉过桥，看见水里的影子，以为是另一只狗也衔着肉，因而放弃了嘴里的肉，跟影子打架，要抢影子衔的肉，结果把嘴里的肉都丢了。这篇寓言的本意是戒贪得，但是我们现在可以应用到旁的方面。据说每个人需要一面镜子，可以常常自照，知道自己是个什么东西。不过，能自知的人根本不用照镜子；不自知的东西，照了镜子也没有用——譬如这只衔肉的狗，照镜以后，反害他大叫大闹，空把自己的影子，当作攻击狂吠对象。可见有些东西最好不要对镜自照。

天文家的故事：天文家仰面看星象，失足掉在井里，大叫"救命"；他邻居听见了，叹气说："谁叫他只望着高处,不管地下呢!"只向高处看,不顾脚下的结果,有时是下井,有时是下野或者下台。不过,下去以后,决不说是不小心掉下去的,只说有意去做下层的调查和工作。譬如这位天文家就有很好的藉口:坐井观天。真的,我们就是下去以后,眼睛还是向上看的。

乌鸦的故事:上帝要拣最美丽的鸟做禽类的王,乌鸦把孔雀的长毛披在身上,插在尾巴上,到上帝前面去应选,果然为上帝挑中;其他鸟类大怒,把它插上的毛羽都扯下来,依然现出乌鸦的本相。这就是,披着长头发的,未必就真是艺术家;反过来说,秃顶无发的人,当然未必是学者或思想家,寸草也不生的头脑,你想还会产生什么旁的东西?这个寓言也不就此结束,这只乌鸦借来的羽毛全给人家拔去,现了原形,恼羞成怒,提议索性大家把自己天生的毛羽也拔个干净,到那时候,大家光着身子,看真正的孔雀、天鹅等跟乌鸦有何分别。这个遮羞的方法至少人类是常用的。

牛跟蛙的故事:母蛙鼓足了气,问小蛙道:"牛有我这样大吗?"小蛙答说:"请你不要涨了,当心肚子爆裂!"这母蛙真是笨坏! 她不该跟牛比伟大的,她应该跟牛比娇小的。所以,我们每一种缺陷都有补偿,吝啬说是经济,愚蠢说是诚实,卑鄙说是灵活,无才便说是德。因此世界上没有自认为一无可爱的女人,没有自认为百不如人的男子。这样,彼此各得其所,当然会相安无事。

老婆子和母鸡的故事:老婆子养只母鸡,每天下一个蛋。老婆子贪心不足,希望她一天下两个蛋,加倍喂她。从此鸡愈吃愈肥,不下蛋了——所以戒之在贪。伊索错了!他该说:大胖子往往是小心眼。

狐狸和葡萄的故事:狐狸看见藤上一颗颗已熟的葡萄,用尽方法,弄不到嘴,只好放弃,安慰自己说:"这葡萄也许还是酸的,不吃也罢!"他就是吃到了,还要说:"这葡萄果然是酸的。"假如他是一只不易满足的狐狸,这句话他对自己说,因为现实终"不够理想"。假如他是一只很感满意的狐狸,这句话他对旁人说,因为诉苦经可以免得旁人来分甜头。

驴子跟狼的故事:驴子见狼,假装腿上受伤,对狼说:"脚上有刺,请你拔去了,免得你吃我时舌头被刺。"狼信以为真,专心寻刺,被驴踢伤逃去,因此叹气说:"天派我做送命的屠夫的,何苦做治病的医生呢!"这当然幼稚得可笑,他不知道医生也是屠夫的一种。

这几个例子可以证明《伊索寓言》是不宜做现代儿童读物的。卢梭在《爱弥儿》卷二里反对小孩子读寓言,认为有坏心术,举狐狸骗乌鸦嘴里的肉一则为例,说小孩子看了,不会同情被骗的乌鸦,反会羡慕善骗的狐狸。要是真这样,不就证明小孩子的居心本来欠好吗?小孩子该不该读寓言,全看我们成年人在造成什么一个世界、什么一个社会,给小孩子长大了来过活。卢梭认为寓言会把纯朴的小孩教得复杂了,失去了天真,所以要不得。我认为寓言要不得,因为它把纯朴的小孩教得愈简单了,愈幼稚了,以为人事里是非的分别、善恶的果报,也像在禽兽中间一样公平清楚,长大了就处处碰壁上当。缘故是,卢梭是原始主义者,主张复古,而我是相信进步的人——虽然并不像寓言里所说的苍蝇,坐在车轮的轴心上,嗡嗡地叫:"车子的前进,都是我的力量。"

简评

1998 年 12 月 19 日,钱锺书先生在北京溘然长逝,海内外引起巨大反响。钱锺书先生以学术和小说誉满天下,《围城》《管锥编》和《谈艺录》等学术著作的煌煌盛名,掩盖了其散文的光芒——似乎很少有人称钱锺书为散文家了。殊不知,钱锺书的散文,内涵丰富,逻辑缜密,文笔老辣,机趣盎然,嬉笑、讥讽、幽默、夸张、拟人、引经据典、类比取譬、小说笔法……俱成文章,文风行云流水,几达于"无技巧"之境,可谓自成一家。如此看来,钱锺书不仅是散文家,而且称得上是 20 世纪现代白话散文的大家。读《读〈伊索寓言〉》可见一斑。

在欧洲寓言发展史上,古希腊寓言占有重要的地位。它开创了欧洲寓言发展的先河,并且影响到其后欧洲寓言发展的全过程。寓言原本是一种民间口头创作,反映的主要是人们的生活智慧,包括社会活动、生产劳动和日常生活等方面。《伊索寓言》,来自民间,所以社会底层人民的生活和思想感情得到了比较集中的表现,如对富人贪婪自私的揭露,对恶人残忍本性的鞭挞,对劳动创造财富的肯定,对社会不平等的抨击,对懦弱、懒惰的讽刺,对勇敢斗争的赞美,等等。还有许多寓言,教人如何处世、如何做人,怎样辨别是非好坏,怎样变得聪明、智慧。

要言之,《伊索寓言》是一本适合全世界的男女老少阅读的书。《伊索寓言》是古希腊民间流传的讽喻故事，其中许多故事脍炙人口，寓意深刻，读后往往使人在忍俊不禁中受到启发和教育。

现代文学的发展过程中，自然形成了"学者散文"。钱锺书先生的散文早在上世纪三四十年代就引起了读者的注意，钱先生是学贯中西的学问家，他的创作因此具有深厚的文化背景和人文内涵。这种散文融学识、智慧、知性、理趣与才情、辞采、感性、情趣于一炉，使读者在阅读中得到一种心理上的满足，其散文的语言堪称经典，在某种程度上和寓言故事一样生动有趣。寓言是孩子们的好朋友，说起话来很逗。《伊索寓言》虽然年纪很老，孩子们却依然把它看成是平等的同伴，它分明是一个一个故事，生动活泼，而当它转身要走开的时候，却突然变成一个一个哲理，严肃认真，发人深思。本文从读《伊索寓言》有感起笔：一感人事上的关系多么具有普遍性；二感现代一切，在价值上、品格上都比古代进步，以此纠正好多浅薄的见解。钱锺书先生的文章不落窠臼，或在原意的基础上加以引申和发挥，或对故事本身作了全新的理解，读来令人感到兴趣盎然。文中引的故事，或讽刺八面玲珑、趋炎附势的两面派；或揭露靠别人而生活的"寄生虫""嗜血者"；或劝人力戒贪得；或嘲笑"只管高处看，不管脚下结果"的人；或说明实质是掩盖不住的，孔雀的羽毛虽然美丽，却不能代替乌鸦的躯体；或鞭挞那种自我安慰的"阿Q精神"；或规劝人戒之在贪；或讽刺那种不顾付出，而想索取，索取不得，又寻找种种借口的行为；或哀叹自欺欺人的行径，等等。最后，作者表明了自己的本意，要造成一个良好的氛围，教孩子们读寓言的目的是在于使孩子们具有明辨是非，区分善恶，区分公平与不公平、邪恶与正义的能力，以使长大以后能够很好地生活。读《伊索寓言》的深意就在于此。

文章结尾，作者又和卢梭唱反调，不同观点的基础是："小孩子"是简单天真好，还是复杂"狡猾"好？这些问题，是本文的疑点和难点。一般人是从时间先后来定老幼的,钱锺书先生则从知识累积的多少来定老幼,比起简单地按时间角度考虑,更准确地把握了老幼的本质,所以钱锺书先生的新见解能够言之成理。卢梭从孩子们"羡慕狐狸"的事例出发,认为读寓言"有坏心术",所以要不得。钱先生从寓言一般是静止地简单阐述某个道理的普遍现象出发,认为它把纯朴的小孩教得愈简单了,愈幼稚了,所以要不得。他是从大人所面对的社会为出发点的。卢梭考虑的是孩子们的现在,钱锺书先生考虑的是孩子们的将来,二者由于出发点不同,所以,结论也完全相反。所以,钱锺书先生在《读〈伊索寓言〉》的诠释中说,在此我申明:我不是促织,更不是蚂蚁。

钱锺书先生在文学研究和文学创作方面的成就卓越,特别是在科学地扬弃中国传统文化和有选择地借鉴外来文化方面,具有重要的启示意义。"写在人生边上"是值得注意的文体视角。在围城外看围城,在人生边上看人生,"不识庐山真面目,只缘身在此山中",然而走出了"此山"又如何?"横看成岭侧成峰,远近高低各不同",我们一般只看到钱锺书先生永远高高在上的立场,有些学者颇不满意钱锺书那种高于一切人的审视与幽默的超然态度,我们并未真正理解钱锺书的智者本质。其实钱锺书先生一直在努力追求作为一个智者,于是"他只好采用一种全知全能式的视角,这才能超脱,能在人性的、价值的、文化的最高角度获得一种客观,保有一种比一切人都聪明的灵感的洞察力"(李嘉建语)。他为谁说话呢? 他只为一种存在做解释,所以,他成了一个存在主义者,一个以真理和人类价值为阐述对象的智者带领我们走进了辽阔的古希腊民间寓言故事的睿智世界。

萤火虫

◇ 贾祖璋

本文选自鲁迅等《中国现代散文精华》（人民文学出版社1993年版）。贾祖璋（1901—1988），浙江海宁人。著名科普作家与编辑家。1920年毕业于浙江省第一师范学校。曾任商务印书馆、开明书店编辑。中华人民共和国成立后，历任中国青年出版社总编辑兼编辑室主任、科学普及出版社副总编辑、中国科普创作协会副理事长。他

满天的繁星在树梢头辉耀着；黑暗中，四周都是黑魆魆的树影；只有东面的一池水，在微风中把天上的星，皱作一缕缕的银波，反映出一些光辉来。池边几丛的芦苇和一片稻田，也是黑魆魆的；但芦苇在风中摇曳的姿态，却隐约可以辨认，这芦苇底下和田边的草丛，是萤火虫的发祥地。它们一个个从草丛中起来，是忽明忽暗的一点点的白光，好似天上的繁星，一个个在那里移动。最有趣的是这些白光虽然乱窜，但也有一些追逐的形迹：有时一个飞在前面，亮了起来，另一个就会向它一直赶去，但前面一个忽然隐没了，或者飞到水面上，与水中的星光混杂了；

或者飞入芦苇或稻田里,给那枝叶遮住,于是追逐者失了目标,就迟疑地转换方向飞去。有时反给别个萤火虫作为追逐的目标了。而且这样的追逐往往不止一对,所以水面上,稻田上,一明一暗,一上一下的闪闪的白光与天上的星光同样的繁多;尤其是在水面的,映着皱起的银波,那情景是很感兴趣的。

这是幼年时暑假期中在乡间纳凉时所见的情景。当时与弟妹等一边听着在烈日中辛苦了一日才得这片刻安闲休息的邻舍们的谈笑,一边向萤火虫唱着质朴的儿歌:

萤火虫,

夜夜红;

飞到天上捉蚜虫,

飞到地上捉绿葱。

在这样的歌声中,偶然有几个飞到身边,赶忙用芭蕉扇去拍,有时竟会把它拍在地上,有时它突然一暗,就飞到扇子所能拍到的范围以外去了,这时就是追了上去,也往往是不能再拍着的。被拍在地上的,它把光隐了,也着实难以寻觅;或又悄悄地飞起,才再现它的光芒,也往往给它逃去。被捉住的最初是用它来赌胜负,就是放在地上,用脚一拖。在地上划起一条发光的线,比较那个人划得长,就作为胜利。不消说,这是一种残酷的行为,真所谓"以生命为儿戏"的了。后来那些幸运的个体不会这样被牺牲,它

的《花与文学》《鸟与文学》《动物珍话》《生物素描》《世界禽鸟物语》《生命的韧性》《碧血丹心》等科学小品集,都是玲珑精致的集束美文,不仅语言简洁而洗练、文笔清新而朴实,而且富有立体感和纵深感,因而广为世人传诵。

们被闭入日间预备好的鸭蛋壳里,让它们一闪一闪,作为小灯笼。就睡时就携到枕边,颇有爱玩不忍释手的样子。但大人们以为萤火虫假如有机会钻入人的耳内,就会进去吃脑子,所以又往往被禁止携入房间里的。

萤火虫是怎样发生的,乡间没有谈起;但古书上却说它是腐草所化成的。去年那号称中国第一家的老牌杂志,竟发表过罗广庭博士的生物化生说,所以腐草化萤,大概是可靠的。但罗博士经广东方面几位大学教授要求严密实验以后,一直到现在还未曾有过下文,至少那家老牌杂志,没有再把他的实验发表过,大抵罗博士已被他们戳穿西洋镜了;那末腐草为萤的传说也就有重行估定价值的必要。

原来萤有许多种数,全世界所产能够发光的萤有二千种,形态相像而不能发光的也有二千种。我们这里最常见的一种是身体黄色,而翅膀的光端有些黑色的。它们也有雌雄,结婚以后,雄的以为责任已尽,随即死去;雌萤在水边的杂草根际产生微细的球形黄白色卵三四百粒,也随即死去。这卵也能发一些微光,经过廿七八天,就孵化为幼虫。幼虫的身体有十三个环节,长纺锤形,略扁平;头和尾是黑色的,体节的两旁也有黑点。尾端有一个能够吸附他物的附属器,可代足用。尾端稍前方的身体两侧还有一个特殊的发光器官,也能放青色的光。日中隐伏于泥土下,夜间出来觅食,它就吃一种做人类肺蛭中间宿主的螺类,所以有相当的益处。下一年的春天,长大成熟,在地下掘一个小洞,脱了皮化蛹。蛹淡黄色,夜间也能发光。到夏天就化作能够飞行的成虫。看了这一个简单的生活史,腐草为萤的传说,可以不攻自破了。

最令人感到兴趣的萤火,是从哪里来的呢？在科学上的研究,以前有人以为是某种发光性细菌与萤火虫共栖的缘故,但近来经过详细的研究,确定并没有细菌的形迹可寻,还是说它是一种化学作用来得妥当。这种发光器的构造,随萤的种类和发育的时代而不同。幼虫和蛹大抵相似;在成虫普通位于尾端的腹面,表面是一层淡黄色透明质硬的薄膜,下面排列着多数整齐的细胞,形成扁平的光盘,细胞里有多数黄色细粒,叫做"萤火体"（Luciferase）,遇着氧气就起化学作用而发光。这些细胞的周围又满布毛细管,毛细管连接气管能送入空气,使萤光体可以接触氧气。又分布着许多神经,能随意调节空气的输送,所以现出忽明忽暗的样子。与发光的细胞相对的还有一层含有多数蚁酸盐或尿酸盐的小结晶的细胞,呈乳白色,好似一面镜子,能够把光反射到外方。

萤光不含赤外线（热线）和紫外线（化学线）,所以只有光而没有热,是一种理想的照明用的光。但现在的人类还不能明白这些萤光体的内容;既不能直接利用它,也不能仿照它的化学成分来制出一种人造的萤光。人类所能利用的,在历史上有晋代的车胤,把它盛在袋里,以代烛火读书。在外国,墨西哥地方出产一种巨大的萤火虫,胸部有两个大发光

萤火虫

器,放绿色的光;腹部下面也有一个发光器,放橙黄色的光;两色相映,极为美丽,妇人把它簪在发间,作为夜舞时的装饰品。还有,就是作为玩耍而已。至于在萤火虫的自身,藉此可以引诱异性,又可以威吓敌害,对于它的生活上是很有意义的。

在电灯,煤气灯和霓虹灯交互辉煌的上海,是没有机会遇到萤火虫的。故乡的萤火虫更是一年,二年,几乎十年没有见过了。最近家中来信说:三月没有雨,田里的稻都已枯死,桑树也有许多枯萎了。那末往时所见的一池水,当然已经干涸,一片稻田,看去一定像一片焦土,那黑魆魆的树影,也必定很稀疏了。我那辛苦工作的邻居们已经无工可作,他们可以作长期的休息了,但是在纳凉的时候,在他们的谈话中,未知还能闻到多少笑声。

因了萤火虫我记着了遭遇旱灾的故乡了。祝福我辛苦的邻人们,应该有一条生路可走。

简评

早在20世纪30年代,贾祖璋先生就已是中国科学小品文的开拓者之一。自1934年,陈望道主编的《太白》杂志,开辟"科学小品"专栏起,贾祖璋与周建人、顾均正等人就为这个栏目撰写科学小品文,同时为开明书店编写了多种动植物学课本。艰辛地做着拓荒与启蒙的工作,60多年笔耕不止,从1931年《鸟与文学》问世,到临终前出版的《花与文学》为止,60年间创作及译作近300万字的作品。他的作品以多姿多彩的文学形式,生动活泼地传播以生物学为主的科学知识,实现科学与文学的联姻。他的科普作品对普及科学知识,激发人们的爱国主义思想,增强民族自尊心、自信心和凝聚力,起到了潜移默化的作用。他以绚丽多彩的自然界为描述对象,把丰富的科学知识、历史知识和文学知识融为一体,用生动的独具风格的科学小品体裁,向读者描绘了奇妙的生物世界中的种种珍闻趣事。因为贾祖璋先生是著名的科普作家,他的《萤火虫》是一篇洋溢着科学美和艺术美的优秀科普小品,读来清心悦目,耐人寻味。出于对生活的热爱,作者的记忆中,萤火虫闪烁是和故乡的夏夜相互映照的。"暗飞萤自照,水宿鸟相呼。"这是夏夜破晓前的景色:月亮已经西沉,大地渐渐暗下来,只看到萤火虫提着小灯笼,闪着星星点点微弱的光。这时候和萤火虫最亲密的自然是孩子。一位颇有成就的老作家说,年已古稀,常常闯入梦中的是儿时追逐萤火虫的场面。文中的记忆是那样的顽固、美丽! 这对于今天的广大读者还有另外一层含义,不要说30年代霓虹灯下的都市,就是眼下的乡村恐怕也难觅萤火虫的踪迹了,充满诗意的夏夜只能在文中再现,所以,这样的文章还是值得读者珍惜的,只为这夏夜萤火虫装点的诗意,只为那一片宁静的和谐。

　　这是一篇内容较为丰富的文章,它的主要内容是介绍萤火虫的知识。除此之外,作者还记叙了"我"与萤火虫有关的往事,抒写了"我"对故乡的思念之情。本文的特点是把记叙、描写与科学的说明巧妙地结合在一起,使文章同时兼有趣味性与科学性,可以使读者在饶有情趣地阅读中获得科学知识的信息。在介绍萤火虫这种可爱的小昆虫时,作者先谈到了古书及杂志上关于腐草为萤的说法。他认为这种说法还缺乏实证,有必要做进一步的科学探究。而事实上,始终没有确凿的材料能够证明这种说法是正确的。作者由此澄清了萤火虫的"出身"问题。这一段文字,作者从萤火虫的起源说起,显然是有所考虑的,它不仅可以满足读者溯本求源的认知愿望,而且告诉读者对客观世界的认识往往要经历漫长的时期,要经过去伪存真、逐步深入的过程。同时也告诉我们,了解认识事物需要有科学的态度和方法。

萤火虫

作者站在科普作家角度介绍了萤火虫的发光原理，从萤火虫生理机制的角度作了科学的说明，即：萤火虫发光是因为它的尾端有特殊的器官，这个器官透明的薄膜下排列着细胞，细胞里有叫做"萤火体"的黄色颗粒，这些黄色颗粒遇到氧气就发生化学反应而发光。这诠释里面既有内在因素，也有外在因素，准确而全面。那么萤火虫发光的原因何在呢？回答这个问题，作者由自然现象入手，进而引出人们的对其探求过程的说明，这样安排说明顺序符合人们认识事物的规律，使说明的内容准确，逻辑严密。

《萤火虫》之所以读来使人赏心悦目，耐人寻味，首先，在文章的结构安排上，作为说明文，《萤火虫》抓住萤火虫"发光"的特征，重点说明了两个问题：一、"萤火虫是怎样发光的?"作者通过对萤的"一个简单的生活史"的介绍，批判了"腐草化萤"的说法，普及了相关的科学知识，体现了科学的求实精神；二、"萤火，是从哪里来的?"作者以准确的生物学知识介绍了萤火虫的构造和生活习性，介绍了人类对萤火的利用情况，把丰富的内容、广博的知识组织进重点突出的几个段落之内，有详有略，有主有次，中心明确，特征鲜明，使人获得清晰的印象。其次，结构精巧，首尾照应。文章开头，作者用形象、生动的叙述和描写勾起读者的兴趣，接着用两个问题开启下文，读者带着疑问阅读下文，辩难释疑，在不知不觉中心悦诚服地获得了对萤火虫的科学认识，同时也获得了知识上的满足和快感。最后一段叙述了对家乡萤火虫和家乡生活的回忆，照应了开头，使得文章前呼后应，浑然一体，增强了文章的艺术美。再次，语言准确，描写形象。如文章开头一段对家乡夜景和萤火虫追逐飞行的描写和叙述，首先在于作者对黑夜里萤火虫的"工笔细描"。你看，萤火虫飞起来的时候，是"忽明忽暗的一点点的白光，好似天上的繁星"；当它们飞行的时候，又是一番有趣的样子。作者选取了萤火虫互相追逐的场景加以描绘，一个飞在前面，"另一个就会向它一直赶去"，而失去目标之后，则是"迟疑地转换方向"，"赶""迟疑"这些词用得多么富有动感，把萤火虫写得生动活泼。另外，作者善于给这些小生灵一个表演的舞台——黑夜、树影、芦苇、草丛、稻田、水上……营造了乡野夜晚的宁静氛围，在"亮"与"暗"的对比中，赋予黑夜以"生趣"的意境。再者，质朴的儿歌也为这黑夜增添了"童趣"。这些都让读者自然地从他有声有色的文字里产生联想，于是，乡野清风般的感觉就在这时洋溢在每个人的心头！生动形象，富于文采。在批判"腐草为萤"的说法时，"号称""竟""大概""大抵"，不仅准确，而且透露出作者对萤火虫突出的思想感情。

　　作为现代科学小品文的先驱，贾祖璋以他深厚的文学造诣、宽广的人文情怀，构造了他华丽清雅的小品之风，使科学在文学中站稳了脚跟，他的科学小品不愧为当代的科普精品。在进入知识经济时代的今天，具有严谨的科学性、优美的文学性和较高的文化积累价值的科学小品，对于培养人们热爱科学、建造现代和谐社会有着不可替代的作用。

书

◇朱湘

本文选自朱湘著、孙玉石编《朱湘散文选集》（百花文艺出版社2004年版）。朱湘（1904—1933）。字子沅，原籍安徽太湖，生于湖南沅陵，父母早逝。1919年入南京工业学校预科学习一年，受《新青年》的影响，开始赞同新文化运动。1920年入清华大学，参加清华文学社活动，与闻一多、梁实秋等将清华"小说研究社"改组为"清华

拿起一本书来，先不必研究它的内容，只是它的外形，就已经很够我们的赏鉴了。

那眼睛看来最舒服的黄色毛边纸，单是纸色已经在我们的心目中引起一种幻觉，令我们以为这书是一个逃免了时间之摧残的遗民。他所以能幸免而来与我们相见的这段历史的本身，就已经是一本书，值得我们的思索、感叹，更不须提起它的内含的真或美了。

还有那一个个正方的形状，美丽的单字，每个字的构成，都是一首诗；每个字的沿革，都是一部历史。飙是三条狗的风：在秋高草枯的旷野上，天上是一片青，地上是一片赭，中疾的猎犬风一般快的驰

过，嗅着受伤之兽在草中滴下的血腥，顺了方向追去，听到枯草飒索的响，有如秋风卷过去一般。昏是婚的古字：在太阳下了山，对面不见人的时候，有一群人骑着马，擎着红光闪闪的火把，悄悄向一个人家走近。等着到了竹篱柴门之旁的时候，在狗吠声中，趁着门还未闭，一声喊齐拥而入，让新郎从打麦场上挟起惊呼的新娘打马而回。同来的人则抵挡着新娘的父兄，作个不打不成交的亲家。

印书的字体有许多种：宋体挺秀有如柳字，麻沙体夭矫有如欧字，书法体娟秀有如褚字，楷体端方有如颜字。楷体是最常见的了。这里面又分出许多不同的种类来：一种是通行的正方体；还有一种是窄长楷体，棱角最显；一种是扁短的楷体，浑厚颇有古风。还有写的书：或全体楷体，或半楷体，它们不单看来有一种密切的感觉，并且有时有古代的写本，很足以考证今本的印误，以及文字的假借。

如果在你面前的是一本旧书，则开章第一篇你便将看见许多朱色的印章，有的是雅号，有的是姓名。在这些姓名别号之中，你说不定可以发见古代的收藏家或是名倾一世的文人，那时候你便可以让幻想驰骋于这朱红的方场之中，构成许多缥缈的空中楼阁来。还有那些朱圈，有的圈得豪放，有的圈得森严，你可以就它们的姿态，以及它们的位置，悬想出读这本书的人是一个少年，还是老人；是一个放荡不羁的才子，还是老成持重的儒者。你也能借此揣摩出这主人公的命运：他的书何以流散到了人间？是

文学社"。1922年开始在《小说月报》上发表新诗，并加入文学研究会。此后专心于诗歌创作和翻译。1925年出版第一本诗集《夏天》。1927年第二本诗集《草莽》出版。1927年9月至1929年9月，留学美国，先后在威斯康星州劳伦斯大学、芝加哥大学、俄亥俄大学学习英国文学等课程。曾任教于国立安徽大学（现安徽师范大学）外文系。1933年12月5日，他在从上海到南京的客轮上，纵身跃入长江，自杀身亡。

子孙不肖,将他舍弃了?是遭兵逃反,被一班庸奴偷窃出了他的藏书楼?还是运气不好,家道中衰,自己将它售卖了,来填偿债务,或是支持家庭?书的旧主人是这样。我呢?我这书的今主人呢?他当时对着雕花的端砚,拿起新发的朱笔,在清淡的炉香气息中,圈点这本他心爱的书,那时候,他是决想不到这本书的未来命运。他自己的未来命运,是个怎样结局的;正如这现在读着这本书的我,不能知道我未来的命运将要如何一般。

更进一步,让我们来想象那作书人的命运:他的悲哀,他的失望,无一不自然的流露在这本书的字里行间。让我们读的时候,时而跟着他啼,时而为他扼腕太息。要是,不幸上再加上不幸,遇到秦始皇或是董卓,将他一生心血呕成的文章,一把火烧为乌有;或是像《金瓶梅》《红楼梦》《水浒》一般命运,被浅见者标作禁书,那更是多么可惜的事情呵!

天下事真是不如意的多。不讲别的,只说书这件东西,它是再与世无争也没有的了,也都要受这种厄运的摧残。至于那玻璃一般脆弱的美人,白鹤一般兀傲的文士,他们的遭忌更是不言可喻了。试想含意未伸的文人,他们在不得意时,有的樵采,有的放牛,不仅无异于庸人,并且备受家人或主子的轻蔑与凌辱;然而他们天生得性格倔强,世俗越对他白眼,他却越有精神。他们有的把柴挑在背后,拿书在手里读;有的骑在牛背上,将书挂在牛角上读;有的在蚊声如雷的夏夜,囊了萤照着书读;有的在寒风冻指的冬夜,拿了书映着雪读。然而时光是不等人的,等到他们学问已成的时候,眼光是早已花了,头发是早已白了,只是在他们的头额上新添了一些深而长的皱纹。

咳! 不如趁着眼睛还清朗,鬓发尚未成霜,多读一读"人生"这本书罢!

简评

吴伯箫先生在同名散文《书》中说:"书籍是会提高人的:从野蛮到文明,从庸俗到崇高。"高尔基又曾这样说过:"每一本书都是一个小小的梯子,我向这上面爬着,从兽类到人类,走到更好的理想的境地,到那种生活的憧憬的路上来了。"读书像交友,要仔细甄别,非善勿近。真是这样,读书愈多,应当愈富于睿智,愈具有眼光。因为那样可以经验得以增多,见闻得以广阔;小气的人该会大方一点,狭隘的人该会开阔一些。"学问就是力量!"有人这样强调学问的价值。因为有了黄庭坚"三日不读书,便觉语言无味,面目可憎",有了梁高祖"三日不读谢玄晖诗,便觉口臭"那样的感觉,从而赋予了读书以精神的追求。

本文写的是书,确切地说,写的是书的外形。但它并不是一篇泛泛的说明文字,而是从书的外形谈开去,吐露胸中块垒,阐发人生哲理。美国著名文学理论家哈罗德·布鲁姆关于书的外形曾有过一段精彩的回忆:"……我焦虑地盼来四周后还书和借书的日子,那时我眼睛紧盯着书架上我喜爱的那些书,生怕别人在我再借一次之前把它们取走。"甚至,爱屋及乌地到了对书喜爱成癖的地步:"我想,正是对这些名篇佳作的极端喜好才激起我对于今屏幕上的东西即电子书籍之类不屑一顾。我喜欢那些向往已久的书籍的纸张、外观、重量、手感、印刷,甚至是书的空白页……"本文作者朱湘从纸色的由白而黄想象着书的历经沧桑，从书的印章题签，细数书的磨难和经历，想象着书的命运，藏书者的命运，著书者、读书者的命运，娓娓道来，体现着作者敏锐的观察力、丰富的想象力，渗透着作者对人生、对世事的观感。多读读人生这本书，这不是说教而是一种感召。"天下事真是不如意的多。不讲别的，只说书这件东西，它是再与世无争也没有的了，也都要受这种厄运的摧残。"这是生活的酸甜苦辣在作者短暂的生命的年轮上留下的印迹。

　　一语道破天机，字面上说的是书，实际上说的是在遭受厄运摧残的书的身上寄予着自己的命运。朱湘于1927年留学美国，1930年没有拿到学位就回国了。他在美国期间，给妻子刘霓君写了90封情书，每一封信都有编号。在这些情书中，他写谋生之艰辛，为钱所困的尴尬，更多的是如水的柔情，有日常生活的关照叮咛，以及夫妻间的体贴呵护。回国后，在安徽大学（今"安徽师范大学"前身）教书，生活很不宽裕，因为安徽大学时常拖欠薪水，他和他的妻子在安庆所生的一个幼儿，未满周岁，就因为没有奶吃哭了七个昼夜，活活地饿死。这很像杜甫诗中描述自己生活的悲惨情景。贫贱夫妻百事哀，这严重影响了夫妻感情，婚姻已近崩溃。有一件事激发了所有的矛盾。朱湘邀请好友到安徽大学任教，被校方拒绝。不知他是愤而辞职，还是被校方解聘，他在安徽大学也无立足之地了。仅靠微薄的稿酬如何养家糊口，朱湘已经穷困潦倒，可是，他"生无媚骨"，不肯接受嗟来之食。自从他辞职后，被世俗诬为"神经病"。此时，夫妻也闹起了离婚。1933年12月5日，诗人在去南京的客轮上跳江自杀。他的遗孀刘霓君后来也"只好靠缝纫和刺绣来维持生活"。

　　民国才子命运多舛。具体到诗人朱湘，他的悲剧是怎样造成的？对于朱湘的死，当时的上海《申报·自由谈》就有人写文章说："他的死，可说完全是受社会的逼迫。固然，他的性情，不免孤僻，这是他的一般朋友所共知。不过生活的不安,社会对他的漠视,即是他自杀的近因……朱湘先生既不会蝇营狗苟,亦不懂得争权夺利,所以,在这个黑暗的社会中,只得牺牲一生了。"(余文伟)"他的文章近几年来发表得很少,而且诗是卖不起钱的,要想靠这个维持生活真是梦想。听说有家杂志要他的诗稿,因他要求四元一行,那位素爱揩油的编辑就很生气的拒绝刊登。"(何家槐)他的清华同学梁实秋认为:"中国社会'混乱'自然是一件事实,在这社会中而要求'生活得舒服一点'的确是不容易。不过以朱湘先生这一个来说,我觉得他的死应由他自己的神经错乱负大部分责任,社会上冷酷负小部分责任。"看来,连朱湘的同学也未必真正理解他"孤高的真情"。当然,孤僻、决绝、敏感、狂狷、清高、刚正,这些是诗人典型的性格。这样的天才,在哪个时代都很难被接受,从屈原到朱湘,诗人的命运,大抵如此。从学生时代起,朱湘的个性就较乖僻、焦躁,可是他的诗歌却是少有的平静和谐,他仿佛在创作之前洗净了身内身外的烦恼,给诗歌留下一方神圣和谐的园地。从创作初起时就十分注重锤炼诗歌的情感和形式,他的内心是喧嚣的,而他的诗情却是宁静而柔美的:

> 春天的花香真正醉人,
>
> 一阵阵温风拂上人身,
>
> 你瞧日光它移的多慢,
>
> 你听蜜蜂在窗子外哼:
>
> 睡呀,宝宝,
>
> 蜜蜂飞的真轻

舒缓的旋律,悠扬的节奏,错落有致的诗行,加上活泼清新的形象,在不经意中营造出一派和谐世界,给人以阅读与聆听的双重美感。朱湘孜孜不倦地进行着新格律的探索,他特别追求"理智节制情感"的具有东方神韵的美学原则,从诗的情感到诗的章法、字句,他一直不懈地实践着,形式上讲究整齐、对称,诗韵上讲究与内容情绪合一,这些努力使朱湘在新诗创作史上留下了深深的印记。读过这样的诗句,读者很自然地从诗的风格感受到在悲苦命运煎熬的诗人性格中的另一面,显示了一个纯粹诗人卓尔不群的艺术才华。

曾被鲁迅赞誉为"中国的济慈"的短命诗人朱湘,是否在写这篇散文的时候就已经在检讨自己的人生。这个20世纪20年代清华园的四个著名学生诗人之一(另外三人:饶孟侃、孙大雨、杨世恩,并称为"清华四子")的朱湘,已经感受到"从无字处读书"的重要和必要。所以,文章的结尾是深沉的,也是值得我们推敲的:"咳!不如趁着眼睛还清朗,鬓发尚未成霜,多读一读'人生'这本书罢!"

画
廊

◇李广田

"买画去么?"

"买画去。"

"看画去,去么?"

"去。看画去。"

在这样简单的对话里,是交换着多少欢喜的。谁个能不欢喜呢,除非那些终天忙着招待债主的人。年梢岁末,再过几天就是除日了,大小户人家,都按了当地的习惯把家里扫除一过,屋里的蜘蛛网,烂草芥,门后边积了一年的扫地土,都运到各自门口的街道上去了。——如果这几天内你走过这个村子,你一定可以看见家家门口都有一堆黑垃圾。有些懂事人家,便把这堆脏东西倾到肥料坑里去,免得

本文选自李广田《画廊集》(人民文学出版社2001年版)。李广田(1906—1968),号洗岑,笔名黎地、曦晨等,山东邹平人,散文家。1923年考入济南第一师范后,开始接触五四以来新思潮、新文学。1929年考入北京大学外语系,次年开始发表诗文。还曾与北京大学校友卞之琳、何其芳合出诗集《汉园集》,被人称为"汉园三诗人"

1941年秋至昆明,在西南联大任教。除散文外,还写了长篇小说《引力》。抗战胜利后,他先后在南开大学、清华大学、云南大学任教任职。发表的《花潮》《山色》等篇,曾有较大影响。此外,他还致力于少数民族文学的研究,整理傣族传说《一滴蜜》、彝族支系撒尼人的长篇叙事诗《阿诗玛》和傣族长篇叙事诗《线秀》等出版。1968年被迫害致死。他是中国现代优秀的散文作家之一,先后结集的还有《崔薇集》《圈外》《回声》《日边随笔》等。

叫行路人踢一脚灰,但大多数人家都不这么办,说是用那样肥料长起来的谷子不结粒,容易出秕。——这样一扫,各屋里都显得空落落的了,尤其是那些老人的卧室里,他们便趁着市集的一天去买些年画,说是要补补墙,闲着时看画也很好玩。

那画廊就位在市集的中间。说是"画廊",只是这样说着好玩罢了,其实,哪里是什么画廊,也不过村里的一座老庙宇。因为庙里面神位太多的缘故,也不知谁个是宾,谁个是主,这大概也是乡下人省事的一种办法,把应该供奉的诸神都聚在一处了。然而这儿有"当庄土地"的一个位子该是无疑的,因为每逢人家有新死人时,便必须到这里来烧些纸钱,照例作那些"接引""送路"等仪式,于是这座庙里就常有些闹鬼的传闻。多少年前,这座庙也许非常富丽,从庙里那口钟上了也可知道,—— 直到现在,它还于每年正腊月时被一个讨饭的瞎子敲着,平素也常被人敲作紧急的警号,有时,发生了什么聚众斗殴或说理道白的事情,也把这钟敲着当作号召。——这口钟算是这一带地方顶大的钟了。据老年人谈,说是多少年前的多少年前,这庙里住过一条大蛇,雷雨天出现,为行路人所见,尾巴在最后一层殿里藏着,中间把身子搭在第二殿,又第三殿,一直伸出大门来,把头探在庙前一个深潭里取饮——那个深潭现在变成一个浅浅的饮马池了。——而每两院之间,都有三方丈的院子,每个院子里还有十几棵三五抱的松柏树,现在呢,当然那样的大蛇已无处藏身,殿宇也只变成围了一周短垣的三间土屋了。近些年来，人们对于神的事情似乎不大关心，这地方也就更变得荒废，连仅存的三间土屋也日渐颓败，说不定，在连绵淫雨天里就会倾倒了下来，颇有神鬼不得安身之虞，院里的草，还时有牛羊去牧放，敬神的人去践踏，屋顶上则荒草三尺，一任其冬枯夏长。门虽设而常关，低垣断处，便是方便之门，不论人畜，要进去亦不过举足之劳耳。平常有市集的日子，这庙前便非常热闹，庙里却依然冷静。只有到近新年的时候，这座古庙才被惊动一下。自然，门是开着的了，里边外边，都由官中人打扫一过，不知从哪一天起，每天夜里，庙里也点起豆粒般大的长明灯火来。庙门上，照例有人来贴几条黄纸对联，如"一天新雨露，万古老禅林"之类，却似乎每年都借用了来作为这里的写照。然而这个也就最合适不过了，又破烂，又新鲜，多少人整年地不到这里来，这时候也都来瞻仰瞻仰了。每到市集的日子，里边就挂满了年画，买画的人固然来，看画的人也来，既不买，也不看，随便蹭了进来的也很多，庙里很热闹，真好像一个图画展览会的画廊了。

画呢，自然都很合乡下人的脾味，他们在那里拣着，挑着，在那里讲图画中故事，又在那里细琢细磨地讲价钱。小孩子，穿了红红绿绿的衣服，仰着脸看得出神，从这一张看到那一张，他们对于"有余图"或"莲生九子"之类的特别喜欢。老年人呢，都衔了长烟管，天气很冷了，他们像每人擎了一个小小手炉似的吸着,暖着,烟斗里冒着缕缕的青烟。他们总爱买些"老寿星"、"全家福"、"五谷丰登"或"仙人对棋"之类。一面看着也许有一个老者在那里讲起来了,说古时候有一个上山打柴的青年人,因贪看两个老人在石凳上下棋,竟把打柴回家的事完全忘了,一局棋罢,他乃如一梦醒来,从山上回来时,无论如何再也寻不见来路,人世间已几易春秋,树叶子已经黄过几十次又绿过几十次了。讲完了,指着壁上的画,叹息着。也有人在那里讲论戏文,因有大多数画是画了剧中情节,那讲着人自然是一个爱剧懂剧的,不知不觉间你会听到他哼哼起来了,哼哼着唱起剧文来,再没有比这个更能给人以和平之感的了。是的,和平之感,你会听到好些人在那里低低地哼着,低低地,像一群蜜蜂,像使人做梦的魔术咒语。人们在那里不相拥挤,不吵闹,一切都从容,闲静,叫人想到些舒服事情。就这样,从太阳高升时起,一直到日头打斜时止,不断地有赶集人到这座破庙来,从这里带着微笑,拿了年画去。

"老伯伯,买了年画来?"

"是啊,你没买?——补补空墙,闲时候看画也很好玩呢。"

"'五谷丰登'几文钱?"

"要价四百四,还价二百就卖了。"

在归途中,常听到负了两肩年货的赶集人这样问答。

简评

　　李广田先生1935年从北京大学毕业，回济南教中学，继续写了不少散文，结集为《画廊集》《银狐集》。李广田最初是作为诗人踏上文坛的，然而他最突出的成就却在散文创作。李广田的乡土散文质朴而清新，自然而浑厚，富有浓郁生活气息而又沉郁顿挫，受到几代人的喜爱、追捧。不过，《画廊集》写作的20世纪30年代，正是中国社会生死存亡的关键时刻，然而在其散文中却丝毫感受不到时代的气息，反而极力营造出一种如世外桃源般的山水画卷。有人认为其散文脱离时代、缺乏深刻的社会内涵，但他的散文恰恰在承续了"五四"启蒙主题的同时，也体现了对个体生命的关怀和个体意识的张扬，焕发出与众不同的时代色彩，在中国现代散文史上写下了特色鲜明的一页。上个世纪30年代初，何其芳、李广田、卞之琳三位大学生在北大校园用诗咏叹他们青春的情感，结集为《汉园集》，"汉园三诗人"也就为现代文学描摹了绚丽、飘逸的一笔。汉园三诗人之一的李广田随之用诗笔写散文，《画廊集》作为他的第一本散文集，这是他大学期间和大学毕业后一段时间里写成的，人们常称之为他的"早期散文"。思想情感与他在《汉园集》中的诗歌一脉相承，又略有些变化，除了表达一个青年知识分子的孤寂心理外，还以忆旧的笔调写下了不少乡间往事。这些乡间往事也渗透了忧郁的心绪，迷漫着诱人的艺术魅力。人们读这部作品发现，李广田的散文比他的诗写得好。著名批评家李健吾在评论这部作品时委婉而又精当地说到了这一点："一篇散文含有诗意会是美丽，而一首诗含有散文的成份，往往表示软弱。"

　　《画廊》一文中，作者给我们展示了别具特色的画廊。这画廊没有秀丽的山水和芊芊莽莽的花木，然而它弥漫着强烈的泥土气息，述说着鲜活的风俗民情。甚至，它像宋代张择端的《清明上河图》，自有独特的

画廊

内涵、别样的魅力。可贵的是,作者文笔恬淡,不重雕饰、崇尚自然,只是客观描述了简陋的农舍,破败的庙宇,千百年积淀的农家习俗,千百年流传的荒诞传说和几幅充满了生活气息的年画;更让乡人乐道的则是贴着"一天新雨露、万古老禅林"对联的不知建于何年的古庙……

他的散文成名作《画廊》,以人物对话开篇,先写年节前人们打扫卫生的乡村习俗,引出人们要求买画"补墙"的欲望;然后写"画廊"所在的位置——一座破败的老庙,引出当时农村人们的一些生活习俗——充满生活意趣的年画;再写"画廊"里乡村人们买画、品画的场面;最后又以赶集回来途中人们关于画的价格的问答结尾。首尾照应,环环相扣,精致有致。所有内容都是农村人的,而且也许为了增加乡土氛围吧,作家连城里人看来极不文明的往大门外堆黑垃圾、图省事把各路神明集中在一个破庙里等等都写了出来。不但写出了当时当地人们的生活习俗,还折射出了他们务实的生活态度。

李广田先生的散文还存在不被所有人理解的个性特征。长期以来,有些人对《画廊集》的评价都逃不了"狭窄""脱离时代"等观点,乃至包括作家的家人的评价也曾如此。"解放前,他写的散文,尤其是早期散文,多写个人哀乐,童年的回忆,和思念乡土之情,还没有跳出个人的小圈子。"(王兰馨,妻子)"他这一时期的作品离现实相去较远,反映现实的深度和广度都不够。"(李岫,女儿)现当代文学专家林非教授在《中国现代散文史稿》中的对《画廊集》的评价是有代表性的,他说:"他善于在娓娓动人的故事中,表达出自己真挚和深沉的感情,蕴含着一种清新和邈远的想象,这就显出了他自己独有的艺术风格。可惜的是他在琢磨自己的文字时,他这支笔所触及的生活毕竟是过于狭窄了,他并没有深刻地挖掘出生活的含义。"这类评价,一直延续到20世纪90年代。

作者在《画廊集·题记》中说:"我是一个乡下人,我爱乡间,并爱住在乡间的人们。……假如可能,我愿意我能够把我在这个世界里所见到的所感到的都写成文字，愿意把我这个极村俗的画廊里的一切都有机会展览起来，虽然我并不敢希望我的文章像那座破画廊里的年画似的，有乡下争着买来补墙。因为我这些东西依然像小朋友们在墙上乱涂的壁画一样，自己画着喜欢，自己看着高兴也就算完了。"评价一部作品，对作品做出符合于时代要求的解释，难免削足适履，显得那么生硬。我们读《画廊集》中的"画廊"，所谓的"狭窄""个人的小圈子"恰恰是李广田这个农民的儿子真实感情的流露。"谁个能不欢喜呢，除非那些终天忙着招待债主的人。年梢岁末，再过几天就是除日了，大小户人家，都按了当地的习惯把家里扫除一过，屋里的蜘蛛网，烂草芥，门后边积了一年的扫地土，都运到各自门口的街道上去了。——如果这几天内你走过这个村子，你一定可以看见家家门口都有一堆黑垃圾。"劳作一年的农民心里怎么想的，李广田清楚，因为他是黑土地的儿子。诗歌《地之子》大概写于同一时期：

我是生自土中，
来自田间的，
这大地，我的母亲，
我对她有着作为人子的深情。
我爱着这地面上的沙壤，湿软软的，
我的襁褓；
更爱着绿绒绒的田禾，野草，
保姆的怀抱。
我愿安息在这土地上，
在这人类的田野里生长，
生长又死亡。
我在地上，

昂了首，望着天上。

望着白的云，

彩色的虹，

也望着碧蓝的晴空。

但我的脚却永踏着土地，

我永嗅着人间的土的气息。

我无心于住在天国里，

因为住在天国时，

便失掉了天国，

且失掉了我的母亲，这土地。

　　诗人李广田来自农村，是个在山东境内黄河与大清河之间那块平原上成长起来的普通农家的儿子。写《画廊》这篇散文的时候他说过："就是现在，虽然在这座大城里住过几年了，我几乎还是像一个乡下人一样生活着，思想着，假如我所写的东西里尚未能摆脱那点乡下气，那也许就是当然的事体吧。""作者善于在娓娓道来的故事中，流泻出真挚和深沉的感情；他用朴素和细腻的文字，驰骋清新和邈远的想象，从而显示出自己独有的风格。"(林非《现代六十家散文札记：李广田》)这表明了诗人对于农村、土地的爱。本文的首尾置办年货的人的问答，这是此乐何极的乡间田园牧歌，这是李广田心中的歌！也是山东农村的生活、习俗在李广田散文中生活的积淀。

记

忆中的云南跑马节

◇ 沈从文

　　特具地方性的跑马节,是在云南昆明附近乡下跑马山下举行的。这种聚集了近百里内四乡群众的盛会,到时百货云集,百艺毕呈,对于外乡人更加开眼。不仅引人兴趣,也能长人见闻。来自四乡载运烧酒的马驮子,多把酒坛连驮架就地卸下,站在一旁招徕主顾,并且用小竹筒不住舀酒请人品尝。有些上点年纪的人,阅兵点将一般,到处走走,点点头又摇摇头,平时若酒量不大,绕场一周,也就不免给那喷鼻浓香酒味熏得摇摇晃晃有个三分醉意了。各种酸甜苦辣吃食摊子,也都富有云南地方特色,为外地所少见。妇女们高兴的事情,是城乡第一流银匠到时都带了各种新样首饰,选平敞地搭个小小布棚,展

　　本文选自《沈从文散文》(浙江文艺出版社1999年版)。沈从文(1902—1988),湖南凤凰县人,著名作家,历史文物研究家。14岁时,他投身行伍,浪迹湘川黔边境地区。1924年开始文学创作,撰写出版了《长河》《边城》等小说,1931—1933年在青岛大学任教。抗战爆发后到西南联大任教,1946年回到北京大学任教。沈

从文一生创作的结集约有80多部,是现代作家中成书最多的一个。30年代后,他的创作显著成熟,主要成集的小说有《龙珠》《旅店及其他》《石子船》《虎雏》《阿黑小史》《月下小景》《八骏图》《如蕤(rui)集》《从文小说习作选》《新与旧》《主妇集》《春灯集》《黑凤集》等,中长篇《阿丽思中国游记》《边城》《长河》,散文《从文自传》《记丁玲》《湘行散记》《湘西》,文论《废邮存底》及续集、《烛虚》《云南看云集》等。新中国成立后在中国历史博物馆和中国社会科学院历史研究所工作,主要从事中国古代历史的研究。

开全部场面,就地开业,煮、炸、捶、钻、吹、镀、嵌、接,显得十分热闹。卖土布鞋面枕帕的,卖花边阑干、五色丝线和胭脂水粉香胰子的,都是专为女主顾而准备。文具摊上经常还可发现木刻《百家姓》和其他老式启蒙读物。

大家主要兴趣自然在跑马,特别关心本村的胜败,和划龙船情形相差不多。我对于赛马兴趣并不大。云南马骨架多比较矮小,近于古人说的"果下马",平时当坐骑,爬山越岭腰力还不坏,走夜路又不轻易失蹄。在平川地作小跑,钻子步走来匀称稳当,也显得满有精神。可是当时我实另有所会心,只希望从那些装备不同的马背上,发现一点"秘密"。因为我对于工艺美术有点常识,漆器加工历史有许多问题还未得解决。读唐宋人笔记,多以为"犀皮漆"做法来自西南,系由马鞍韂涂漆久经磨擦而成。"波罗漆"即犀皮漆中一种,"波罗"由樊绰《蛮书》得知即老虎别名,由此可知波罗漆得名便在南方。但是缺少从实物取证,承认或否认仍难肯定。我因久住昆明滇池边乡下,平时赶火车入城,即曾经从坐骑鞍桥上发现有各种彩色重叠的花斑,证明《因话录》等记载不是全无道理。所谓秘密,就是想趁机会在那些来自四乡装备不同的马背上,再仔细些探索一下究竟。结果明白不仅有犀皮漆云斑,还有五色相杂牛皮纹,正是宋代"绮纹刷丝漆"的作法。至于宋明铁错银马镫,更是随处可见。云南本出铜漆,又有个工艺传统,马具制作沿袭较古制度,本来极平常自然。

可是这些小发现,对我说来却意义深长。因为明白"由物证史"的方法,此后应用到研究物质文化史和工艺图案发展史,都可得到不少新发现。当时在人马群中挤来钻去,十分满意,真正应合了古人说的,"相马于牝牡骊黄之外"。但过不多久,更新的发现,就把我引诱过去,认为从马背上研究老问题,不免近于卖呆,远不如从活人中听听生命的颂歌为有意思了。

原来跑马节还有许多精彩的活动,在另外一个斜坡边,比较僻静长满小小马尾松林子和荆条丛生的地区,那里到处有一簇簇年轻男女在对歌,也可说是"情绪跑马",热烈程度绝不下于马背翻腾。云南本是个诗歌的家乡,路南和迤西歌舞早著名全国。这一回却更加丰富了我的见闻。

这是种生面别开的场所,对调子的来自四方,各自蹲踞在松树林子和灌木丛沟凹处,彼此相去虽不多远,却互不见面。唱的多是情歌酬和,却有种种不同方式。或见景生情,即物起兴,用各种丰富比喻,比赛机智才能。或用提问题方法,等待对方答解。或互嘲互赞,随事押韵,循环无端。也唱其他故事,贯穿古今,引经据典,当事人照例心中一本册,滚瓜烂熟,随口而出。在场的既多内行,开口即见高低,含糊不得。所以不是高手,也不敢轻易搭腔。那次听到一个年轻妇女一连唱败了三个对手,逼得对方哑口无言,于是轻轻地打了个吆喝,表示胜利结束,从荆条丛中站起身子,理理发,拍拍绣花围裙上的灰土,向大家笑笑,意思像是说:"你们看,我唱赢了。"显得轻松快乐,拉着同行女伴,走过江米酒担子边解口渴去了。

这种年轻女人在昆明附近村子中多的是。性情明朗活泼,劳动手脚勤快,生长得一张黑中透红的脸,满口白白的牙齿,穿了身毛蓝布衣裤,腰间围了个钉满小银片扣花葱绿布围裙,脚下穿双云南乡下特有的绣花透孔鞋,油光光辫发盘在头上。不仅唱歌十分在行,大年初一和同伴各个村子里去打秋千,用马皮作成三丈来长的秋千条,悬挂在路旁高树上,蹬个十来下就可平梁,还悠游自在若无其事!

在昆明乡下,一年四季早晚,本来都可以听到各种美妙有情的歌声。由呈贡赶火车进城,向例得骑一匹老马,慢吞吞地走十里路。有时赶车不及还得原骑退回。这条路得通过些果树林、柞木林、竹子林和几个有大半年开满杂花的小山坡。马上一面欣赏土坎边的粉蓝色报春花,在轻和微风里不住点头,总令人疑心那个蓝色竟像是有意摹仿天蓝而成的。一面就听各种山鸟呼朋唤侣,和身边前后三三五五赶马女孩子唱的各种本地悦耳好听山歌。有时面前三五步路旁边,忽然出现个花茸茸的戴胜鸟,矗起头顶花冠,瞪着个油亮亮的眼睛,好像对于唱歌也发生了兴趣,经赶马女孩子一喝,才扑着翅膀掠地飞过。这种鸟大白天照例十分沉默,可是每在晨光熹微中,却欢喜坐在人家屋脊上,"郭公郭公"反复叫个不停。最有意思的是云雀,时常从面前不远草丛中起飞,扶摇盘旋而上,一面不住唱歌,向碧蓝天空中钻去,仿佛要一直钻透蓝空。伏在草丛中的云雀群,却带点鼓励意思相互应和。直到穷目力看不见后,忽然又像个小流星一样,用极快速度下坠到草丛中,和其他同伴会合,于是另外几只云雀又接着起飞。赶马女孩子年纪多不过十四五岁,嗓子通常并没经过训练,有的还发哑带沙,可是在这种环境气氛里,出口自然,不论唱什么,都充满一种淳朴本色美。

　　大伙儿唱得最热闹的叫"金满斗会",有一次在龙街村子里举行,到时候住处院子两楼和那道长长屋廊下,集合了附近几个乡村男女老幼百多人,六人围坐一矮方桌,足足坐满了三十来张桌子,每桌各自轮流低声唱《十二月花》,和其他本地好听曲子。声音虽极其轻柔,合起来却如一片松涛,在微风摇荡中舒卷张弛不定,有点龙吟凤哕意味。仅是这个唱法就极其有意思。唱和相续,一连三天才散场。来会的妇女占多数,和逢年过节差不多,一身收拾得清洁利索,头上手中到处是银光闪闪,使人不敢认识。我以一个客人身份挨桌看去,很多人都像面善,可叫不出名字。随后才想起这里是村子口摆小摊卖酸泡梨的,那里有城门边挑水洗衣的,此外打铁箍桶的工匠家属,小杂货商店的老板娘子,乡村土医生和阉鸡匠,更多的自然是赶马女孩子和不同年龄的农民和四处飘乡赶集卖针线花样的老太婆,原来熟人真不少!集会表面说辟疫免灾,主要作用还是传歌。由老一代把记忆中充满智慧和热情的好听歌声,全部传给下一辈。反复唱下去，到大家熟习为止。因此在场老年人格外兴奋活跃，经常每桌轮流走动。主要作用既然在照规矩传歌，不问唱什么都不犯忌讳。就中最当行出色的是龙街村子一个吹鼓手，年纪已过七十，牙齿早脱光了，却能十分热情整本整套地唱下去。除爱情故事，此外嘲烟鬼，骂财主，样样在行，真像是一个"歌库"。小时候常听老太婆口头语，"十年难逢金满斗"，意思是盛会难逢，参加后，才知道原来这种会，只有正当金星入斗那一年才举行的。

同是唱歌，另外有种抒情气氛，而且背景也格外明朗美好，即跑马节跑马山下举行的那种会歌。

西南原是诗歌的家乡，我住云南乡下整整八年，所听到的不过是极小范围内一部分而已。解放后人民自己当家作主，生活日益美好，心情也必然格外欢畅，新一代歌手，都一定比三五十年前更加活泼和热情。唱歌选手兼劳动模范，不是五朵金花，应当是万朵金花！

简评

沈从文先生由于他的创作风格的独特，在中国文坛上被誉为"乡土文学之父"。早期的小说集有《蜜柑》《雨后及其他》《神巫之爱》等，基本主题已见端倪，但城乡两条线索尚不清晰，两性关系的描写较浅，文学的纯净度也差些。1934年问世的《边城》，是沈从文"湘西系列"这类"牧歌"式小说的代表，也是沈从文小说创作的一个高峰。1981年出版了研究、写作历时15年的专著《中国古代服饰研究》，填补了中国物质文化史上的空白，不能不让人肃然起敬。沈从文的一生是坎坷的一生，是奉献的一生。沈从文的文学作品在国内外产生了重大的影响。他的作品被译成日本、美国、英国、苏联等四十多个国家的文字出版，并被美国、日本、韩国、英国等十多个国家或地区选进大学课本,在他生命的最后日子里,于1987、1988年两度被提名为诺贝尔文学奖评选候选人。

跑马节是西藏自治区藏北高原藏族牧民一年一度的传统盛会,于每年藏历七月择日举行。节日期间,牧民们安排好生产、生活,穿上民族服装,或骑马、或骑牦牛、或坐车,从四面八方汇集于赛马场上。节日的赛马场周围搭起高低错落、五颜六色的帐篷,铺上卡垫,摆上青稞酒、酥油茶、牛羊肉等食品,跑马节上的物品越来越丰富。有的还摆上收音机、录音机。赛马场上彩旗招展,歌声嘹亮、热闹非凡。参加比赛的骏马,一匹匹膘肥体壮。马鬃、马尾都用彩绸扎成辫子,骑手们身穿黄马褂和镶着金丝条的箭裤,一只胳膊袒露在外,一个个威风凛凛,英姿飒爽,伫立于自己的骏马一侧。只听"叭!"的一声枪响,骑手们便翻身上马,一匹匹骏马,四蹄腾空,闪电一般地从人们的面前一掠而过。临近终点,场上一阵阵雷鸣般的掌声和经久不息的欢呼声,响彻云霄,场面真是动人。赛马结束,立即开展各种文体比赛活动,演出传统的藏戏和丰富多彩的民族歌舞,买卖马匹和农副土特产品;夜幕降临,盘坡草原燃起一堆堆篝火,藏、回、蒙古、土家等族人民围着熊熊的篝火,翩翩起舞,尽情歌唱,欢度节日。作者以自己极大的热情来写"云南跑马节"的:"西南原是诗歌的家乡,我住云南乡下整整八年,所听到的不过是极小范围内一部分而已。解放后人民自己当家作主,生活日益美好,心情也必然格外欢畅,新一代歌手,都一定比三五十年前更加活泼和热情。唱歌选手兼劳动模范,不是五朵金花,应当是万朵金花!"流露了和描写"湘西"同样的情感。

"特具地方性的跑马节,是在云南昆明附近乡下跑马山下举行的。这种聚集了近百里内四乡群众的盛会,到时百货云集,百艺毕呈,对于外乡人更加开眼。不仅引人兴趣,也能长人见闻。"当地人的主要兴趣自然是跑马,但是作者的兴趣不在于此,笔锋一转,把读者引进了一片新的天地。先是对马背上的"秘密"产生了兴趣："我对于赛马兴趣并不大。云南马骨架多比较矮小,近于古人说的'果下马',平时当坐骑,爬山越岭腰力还不坏,走夜路又不轻易失蹄。在平川地作小跑,钻子步走来匀称稳当,也显得满有精神。可是当时我实另有所会心,只希望从那些装备不同的马背上,发现一点'秘密'。因为我对于工艺美术有点常识,漆器加工历史有许多问题还未得解决。读唐宋人笔记,多以为'犀皮漆'做法来自西南,系由马鞍鞯涂漆久经磨擦而成。'波罗漆'即犀皮漆中一种,'波罗'由樊绰《蛮书》得知即老虎别名,由此可知波罗漆得名便在南方。"接下来才是本文的要点:"原来跑马节还有许多精彩的活动,在另外一个斜坡边,比较僻静长满小小马尾松的林子和荆条丛生的地区,那里到处有一簇簇年轻男女在对歌,也可说是'情绪跑马',热烈程度绝不下于马背翻腾。云南本是个诗歌的家乡,路南和迤西歌舞早著名全国。这一回却更加丰富了我的见闻。"云南是多民族地区,在人们的生活中歌唱活动占有特别重要的地位,几乎渗透到生活中的各个领域。他们以歌唱倾诉爱情,激起劳动的热情,表达对死者的哀悼、对婚姻的祝福,抒发丰收的喜悦和节日的欢乐……尤其是那些没有文字的民族,歌唱成了传授知识的工具。据说,解放前云南一些少数民族打官司也是唱歌。因此,在许多民族中,小孩子还在咿呀学语的时候,就跟着大人学唱歌了;一个高明的歌手常常会在本民族中得到人们特别的尊重。沈从文美妙的抒情笔触,多方展示了云南民歌的风采。

云南民歌不仅是云南民族音乐的核心和基础,而且对民族文学艺术的发展也具有特殊的意义。她不仅是民族歌舞音乐中的重要组成部分,也是民族乐曲发展的胚胎,她不仅孕育了少数民族戏曲、曲艺音乐的形成,同时也为戏曲说唱艺术的进一步发展提供了丰富的养料。在各类民族曲乐和华灯、白剧、壮剧、傣剧、扬琴、大本曲等戏曲、说唱音乐中,大量的曲调至今还保留民族的原形或近似民歌的变体。尤其不能忽视的是,各民族民歌歌词本身就是极其丰富多彩的民间诗歌。歌词可以变换,一般是乐手见景生情,随感而发,即兴编成歌词。《记忆中的云南跑马节》就是沈从文作为历史文物研究学家对云南民俗——云南的歌会的一种"行为采录",也是作为作家的沈从文对于民俗文化一种特殊的"抢救性发掘"。

　　人们说起在中国文坛上被誉为"乡土文学之父"的沈从文,马上就会联想到他的"湘西系列"作品中写湘西的"优美、健康、自然而又不悖乎人性的人生形式"。同样,写春城昆明不仅风光旖旎,而且"百货云集、百艺毕呈"。那令人心醉的云南风物民情,那气势恢宏跑马节的欢乐场面,那少数民族对歌、传歌的有趣习俗,神游其间,何等的欢欣惬意。

山

水娱人

◇龚斌

本文选自龚斌《中国人的休闲》(文津出版社 2013 年版)。龚斌,1947 年 5 月生,上海市崇明县人。华东师范大学教授,华东师范大学东方文化研究中心研究员。从事中国古代文学及中国文化的研究和教学工作,尤其在中古文学及中古社会文化领域的研究用力最勤。已出版的学术专著代表作有《陶渊明集校笺》《陶渊

在中国人的种种休闲方式中,游山玩水最为人们喜爱和推崇。因为山水是宇宙自然最生动、最完美的体现。那屹立千万年的大山,多像静穆庄重的仁者;那活泼流动的江河,多像才华横溢的智者。满山遍野的草木,充满生机。水中的蓝天,云蒸霞蔚。澄江一道,芳甸花艳,南国红豆,北国雪原,缤纷的色彩,使人目不暇接。沉浸在青山绿水之间,仿佛能听到宇宙的律动,领悟天地自然的伟大与永恒。

得到欢乐,是休闲的一大目的。而山水,乃是世间最大的欢乐之源。古人早就懂得了山水可以娱人。赞美自然的庄子说:"山林与,皋壤与,使我欣欣然而乐与!"(《庄子·知北游》)汉代辞赋家枚乘《七

发》中的吴客说:"既登景夷之台,南望荆山,北望汝海,左江右湖,其乐无有。"他甚至把山水作为治疗楚太子毛病的良药。到了曹魏时期,以曹丕为首的邺下文人,有了比较安定的生活环境,闲暇的时间多了,游览山水就成了他们消遣闲情的主要方式。曹丕在写给吴质的信中说,在天气和暖的五月,南风吹拂着万物,各种果子多起来了,邺下文人经常驾车出游。另一位著名的文学家应璩,兴高采烈地说起他们一批"闲者"北游洛阳之北的芒山和黄河,逍遥于山坡水塘之间,吟诗作赋于杨柳之下,射高云中鸟,钓深渊中鱼,连称:"喜欢无量!""何其乐哉!"

六朝名士常常游山玩水,经日忘归。他们最懂得山水是世间之大乐的道理。王羲之辞官以后,与他同道尽情游山玩水,钓鱼射鸟,遇上风和日丽,还扬帆海上。孙绰住在风光秀丽的会稽,游放山水,十有余年。王献之说:"从山阴道上行,山川自相映发,使人应接不暇。若秋冬之际,尤难忘怀。"……他们整个身心融进山水,涵泳自然,体悟宇宙之道。游览山水,既是他们的生活态度,甚至也成了艺术创造的不可或缺的条件。

山水固然娱人,但非悠闲者不能赏其趣。游览和欣赏山水,是闲暇者所为,非得有一份悠闲的心境。所以应璩自称是"闲者北游"。整天忙忙碌碌,不是为名利,就是为生计,哪会有闲功夫闲心情游览山水?正踯躅于泰山道上的挑砖石的民工,想来不会有闲心情欣赏如画的山景。而心在功利的人物,

明传论》《青楼文化与中国文学研究》《慧远法师传》。与他人合著的有《中国古代文学事典》《中国古代散文三百篇》《中国古代诗词曲词典》。

即使身在山林,也不过是走马观花,心不在焉。只有以一份闲暇的心,才能欣赏山水的奇趣与妙趣。大漠中落日的壮美,山岭间白云的变幻,林中落叶的响动,春来江花如燃,涧边花开花落……山水的动静声容,以及她所呈现的说不尽也道不完的美,也确实只有悠闲者才有可能感知、领略和欣赏。

现在我们徜徉在青山绿水之间,尽可以享受自然赐予的美景,获得心灵上的愉悦,而不必非如晋人那样,来一番"悠然远想"。晋人是善于玄想的,他们不仅把山水作为欣赏的客观对象,而且把它看作是抽象的"道"的体现。因此他们放浪山水时,就常常冒出许多玄虚的想法。比如面对差不多与天地同样古老的山峰,会联想到个人的生命短得就像庄子所说的不知春秋的夏虫,于是惕然心惊,觉得应该及时行乐。又比如与几个好朋友漫游于山间水畔,又是吟诗,又是弹琴,逍遥自在了一阵子后,忽然会向往起庄子笔下的"无何有之乡"。置身于生机盎然、自然纯美的山水之间,如果漠然无感,神情都不关注山水,那固然说不上是个深于情者,甚至休闲的目的也未达到;但如果枯坐山石,一味作高深的玄想,那也并不就算是涵泳自然,有时反而会妨碍对美景的细细品味。

论游山玩水,李白的方式倒是颇值得效法的。他一生饱览祖国的山山水水,尽情地享受风日山川之美。他望庐山的五老峰,比作"青天削出金芙蓉",说是"九江秀色可揽结,吾将此地巢云松",赞叹庐山的秀美,表示要长住于此。他在泾川送别族弟,三百里曲曲折折两岸风光,所谓"佳境千万曲,客行我歇时",边走边看,完全被美景醉倒了。总之,李白的游览山水是尽情吮吸美感,真好像"葡萄美酒夜光杯",非要来个一醉方休。不过,游览山水最佳的方式或许是将晋人的深情和李白式的浪漫结合起来,兴高采烈又不乏对宇宙、人生和美的了悟。特别是青年朋友,既有胜情,又有济胜之具,不妨攀援险峰,濯足清流,花下饮酒,高卧云巢,在与山水的亲近和拥抱中,自然而然会悟出一些高妙的道理。

简评

散文《山水娱人》置身于作者的大作《中国人的休闲》一书的第一节,因此,可以说作者是把美丽的山水以及对山水的欣赏放在人类的休闲这个大前提下来探讨的。故开宗明义,文章的开头作者就说得很清楚:"在中国人的种种休闲方式中,游山玩水最为人们喜爱和推崇。因为山水是宇宙自然最生动、最完美的体现。那屹立千万年的大山,多像静穆庄重的仁者;那活泼流动的江河,多像才华横溢的智者。"从休闲的角度来阅读本文"山水娱人"的深刻含义,和大家习见的、一般意义上的游山玩水是不能同日而语的。

"休闲是人的权利也是本性要求,关系生活幸福指数和经济发展质量。"可是,在很长的时间里,国人对"休闲"一词还缺乏正确的认识。一提到"休闲"这个名词,很多人立刻就会联想到吃、喝、玩、乐等,是否这些就代表了休闲呢?休闲究竟又有什么样的内涵呢?很多人恐怕对此都不甚了解。毋庸置疑,吃、喝、玩、乐肯定属于休闲的内容之一,但绝不是全部。休闲有高尚的,也有低俗的。例如有的人整天游手好闲,吃喝玩乐,斗鸡走狗,说三道四,虽然表面看来也是很"休闲",但是,说白了，这是休闲的堕落，没有丝毫提倡的价值。休闲也要"闲"出趣味，同样是喝酒，细斟慢酌、花下独酌就显得有"有趣"，而狂呼滥饮、使酒骂座就让人生厌。休闲是一种艺术、一种文化，特别是在中国，休闲的历史源远流长，休闲方式具有鲜明的独特性，它是以士大夫文人为主的休闲文化，常常伴随着琴、棋、书、画，以及诗词曲赋、美酒和美人，诸如饮酒赋诗、花中弹琴、把玩古玩……充满诗情画意，别具艺术性。

当我们从文化人类学、历史和社会学的角度去考察休闲时，我们发现休闲总是属于并存在于某一文化之中，带有明显的种族色彩和民族特性。各种不同的文化传统或亚文化下，人们的休闲方式和价值取向各不相同，正如杰弗瑞·戈比在《你生命中的休闲》里所说：每一种文化都在创造休闲的概念，也都在不断地对这一概念做出新的界定。而舒适生活是人类进入休闲时代的产物，更确切地说，只有休闲时代才能真正构建和享受舒适生活，因此，体现舒适生活内涵和本质的关键是这种生活或者这种生活的载体（如住房，尤其是中高档住房）是否浸润着反映民族特色和价值取向的休闲文化呢？

"山川之美，古来共谈"。自然界蕴涵着无穷的魅力和深刻的哲理，人们在自然界中辛苦劳作，繁衍生息，领受自然的恩泽，感悟自然界的真谛。许多文人寄情于山水，是因为山水的启迪使他们性情清灵、文思泉涌：陶渊明归隐田园，才会有"采菊东篱下，悠然见南山"的感受；王维夜居山间，才有了"明月山间照，清泉石上流"的发现；白居易江边看春阳江水，才打造了"日出江花红胜火，春来江水绿如蓝"的人间圣境。

所以，山水虽好，难得的是一份好心情。人在欣赏山水时，为的是移情于景色，寄情于山水。故我们徜徉在青山绿水不仅是为了享受自然给予我们的美景，更重要的是获得心灵上的愉悦。山水娱人，乃世间最大的欢乐之源。山水固然使人欢乐，但是，非悠闲者不能得其趣。历史上的六朝名士、唐宋骚客，寄情山水，不仅懂得了山水是世间之乐的道理,还在与山水的亲近和拥抱中收获了对宇宙、人生和美的感悟,积淀了深厚的山水文化。当然,我们游山玩水时,欣赏的不仅是自然山水,更重要的是人文山水。文化是山水之魂,游览山水实际是与自然沟通,与归于自然的先贤对话,与天地精神相往来。如果心在功利,神浮气躁,心不在焉,如何能欣赏山水之奇妙?

更要注意到的一点是:在哲人眼里,山水是哲理的凝固,是人性的外化,登山临水,足可透视宇宙奥妙、参悟人生玄机。但是,"这种哲学思索可不是隐士对尘世的逃遁,它属于类似农夫劳作的自然过程。"(海德格尔《人,诗意地安居》)而对于文人墨客而言:山水是一座精神的家园;他们行其所行,得其所得,乐其所乐;或登山临水,览花草,观鸟鱼;或结庐而居,隐逸山林,释放本性常态,畅达超脱闲情。无论是以何种形式,其内容都是一脉贯通的,那就是归趋于大自然,在大自然的山水画境中寻求精神的升华。因为,"都市社会面临着堕入一种毁灭性的错误的危险。都市人想到农民的世界和存在时,常常有意把他们那种其实非常顽固的炫耀姿态暂时收敛一番,殊不知这与他们心底里的实情——和农民的生活尽量疏远,听任他们的存在一如既往,不逾旧轨,对学究们言不由衷的关于'民风'、'土地的根基'的长篇大论嗤之以鼻——又自相矛盾了。"(同前)

中国人的休闲是一门博大精深的学问,特别是以士大夫文人为主的休闲文化,是中国传统文化中很重要的组成部分。它与自然哲学、人格修养、审美情趣、文学艺术、养生延年等许多方面发生极为密切的关系。清代李渔撰写的《闲情偶寄》,书中充斥着休闲,是古代养生理论的基础读物,无论在当时还是以后都产生了深远的影响。1935年,林语堂先生在英文版《吾国与吾民》中给该书以极高的评价,认为该书是"中国人生活艺术的指南"。因此,中国人的休闲是个大题目,绝非三言两语能够说清楚。《中国人的休闲》作者龚斌先生以流畅的随笔形式,介绍了中国个性鲜明而又源远流长的休闲文化，着重强调了中国人休闲的品位与情趣，推崇自我心境与天地自然的交流与整合，《中国人的休闲》无疑对休闲文化盛行、提倡慢节奏生活大有裨益。

休闲：一门科学

◇舒展

法国实证主义哲学创始人孔德，是最早采取用"社会学"一词的人。至今150年中，社会学已从哲学分出来而繁衍出上百个分支学科，诸如人口社会学、宗教社会学、犯罪社会学、保险学、民俗学、家庭学、性学、老年学……其中研究社会成员休闲时间的休闲社会学学者也对这门学科进行了介绍和探讨。

在西方，一般认为为休闲社会学奠定理论基础的开山之作是美国经济学家索尔斯坦·凡勃伦1899年写的《有闲阶级论》。但是，凡是对《资本论》有所涉猎的人都会知道，真正重视人的休闲时间，从理论上提出问题的是早在工业社会形成初期的无产阶级思想家马克思。这一点，连美国出版的《国际社会科

本文选自《解放日报》（1999 年 6 月 25 日）。舒展（1931—），原名舒学煜，湖北武汉人。1947 年开始发表作品。1982 年加入中国作家协会。中共党员。1950 年毕业于中央戏剧学院。历任《中国青年报》记者、编辑、编委、星期刊主编，人民日报社记者、编辑、大地副刊主编、文艺部副主任，高级记者。《钱锺书研究》编委。著有《当代

学百科全书》中"闲暇社会学"条目,也承认,预见到闲暇在文明发展中的重要性的思想家是马克思。

马克思主义是最关心人的科学理论。

"不仅为生存而斗争,而且为享受,为增加自己的享受而斗争……准备为取得高级的享受而放弃低级的享受。"恩格斯引用并同意彼·拉·拉甫洛夫上面这段话之后接着说:"人类的生产在一定阶段上适合到这样的高度:能够不仅生产生活必需品,而且生产奢侈品(即我们说的提高生活质量)……这样,生存斗争——就变成为享受而斗争,不再是单纯为生存资料斗争,而是为发展资料,为社会的生产发展资料而斗争,到了这个阶段,从动物界来的范畴就不再适用了。"(《马克思恩格斯全集》第34卷163页)恩格斯还在为马克思的《雇佣劳动与资本》一书写的序言中说道:"新的社会制度通过巨大的生产力,在人人都必须劳动的条件下,生活资料、享受资料、发展和表现一切体力和智力所需的资料,都将同等地愈益充分地交归社会全体成员支配。"(同上第1卷349页)这就是说,劳动是用于生存所必需的时间,而用于享受和人的体力智力发展的时间乃是闲暇时间"

马克思比凡勃伦早37年提出了人的发展有赖于休闲时间多少的创见。他在1862年完成的《剩余价值理论》草稿中讲道:"可以自由支配的时间,也就是真正的财富,这种时间不被直接生产劳动所吸收,而是用于娱乐和休息,从而为自由活动和发展开辟了广阔天地。时间是发展才能的广阔天地……财富就是可以自由支配的时间,如此而已……自由时间,可以支配的时间,就是财富本身。"(同上第26卷第3分册280至282页)马克思还提出一个国家真正富裕的标志是劳动时间的减少,闲暇时间的增多。

1880年,马克思的次女劳拉丈夫拉法格写了一篇驳斥每天工作12小时所谓"劳动权"法律的文章,题目就叫《闲暇权》(也有译作《懒惰权》者)。写得热情洋溢、挥斥八极,称得上是嬉笑怒骂诗一般的论文。文前引了莱辛的两句诗:"我们对于一切,除了爱情和美酒;对于一切,除了闲暇本身,都懒得去管!"拉法格指出,无产阶级如果要认识到自己的力量,就应该宣布他们有闲暇权,这一权利比干巴巴的人权要神圣高贵千万倍!

鲁迅除了全集之外,还有译文集、辑古文集,著作等身的丰碑说明了他一生是何等紧张地苦干着;但是,我们从鲁迅日记中,也可见到同友人饮酒、品茗、喝咖啡、吃冰的记载,有逛琉璃厂或到内山书店闲谈和与家人看电影记载。战士的日常生活也有休息、交游、娱乐。

在《过年》一文中,鲁迅讲道:"叫人整年地悲愤、劳作的英雄们,一定是自己毫不知道悲愤劳作的人物。在实际上,悲愤者和劳作者,是时时需要休息和高兴的。古埃及的奴隶们,有时也会冷然一笑。这是藐视一切的笑。"

享乐二字之后如果不缀上"主义"的帽子,有闲二字之后如果不划入"阶级"的范畴,我觉得并非坏事;是既符合人性,又符合马克思主义之大义的。1999年春节,连同串休,多数职工公务员一共休了7天,天没塌下来,社会一如既往正常运转。值得一提的新闻是:初一到初三,共有1万4千人到北京图书馆去看书;原先除夕之夜的团圆饭,由走出家门吃年饭,又发展成坐在家中吃馆子(饭店送餐)。套用一句文件语言就是"满足人民不断提高物质与文化生活的需要",这话说白了,不就是社会要满足老百姓衣、食、住、行、用等等物质上和精神上观赏和陶冶的更高的享乐的需么?在贾宝玉所有的外号之中,宝钗为之取的"富贵闲人"最为传神毕肖。真正的富贵是有闲;善于享乐的度闲者才不妄称富贵;所以又须以"无事忙"为其补足之。薛蟠虽然兼有富贵和闲暇,但他根本不懂得文明地度闲,其档次残留着兽类性质,所以笔者就不屑齿及了。

简评

中华民族具有五千年的悠久历史,为人类思想文化的宝库和人类文明的发展与进步做出了重要贡献。在休闲文化方面,更是有着中华民族独特的理解方式和行为方式,创造了独树一帜的东方休闲文化。正如龚斌在《中国人的休闲》前言中所说:"中国人的休闲是一门博大精深的学问,特别是以士大夫文人为主的休闲文化,是中国传统文化中很重要的组成部分,它与自然哲学、人格修养、审美情趣、文学艺术、养生延年等许多方面都发生着极为密切的关系"。中国人的休闲,最崇尚自我心境与天地自然的交流与融合。中国先贤们对"休""闲"二字的创造和使用,及传统哲学这种"倚木而休"的休闲理念,可谓别具匠心,充满了东方智慧。老子的《道德经》、庄子的《逍遥游》、陶渊明的"采菊东篱下,悠然见南山"、诸葛亮的"非宁静无以致远,非淡泊无以明志"等,就非常有代表性地写出了中国人闲适的最高境界,即悠然的自我与外在自然景物的水乳交融,这些都无不艺术地展现了我国古人对恬淡平静的生活态度及对创造性、审美性的修身养性人生境界的追求。

人类对休闲的认识有着悠久的历史,在西方,最早可以追溯到古希腊时代的亚里士多德,他把休闲誉为"一切事物环绕的中心""科学和哲学诞生的基本条件之一"。这一思想后来成为西方休闲文化的传统。但真正把休闲放置在学术的层面加以考察和研究,并形成学科体系则是近一百多年的事。在我国,最早提出休闲学研究的学者是于光远先生,他指出:"玩是人类基本需要之一,要玩得有文化,要有玩的文化,要研究玩的学术,要掌握玩的技术,要发展玩的艺术。"所以,休闲文化是人类生活的一种重要特征。它不仅是一个国家生产力水平高低的标志,更是衡量社会文明的尺度;是人的一种崭新的生活方式、生活态度。已成为全社会关注的领域。人们在飞速发展的时代面前,价值观发生了新的调整和变化。

我国虽然是发展中国家,但改革发展的飞速变化,休闲与休闲产业的发展势头、趋势也超乎人的想象。但是面对休闲这样一个精神文明建设中的如此庞大的一个社会空间,如何充分认识它潜在的文化含量和教育含量,依然存在着不少差距。因此,积极地引导人们文明、健康、科学的休闲度假,已成为中国社会现实急迫需要研究解决的重要课题。比如,节假日长假里,风景点万头攒动,高速公路几成停车场……无论从哪个角度说,政府和社会应该在这方面做出科学、适用的文章,作家赵长天先生《寻找休闲》一文,表明了一种积极的态度:"有时候做家务倒是一种休息,使脑子得到调节。可把做家务作为休闲,实在是把概念搞乱了,我也不愿显得那么模范。我真想想出一种休闲方式来,比如打高尔夫球保龄球网球,比如骑马钓鱼冲浪……可是它们都离我们很远很远.那就罢了吧!"

人类最终的目标还是:"悲愤者和劳作者,是时时需要休息和高兴的。"只知道工作不知道休息的人,是不完整的人。我们提倡艰苦奋斗的工作作风,但不主张蛮干和无休止地苦干,因为这不符合劳逸结合的社会主义工作原则。工作和休闲,两者有着互相依存的辩证关系。重视闲暇和享受闲暇是个大课题,值得所有社会成员,尤其是政府认真思考。关于休闲,马克思把它上升到人的发展和国家真正富裕的高度,甚至,他的学生拉法格说得更直接:闲暇权,这一权利比干巴巴的人权要神圣高贵千万倍!

握住母亲的脚

◇ 春华

日本一位名牌大学的毕业生到一家颇具实力的公司应聘面试，主考官只对这位才华横溢的大学生提了一个问题："你抱过你母亲的脚吗？"

年轻大学生被主考官的提问弄愣了，满脸绯红。主考官接着又说："明天这个时候，请你再来一次，不过有一个条件，你必须抱抱你母亲的脚。"

青年红着脸走了。他闹不明白主考官的用意，但无论如何，自己也要按照主考官的要求抱抱母亲的脚。

青年大学生早年丧父，贫寒的家里只有他与母亲相依为命。母亲靠替人做佣人才供他读完了大学。青年大学生其实是理解母亲的，也很爱他的母

本文选自《岁月走廊》（西藏人民出版社2008年版）。作者春华简历不详。

亲,但他压根儿没抱过母亲的脚,他不知抱母亲脚时心头会是一种什么样的滋味。

青年回到家时,母亲还没归来。他想,母亲长年在外奔波,那双脚一定很疲乏,今晚,我一定要替她洗洗脚,然后轻轻按摩一番。

母亲很晚了才归来。青年请母亲坐下,然后端来一盆热水,右手拿毛巾,左手握母亲的脚。陡然间,他发现母亲的脚竟然像木棒一样坚硬。青年大学生顿时潸然泪下,紧紧将那双脚拥在怀里,久久也不肯松开。

那时,青年大学生终于理解了母亲。

第二天,青年如约去了那家公司,心情沉重地对主考官说:"我现在才真正明白,做人是那么不容易,成才又是何等的艰难。你让我明白了一个极其简单的道理,一个人只有理解了母亲,他才可能善待自己!"

主考官这时笑了,点点头说:"你明天来公司上班吧!"

主考官旨在考验年轻大学生的悟性,岂料却让一个人的灵魂获得了升华。

年轻大学生从此铭记着母亲的艰辛,也一刻不忘自己肩负的责任。没几年,他便成长起来,而且做了一家大公司的老板。

故事一度让我感动,也令我深深羞愧。

母亲靠着替别人做洗衣工送我读完了大学,可对她一生的血泪辛酸,我除了感激,似乎已没了别的表达方式。相反,在我放纵自己的性情干无聊事的时候,又总是把母亲的牵挂当做一种负担,甚至不止一次地抢白母亲说:"我已经长大了,你就甭管!"每每这时,母亲眼里便一片茫然。

然而,若干年后,当我看到这则故事,当我抱着比日本大学生更虔诚的心态去替母亲洗脚的时候,我竟情不自禁跪下了,抱着母亲的双脚哽咽不止。我轻抚着母亲脚上的冻疮留下的疤痕,亲吻着被岁月磨损的脚踝,擦拭着经生活挤压变形的脚趾,自己仿佛又回到了童年,眼前满是母亲奔波不停的疲惫身影。

怀里的那双已显衰老的母亲的脚,浓缩了母亲一生一世的沧桑,镌刻着母亲抚育儿子的满腹辛酸。母亲正是靠了那双脚,才满世界奔跑,才一次又一次为她的儿女们带回希望。母亲的脚踩出了儿女的前程,却送走了自己的青春;母亲的脚曾站立成一棵大树,为儿女遮风挡雨,可同时又被岁月剥蚀,风化成灰;母亲的脚其实已不仅仅是一双脚,那分明是支撑世界的擎天柱,是托举未来与希望的脚手架。

握母亲脚在手的那个夜晚,我终于读懂了母亲,也才真正弄明白人活着其实就是为了奉献。

许多年以后,当我终于长成一棵大树,当我坐在偌大的教室里给那些虔诚地唤我老师的朋友谈创作体会的时候,我就告诉他们:一个人要想真正读懂人生真谛,不妨回去握握母亲的脚,那是一部比任何经典教材都具震撼力的巨著,读懂了它,你就读懂了整个人生。

我不知我的朋友们是否真回家拥抱过母亲的脚,但我是记住了这点的。当我飘飘然的时候,当我目空一切找不着自己的时候,当我颓丧甚至快堕落的时候,我就会抽时间回到故乡,挑一个有月亮的宁静夜晚,坐在院里,为母亲洗脚,而后轻握着,闭上眼,平心静气地用灵魂去感触那沧桑,那高贵,那凛然。只在眨眼间,整个人就清醒了,亮堂了,没了失落的烦躁,没了落寞的苦恼,没了成功后的自以为是,人回归自然,心态趋于平静。

握母亲的脚在手,其实握着的是自己一生的命运。

简评

本文最大价值在开头。开头引用的故事,特别是故事中的那句话深深地震撼了每个做儿女的人:"你抱过母亲的脚吗?"真是语出惊人!那个日本青年惊呆了,文中的"我"惊呆了,每一个读者都惊呆了!这就是开头的力量。好的开头应当不出三言两语就抓住人心,让人挣脱不得,必须随作者一路走下去,直至恍然大悟。儿女对母亲的爱与母亲对儿女的爱孰深孰浅、孰浓孰淡?当我们看到当代不少令人难堪的故事后,答案不言自明。然而,懂事的儿女毕竟是大多数。比如文中的"我"对母亲的爱就感人至深。"此情深深深几许?人间无尺可度量。"当儿子为母亲洗脚的时候,当儿子情不自禁地跪在母亲脚下时……你能不感动么?青年大学生内心受到强烈震撼,他从未如此强烈地感受到母亲的艰辛不易,所以感慨万千,潸然泪下。青年从原来表面上的了解母亲到真正体验到母亲的血泪辛酸和无私奉献,领悟到了人生的真谛,灵魂由此得到了升华。

粗粗看来,抱一抱母亲的脚,似乎是微不足道的,但是,"青年如约去了那家公司，心情沉重地对主考官说：'我现在才真正明白，做人是那么不容易，成才又是何等的艰难。你让我明白了一个极其简单的道理，一个人只有理解了母亲，他才可能善待自己！'"这是青年忽然间明白的道理。这个故事是很能打动人的，作者发自内心的感动感动了更多的人！"若干年后，当我看到这则故事，当我抱着比日本大学生更虔诚的心态去替母亲洗脚的时候，我竟情不自禁跪下了，抱着母亲的双脚哽咽不止。我轻抚着母亲脚上的冻疮留下的疤痕，亲吻着被月岁磨损的脚踝，擦拭着经生活挤压变形的脚趾，自己仿佛又回到了童年，眼前满是母亲奔波不停的疲惫身影。"握母亲的脚在手，懂得了做人不易的道理，就会时刻不忘肩负的责任，艰苦奋斗，踏实做人，一生都不会懈怠。母亲是伟大的！在儿子的心中，母亲的形象是永恒的。

著名作家史铁生在他的最具代表性的散文《我与地坛》中深情地歌颂了自己的母亲。作者朴素的回忆中没有用任何暗示的象征笔墨涉及这个关系，但却显然地告诉读者，母亲的伟大，就在于她像大地一样承担了所有的苦难，像大地一样为自己养育的生命付出了一切。史铁生只有静静地坐在地坛落日的余晖里，才能把对母亲的热爱和怀念自然地、真切地而又无声无息地表达出来，呼喊出来。"我那时脾气坏到了极点，经常是发了疯一样地离开家，从那园子里回来又中了魔似的什么话都不说。母亲知道有些事不宜问，便犹犹豫豫地想问而终于不敢问，因为她自己心里也没有答案。……有一年，十月的风又翻动起安详的落叶，我在园中读书，听见两个散步的老人说：'没想到这个园子有这么大。'我放下书，想，这么大一座园子，要在其中找到她的儿子，母亲走过多少焦灼的路。多年来我头一次意识到，这园中不单是处处都有过我的车辙，有过我的车辙的地方也都有过母亲的脚印。"母亲的艰辛永远地留在了儿子的心里。

本文最后写道："握母亲的脚在手，其实握着的是自己一生的命

握住母亲的脚

运。"握住母亲的脚，就是感受母亲一生的艰辛，明白自己的成长凝聚着母亲多少的心血，懂得成长是多么不易的道理。母亲的脚，浓缩了母亲一生一世的沧桑，雕刻着母亲抚育儿女的满腹辛酸。正是这双脚在满世界奔跑，带给儿女一次又一次的希望。母亲的脚踩出了儿女的前程却送走了自己的青春；母亲的脚站立成一棵大树，为儿女遮风挡雨可同时又被岁月剥蚀，风化成灰；母亲的脚其实已不仅仅是一双脚，分明是支撑世界的擎天柱，是托起未来与希望的脚手架。读懂了母亲的脚，就读懂了整个人生，就能把握好自自己一生的命运。因为母亲的脚让我们感受到人生的辛酸，领悟到了人生的价值，是我们不至于迷失生活的方向。

当然，"握住母亲的脚，读懂母亲的脚"也并不是中华传统文化中的"孝"的全部，充其量也只是衡量一个人是否懂得父母亲一生的操劳，是否真正体会"可怜天下父母心"的一把直观衡量尺度。其实，读朱德笔下勤劳的母亲、老舍笔下仁慈的母亲、柔石小说里被侮辱被损害的母亲形象，我们的心同样是虔诚的。同样是写母亲，本文故事中的年轻大学生被"你抱过你母亲的脚吗"的问题，搞得"满脸绯红"。为的是引出设问者从儿子的心境来体会母亲的艰辛，感悟人生的真谛，真是匠心独运。同样给人启迪的是，"一个人只有理解了母亲，他才可能善待自己。"这是作者读懂人生真谛之所在。

得

壶
记
趣

◇
陆
文
夫

我年轻时信奉一句格言,叫作玩物丧志。世界上的格言多如过江之鲫,有人信,有人不信;有人此时信,彼时非;有人专门制造格言叫别人遵守,自己根本就做不到等等,都是有原因的。

我所以信奉"玩物丧志",是因为那时确实有点志,虽然称不起什么胸怀大志,却也有些意气风发的劲头,想以志降物,遏制着对物的欲念。另一个很实际的原因是想玩物也没有可能,一是没有时间,二是没有金钱,玩不起。换句话说,玩是也想玩的,只是怕分散精力和囊中羞涩而已。事实也是如此,我对字画、古玩、盆景、古典家什、玲珑湖石等等都有兴趣,也有一定的欣赏能力,只是不敢妄图据为已有

本文选自《陆文夫散文》(人民文学出版社2007年版)。陆文夫(1928—2005),江苏泰兴人。当代著名小说家。小说《献身》《小贩世家》《围墙》先后获"全国优秀短篇小说奖";《井》获"《中篇小说选刊》优秀中篇小说奖"。作品还被翻译成英、法、日等语言,畅销海外。曾任苏州文联副主席、中国作家协会副主席。

而已。

想玩而又玩不起,唯一的办法只有看了,即去欣赏别人的、公有的。此种办法很好,既不花钱,又不至于沦为物的奴隶。苏州是个文化古城,历代玩家云集,想看看总是有可能的。

五十年代,苏州的人民路、景德路、临顿路上有许多旧书店和旧货店。所谓旧货店是个广义词,即不卖新货的店都叫旧货店。旧货店也分门别类,有卖衣着,有卖家什,更多的是卖旧艺术品的小古董店。有些不能称之为店,只是在大门堂里摆个摊头,是破落的大户人家卖掉那些既不能吃,又不能穿的非生活必需品的玩意。此种去处是"淘金"者的乐园,只要你有鉴赏的能力,偶尔可以得宝,捡便宜。

那时我已经写小说了,没命地干,每天都是从清晨写到晚上一两点,往往在收笔之际已闻远处鸡啼,可在午餐之后总得休息一下,饭后捉笔头脑总是昏昏沉沉地。休息也不睡,到街上去逛古董店。每日有一条规定的路线,一家家地逛过去,逛得哪家有点什么东西都很熟悉,甚至看得出哪件东西已被人买去了,哪件东西又是新收购进来的。好东西是不能多看的,眼不见心不动,看着看着就想买一点。但我信奉"玩物丧志",自有约法三章,如果要买的话,一是偶尔为之,二是要有实用价值,三是不能超过一元钱。

小古董店里的东西五花八门,有字画、瓷器、陶器、铜器、锡器、红木小件和古钱币,还有打簧表和破旧的照相机。我的兴趣广泛，样样都看，但对紫砂盆和紫砂茶壶特有兴趣。此种兴趣的养成和已故的作家周瘦鹃先生有关系。很多人都知道，周瘦鹃先生的盆景是海内一绝，举世无双。文人墨客、元帅、总理，到苏州来时都要到周家花园去一次。我也常到周先生家去，多是陪客人去欣赏他的盆景，偶尔也叩门而入，小坐片刻，看看盆景，谈谈文艺。周先生乘身边无人时，便送我一盆小品（人多时送不起），叫我拿回去放在案头，写累了看看绿叶，让眼睛得到调剂。我不敢收，因为周先生的盆景都是珍品，放在我的案头不出一月便会死掉的。周先生说不碍，死掉就死掉，你也不必去多费精力，只是有一点，当盆景死掉以后，可得把紫砂盆还给我。盆景有三要素，即盆、盆架、盆栽，三者之中以好的紫砂盆、古盆最为难求。周先生谈起紫砂盆来滔滔不绝，除掉盆的造型、质地、年代、制作高手之外，还谈到他当年如何在苏州的古董市场上与日本人竞相收购古盆的故事，谈到得意时，便从屏门后面的夹弄里（那儿是存放紫砂盆的小仓库）取出一二精品来让我观摩。谈到紫砂盆，必然语及紫砂壶，我们还曾经到宜兴的丁蜀去过一次，去的目的是想发现古盆，订购新盆，可那时宜兴的紫砂工艺已经凋敝，除掉拎回几只砂锅以外，一无所获。

由于受到周瘦鹃先生的感染，我在逛小古董店的时候，便对紫砂盆和紫砂壶特别注意，似乎也有了一点鉴赏能力。但也只看看罢了，并无收藏的念头。

有一天，我也记不清是春是夏了，总之是三十三年前的一个中午。饭后，我照例到那小古董店里去巡视，忽然在一家大门堂内的小摊上，见到一把鱼化龙紫砂茶壶。龙壶是紫砂壶中常见的款式，民间很多，我少年时也在大户人家见过。可这把龙壶十分别致，紫黑而有光泽，造型的线条浑厚有力，精致而不繁琐。壶盖的捏手是祥云一朵，龙头可以伸缩，倒茶时龙嘴里便吐出舌头，有传统的民间乐趣。我忍不住要买了，但仍需按约法三章行事。一是偶尔为之，确实，那一段时间内除掉花两毛钱买一朵木灵芝以外，其他什么也没有买过。二是有实用价值，平日写作时，总有清茶一杯放在案头，写一气，喝一口，写得入神时往往忘记喝，人不走茶就凉了，如果有一把紫砂茶壶，保温的时间可以长点，冬天捧着茶壶喝，还可以暖暖手。剩下的第三条便是价钱了，一问，果然不超过一元钱，我大概是花八毛钱买下来的。卖壶的人可能也使用了多年，壶内布满了茶垢，我拿回家擦洗一番，泡一壶浓茶放在案头。

这把龙壶随着我度过了漫长的岁月，度过了很多寒冷的冬天，我没有把它当作古董，虽然我也估摸得出它的年龄要比我的祖父还大些。我只是把这龙壶当作忠实的侍者，因为我想喝上几口茶时它总是十分热心的。当我能写的时候，它总是满腹经纶，煞有介事地蹲在我的案头；当我不能写而去劳动时，它便浑身冰凉，蹲在一口玻璃柜内，成了我女儿的玩具，女儿常要对她的同学献宝，因为那龙头内可以伸出舌头。

　　"文化大革命"的初期要"破四旧",我便让龙壶躲藏到堆破烂的角落里。全家下放到农村去,我便把它用破棉袄包好,和一些小盆、红木小件等装在一个柳条筐内。这柳条筐随着我来回大江南北,几度搬迁,足足有十二年没有开启,因为筐内都是些过苦日子用不着的东西,农民喝水都是用大碗,哪有用龙壶的?

　　直到我重新回到苏州,而且等到有了住房的时候,才把柳条筐打开,把我那少得可怜的玩艺拿了出来。红木盆架已经受潮散架了,龙壶却是完好无损,只是有股霉味。我把它洗擦一番,重新注入茶水,冬用夏藏,一如既往。

　　近十年间,宜兴的紫砂工艺突然蓬勃发展,精品层出,高手林立,许多著名的画家、艺术家都卷了进去。国内、香港、台湾兴起了一股紫砂热,数千元,数万元的名壶时有所闻,时有所见。我因对紫砂有特殊爱好,也便跟着凑凑热闹,特地做了一只什景橱,把友人赠给和自己买来的紫砂壶放在上面,因为现在没有什么小古董店可逛了,休息时向什景架上看一眼,过过瘾头。

　　我买壶还是老规律,前两年不超过十块钱,取其造型而已。收藏紫砂壶的行家见到我什景架上的茶壶,都有点不屑一顾,实在是没有什么值得称道的。我说有一把龙壶,可能是清代的,听者也不以为然,因为他们知道我没有什么收藏,连藏书也是寥寥

得壶记趣

无几。

一九九〇年五月十三日,不知道是刮的什么风,宜兴紫砂工艺二厂的厂长史俊棠,制壶名家许秀棠等几位紫砂工艺家到我家来作客,我也曾到他们家里拜访过,相互之间熟悉,所以待他们坐定之后便把龙壶拿出来,请他们看看,这把壶到底出自何年何月何人之手。因为壶盖内有印记,他们几位轮流看过后大为惊异,这是清代制壶名家俞国良的作品。《宜兴陶器图谱》中有记载:"俞国良,同治、道光间人,锡山人,曾为吴大澂造壶,制作精而气格混成,每见大澂壶内有'国良'二字,篆书阳文印,传器有朱泥大壶,色泽鲜妍,造工精雅。"

我的这把壶当然不是朱泥大壶,而是紫黑龙壶。许秀棠解释说,此壶叫作坞灰鱼化龙,烧制时壶内填满砻糠灰,放在烟道口烧制,成功率很低,保存得如此完整,实乃紫砂传器中之上品。史俊棠将壶左看右看,爱不释手,拿出照相机来连连拍下几张照片。

客人们走了以后,我确实高兴了一阵,想不到花了八毛钱竟买下了一件传世珍品,穷书生也有好运气,可入《聊斋志异》。高兴了一阵之后又有点犯愁了,我今后还用不用这把龙壶来饮茶呢,万一在沏茶、倒水、擦洗之际失手打碎这传世的珍品,岂不可惜!忠实的侍者突然成了碰拿不得的千金贵体,这事儿倒也是十分尴尬的。

世间事总是有得有失,玩物虽然不一定丧志,可是你想玩它,它也要玩你;物是人的奴仆,人也是物的奴隶。

简评

在五十年文学生涯中,陆文夫先生在小说、散文、文艺评论等方面都取得了卓越的成就,他以《小贩世家》《美食家》《小巷深处》《井》《围墙》《清高》《人之窝》等优秀作品和《小说门外谈》等文论集,饮誉文坛既久。他的作品大都描写江南市民的生活,语言风格幽默、诙谐,使人在笑中感到一种苦涩和深沉,发人深思。陆文夫幼年时代的生活,尚存晚清和民国时代的文化余脉,记忆中的岁月,既是当时社会生活的真实写照,也反映了那个时代百姓生存的艰苦与温馨。它们给陆文夫的人生留下了深刻印象,这份记忆也丰富了他的文学创作素材。成为作家之后,他便用笔将其绘成一幅幅怀旧而温馨的文化景观,刻意展现传统文化中那些富于诗意的社会画面与生活经验,从而构成文学创作的一个特点。"陆文夫根扎在苏州,而枝叶却在不断向外伸展。"中篇小说《美食家》为作者博得盛名,连一些国外餐馆的老板对他都十分熟悉。曾有海外餐饮业人士赞扬"他有清淡如茶的一面,也有沉郁似酒的一面"。陆文夫与茶相关的那些文字,便凸显了这种特色。他喝茶不是单纯为了消渴,滋味深长的闲饮,可以助谈,且带有几分雅。他以和、清、静为茶之三昧,如芝兰蕙萱、松菊竹梅可喻人品,可言心志,令人神融心醉。这一类文字无形中就为《得壶记趣》拓展了境界。

本文讲述的是作者年轻时从旧货市场淘到一把清代的紫砂壶,买这把壶就是为了"冬天捧着茶壶喝,还可以暖暖手"。可见传统文化对陆文夫生活方式的一种注入。它说明,作家对过去那些质朴的民间生活有着特殊感情,这体现了他的文化立场,也决定着他的人生态度与写作重心。陆文夫用文学的方式,续写着让他难以忘怀的文化传统,带给读者别样的文化享受,结尾更是意味深长:"世间事总是有得有失,玩物虽然不一定丧志,可是你想玩它,它也要玩你;物是人的奴仆,人也是物的奴隶。"寓意深刻,从一把壶的经历读出了自己独特的感受,更是给读者以深深的启迪。

喝茶的人,大都钟情茶壶。民间传统的私人饮茶方式,大都喜欢捧着茶壶喝茶。陆文夫也有这种饮茶习惯,这与童年时代生活在祖父身边的耳濡目染,不无关系。陆文夫祖父是苏南武进人,有喝茶的习俗。后迁居苏北泰州,饮茶的生活习俗却没有改变。祖父的饮茶陆文夫在其他散文中有极为精彩的描写。而陆文夫也喜欢捧着茶壶喝茶,说明受祖父影响很大。陆文夫用文学的方式,续写着让他难以忘怀的文化传统,带给读者别样的文化享受。说起中国的茶壶,还必须懂得,茶壶的收藏是一种情趣,但它毕竟受诸多条件的限制(经济能力、摆放空间),但鉴赏(欣赏)物品就无此局限了。有一定收藏欲望的人去淘旧货是一种别有情趣的活动,要有一定的识别能力,要物得其值,才舍得花钱买下。如本文作者,买一件旧货,写一篇文章,讲讲来龙去脉,让其他人分享喜悦,真是雅俗不挡,充满生活的情趣。作者在不知不觉中得到了一把龙壶,行话叫"捡漏",换个角度看,收藏是见功夫的事,陆文夫的收藏极为自然,可谓"无心插柳柳成荫"。

在陆文夫先生的作品中,涉及茶文化的部分并不多,却传达出独特的思想深度与人文信息。它通过儿时的饮茶生活,展示了传统文化;通过旧日的茶馆风情,描绘了民俗画卷;通过现实中"人走茶凉"的现象,反思了社会问题;通过以茶交友的体验,寄寓了真情实感;通过买茶品茶的生活细节,彰显了文化修养;通过对茶的社会属性的认知,赞美了君子品格。陆文夫作品中的茶文化,体现了传统文化与社会生活变化的统一、饮茶生活与道德自律的统一、文学创作与文化传播的统一。

《得壶记趣》的一个"趣"折射出其考察生活的新视角:壶的形制之趣,倒茶时会吐出舌头;壶的实用之趣,需要时能提供热茶;对壶的赏玩之趣,供自己把玩;成为女儿的玩具,常对同学"献宝";买壶的意外之趣,八毛钱买了把名壶;玩壶的情志之趣,赏玩有节制,不盲从跟风。奇特的经历之趣,历经"文革"而不毁。间巷中的凡人小事,却又深蕴着时代和历史的内涵,不仅主题积极,艺术精湛,且以清隽秀逸、含蓄幽深、淳朴自然的风格引人入胜。

读书的心情

◇ 刘鸿伏

本文选自《雅奏》（中央编译出版社1996年版）。刘鸿伏，1963年出生于湖南安化县小淹镇。在国内及海外各种报刊发表诗、散文、随笔、文化专论、报告文学及各种体裁之作品若干。作品曾为《名作欣赏》《新华文摘》《散文选刊》《读者》及各类报刊转载，并入选人民教育出版社《初中课外读本》《高中课外读本》及十余所大学

烦恼时读书，书便如一把梳子，把你从头到脚浑身梳理一次，在一种麻麻痒痒之中，心情就好起来，渐渐就进了忘忧之境，忘了面对的烦恼，进入书中铺陈构织的风景里去。所以书是可以助人遗忘眼前的不快和逆境，获得抚慰(一种来自前人的慈爱的轻抚)，获得梳理之效的。人生需要常常梳理，人的心情更需在读书的忘忧中得到一种超脱，否则，人的心情往往难得平衡和平和。人的烦恼总来自现实生活，而作为高于生活的书本，它是可以将人的灵魂提升到一定高度的，书可以将你的心境与现实用一道智慧抑或超常美丽的篱笆隔开，是一种缓冲，更是一种无声的温暖的安抚，抚平心上的皱褶。

落寞时读书，便如面对一位不期而遇的故人。最好是冷寒的冬天，窗外雪满草树，无酒无客人，心情无聊到极限，便随便从书架上抽一本书来读读，最好读的是野史或浪漫又带点伤感的东西，当然那些明清的笔记也好，蒲松龄的故事也顶好。喝着有些苦味的绿茶，一个人袖了手，把书摊开在小几上，看一页，用手指粘一页，一页页翻过去，渐渐就忘形，就要读出声来，或者就自己以掌击案，口里喊一个"好！"字。陶陶然如对久别知交，不知不觉间窗外雪已无声，偶尔抬起眼睛赏一下雪景，心从书里游离出来，想起一些关于雪的诗句，心情便很愉悦，甚至有些兴奋，免不了在摊开的书页的空白处，写下张打油的咏雪诗，诗曰："天地一笼统，井上黑窟窿；黑狗身上白，白狗身上肿。"并在诗旁留一行感叹："若以野趣与气韵生动论之，张打油的诗为千古第一等咏雪诗也，文人墨客之咏，较之张打油，未免有做作之嫌。"雪天读书，书是故人，心情先是落寞无聊，不久就沉醉忘形，岂不快哉？

　　失意时读书，书便是一剂疗治心病的好药。一个人难免得失揪心，难免失意时多而快活得意时少。我从来就不相信除了和尚或智慧家之外的凡夫俗子真的能摆脱得失二字。何况人生天地间，大抵不愿做平庸之人，不愿平庸，心中就占了得失两字，失意太过，就有了心绞痛，治心绞痛，只有两味药，一是忽然就得了意；二是全身心沉醉在书中。选一些轻松的书或情节极佳的小说，当然也可以读点庄子

自编教材。代表作有《雅奏》《绝妙人生》《人间序数》等；文物古董艺术品专著5部，代表作有《遥远的绝响》《刘鸿伏说古砚》《古玩随笔》等。

或蔡志忠的漫画。读着读着,渐开三境:第一种境就是达到忘形,忘形就可以忘得失;第二种境就是从书中忽然悟出一些关于人生的哲理,对得失二字蓦然有了新的见解,此时心下便释然,轻轻松松,如卸重负,有一种豁然开朗之感;第三种境就是从书中找到与自身相类的人物际遇,然后看他是如何面对失意的现实,从中便可以学得反败为胜的本领。总之书是疗心之药,是完全可以让失意的人生重新焕发出勇气和力量的,也是可以让你明了如何超越那份凡俗的痛苦,而升华了灵魂的。名人说书籍是人类前行的金杖,这恐怕是不假的。

在高兴愉快时读书,书便如锦上之花,春天时的风,樽中的酒,筝中的雅曲。愉快是人生的美酒,滋养的成分很高,于身心大有补益。而在愉快高兴中读书,更有扶强补贤之功。最好寻一本归有光的文集来读读,读几篇他的哀情文字,你在高兴时读到它们,心情激动难抑,正如一川江流,忽遇大石横空,难免浪花飞扬,作喧阔大响,所以对那份悲凉就有一种往日绝无的感受与震撼,忽然就对人生有了一种穿透或贯通感。当然也可以读沈复的《浮生六记》或一些关于秋天的古画。都带点悲凉,带点人生况味,但因为你的心情原是很愉快的,所以绝不会同在悲哀时读它们一样,心情反而由愉快兴奋转而平和宁静,宁静是可以致远的,快乐地读哀情之书,是读书人至佳之境,正如豪宴之上忽遇一味平日想吃而吃不到的家乡小菜,所有的滋味都齐全了。悲苦之间,便有悟道的可能。

　　读书人不可不读书。读书是有瘾的,正如烟瘾或酒瘾一样。不爱书的人以读书为苦,爱书的人以读书为乐,人有不同,境界有异。有了瘾,就不可一日或缺,缺则惚惚若有所失,如嗜酒者缺酒喝,嗜烟者缺烟抽,那种烦恼,或许不亚于仕途忽然受挫,买卖忽然亏本,这种体会,不足为外人道。有时也有厌倦之感,仿佛食肉过多难免腻味一样;有时忽觉天下之书已罕有读者,叹满世界竟寻不出一本好书来;有时见别人的书室四壁皆书,其实,心中很不以为然,并不觉得架上书多,腹中果就学富五车。凡此种种,是读书中常出现的心理风景,过后就"柳暗花明又一村",还是照样手不释卷,照样把眼睛读成红灯笼,照样在读书中读出种种应有尽有的心情来。

简评

　　本文作者刘鸿伏先生的写作不同的阶段有不同的写作方式。创作前期主要以诗歌写作为主,20世纪90年代开始以散文随笔为主,近些年则以古代文化、文物研究写作为主,兼及长篇小说及散文写作。他的全部创作不管哪一类作品都体现了深厚的书卷气。"读书"是作者说得最多的话题,我们可以从中体会到一定的读书的道理。"读书"从大处讲是人类传承文明的途径,往小处说是人生成长进步的阶梯。读书的目的在于应用,应干什么学什么。而且,读书学习是一个不断积累的过程,关键在于坚持。昨天的理论未必能解释今天的现实,今天的经验不一定能解决明天的问题,"学不可以已",终身学习,持久读书可使人自然产生勇往直前的正气,勇攀高峰的朝气,勇立潮头的锐气。好读书的人,读书是人生最大的乐事,"立身以立学为先,立学以读书为本"。以读书为乐的人读书的幸福无处不在,随着社会环境的改善,处处都可以读书。我们不但要读书斋里的有字书,也要读社会上的无字书。不过,在本文中,作者把读书时的心情描摹得淋漓尽致。读书的人要有一个好心情。

因此,读书可以超越时空的限制,与古人谈心,与洋人交流,去自己从未去过的地方,过自己从未过的生活,体验自己从未体验的感情,延长自己有限的生命。读书可以成癖,故古人有一日不读书,便觉"语言乏味,面目可憎"之语;虽说开卷有益,读书还要有选择,关键是心境、口味,至于看一本书是抑制还是启发了人的生活情趣,不必有一个硬性的指标,古人的"雪夜闭门读禁书",图的就是一种心境。

历史上会读书、善读书的人用他们的读书经历告诉我们:读书欲静,最重要的还得有一个静的心态。"结庐在人境,而无车马喧,问君何能尔,心远地自偏。"(陶潜诗)如今,人们读书的心情越来越浮躁,长篇无信心读,短篇无心思读,个中原因除却环境的影响外,其根子还在于内心。当喧嚣乍起,诱惑袭来,原本还算安分的心,初而微澜,继而波涛汹涌,于是抛弃书本一头扎进应酬和无谓的忙碌之中。清人朱锡绶在《幽梦续影》中写道:"美味以大嚼尽之,奇境以粗游了之,深情以浅语传之,良辰以酒食度之,富贵以骄奢处之,俱失造化本怀。"若读书没了心情,放着眼前美好的文字不去理会、欣赏,直至把美妙的享受变成了残酷的负担,这就失去了读书的本意,即古人所说的"俱失造化本怀"。所以说,读书重在一种心情。什么才是读书的好心情?"在午后温暖的阳光里,泡一杯清茶,懒散地靠在床头把思绪沉浸在书中;在静静的夜晚伴着柔和的灯光翻看喜欢的书,心情也一如夜色一样宁静平和。享受生活在于内心对美好的憧憬和希冀,正如生活中的很多微小里藏有博大,短暂中孕育着永恒。"(谢晃《读书人是幸福人》)

刘鸿伏先生的《读书的心情》写得灵气逼人。单就下面这一段话读书人是会回味不尽的:"读书人不可不读书。读书是有瘾的,正如烟瘾或酒瘾一样。不爱书的人以读书为苦，爱书的人以读书为乐，人有不同，境界有异。有了瘾，就不可一日或缺，缺则惚惚若有所失，如嗜酒者缺酒喝，嗜烟者缺烟抽，那种烦恼，或许不亚于仕途忽然受挫，买卖忽然亏本，这种体会，不足为外人道。"从根本上说，读书其实是一件很私人的事情。读书是一种心灵的旅行，读书有得，是让人羡慕的。林语堂在他《读书的艺术》一文中说："一个人在十二小时之中，能够在一个不同的世界里生活二小时，完全忘怀眼前的现实环境：这当然是那些禁锢在他们身体监狱里的人所妒羡的权利。"是的，不考虑别人怎么看，不讲究场合环境，更不需要承担责任与义务，手捧一本自己的喜欢的书，即便是在闹市街区，依然旁若无人，怡然自得。宝黛共读西厢的相知相伴，大苏与鲁直月下江上读书的洒脱，凿壁偷光、囊萤映雪的执着，同是读书人，不同读书情。这些是读书人的楷模，也是读书人的境界。

战国时期，孟尝君的母亲曾说："读书是福，如鸟之有翼也。"荀子则把读书称之为"君子之学"，可"以养其身"。其实，读书就是一种心情。这种心情与愤懑、懈怠、惆怅、烦躁无关。真正的读书人，他的心情一定是恬淡平和，宁静空灵，轻松愉悦的。他的阅读，是在品味，是为了精神需求，为了激发才智，为了充实自己，完善自己。退而次之，也是为了消遣和娱乐。这些都需要心情，一种自然而平和的心情。有了这份心情的人，他不会在意读书的时间、地点、场合；不会在意是新书还是旧书；更不会在意是名家著作，还是普通作家的著作。他只会将自己的心情，沉浸在字里行间，自自然然地微笑，自自然然地心痛。这种心情是可遇而不可强求的。这种心情说到底，更是一种修养。读书可以使人理智，使人平静。但是，在物欲横流的大千世界里，难免有人斤斤计较于个人得失，投机钻营于商场，吹溜捧拍于官场……自暴自弃于社会的人，是很难有这份心情、这种修养的。这是因为，读一本好书，可以使人正直、宁静、淡泊，而这些人是不想宁静，无意于淡泊的。所以说，这些人的身边尽管摆满了令人目不暇接的精美图书,他们只不过是"拉大旗作虎皮,包着自己吓唬别人",他们根本是不读书的,当然也就算不上是读书人了。有诗说:"无穷诗思窗前草,不了功夫架上书。"读书能读出这样的境界,可以无愧于心了。同时,这也是对读书心情最贴切的诠释。这也是我们所应持有的最适宜的心态了。好的读书的心情是在读书中练就的。

谢冕先生说:"读书的人是世间的幸福人,因为他除了拥有现实世界之外,还拥有另一个更为浩瀚,也更为丰富的世界。"所以,读书可以让空虚的人变得充实,可以让怯懦的人变得勇敢,可以让无知的人变得渊博,让狭隘的人变得开阔,让肤浅的人变得深邃。读书人之幸福全在于心之幸福。佛说,物随心转,境由心造。可以毫不夸张地说,拥有一份阅读的好心情,阅读者就会不为外界干扰所动,不为世俗风尚所惑,而是以极其平静的心情去阅读,借此达到明志益智、养性修身、获取新知之目的。虽说我们生活在一个图像化的时代,广告、影视让人眼花缭乱,吸引着我们的注意力,但是,只要我们更多地钟情于阅读,也就会更多从阅读中得到乐趣。对于一个常常读书、个人生活与书本关系密切的人来说,他的"阅读史",其实也可以说就是他的心灵成长史。一如作者所言:在读书中读出种种应有尽有的心情来。

囚绿记

◇ 陆蠡

这是去年夏间的事情。

我住在北平的一家公寓里。我占据着高广不过一丈的小房间,砖铺的潮湿的地面,纸糊的墙壁和天花板,两扇木格子嵌玻璃的窗,窗上有很灵巧的纸卷帘,这在南方是少见的。

窗是朝东的。北方的夏季天亮得快,早晨五点钟左右太阳便照进我的小屋,把可畏的光线射个满室,直到十一点半才退出,令人感到炎热。这公寓里还有几间空房子,我原有选择的自由的,但我终于选定了这朝东的房间,我怀着喜悦而满足的心情占有它,那是有一个小小理由。

这房间靠南的墙壁上,有一个小圆窗,直径一尺

本文选自《囚绿记》(江苏文艺出版社2010年版)。陆蠡(1908—1942),天台平镇岩头下村人,学名陆圣泉,原名陆考原,现代散文家、革命家、翻译家。1931年秋,陆蠡任泉州平民中学理化教员,课余从事创作和翻译。第一本散文集《海星》的大部分文章,就是在这时写的。1938年3月,他的第二本散文集《竹刀》(曾名《溪名集》)出版,编入

《文学丛刊》第五集。1940年8月,又出版了第三本散文集《囚绿记》,列为《文学丛刊》第六集。三个集子的共同特色,是凝炼、质朴,蕴藉而秀美。曾翻译俄国屠格涅夫的《罗亭》,英国笛福的《鲁滨逊漂流记》,法国拉·封丹的《寓言诗》和法国拉马丁的《希腊神话》。《囚绿记》被选入多家语文教材。1942年,年仅34岁的陆蠡死于日寇酷刑之下,1983年4月,国家民政部批准他为革命烈士。

左右。窗是圆的,却嵌着一块六角形的玻璃,并且左下角是打碎了,留下一个大孔隙,手可以随意伸进伸出。圆窗外面长着常春藤。当太阳照过它繁密的枝叶,透到我房里来的时候,便有一片绿影。我便是欢喜这片绿影才选定这房间的。当公寓里的伙计替我提了随身小提箱,领我到这房间来的时候,我瞥见这绿影,感觉到一种喜悦,便毫不犹疑地决定下来,这样了截爽直使公寓里伙伴都惊奇了。

绿色是多宝贵的啊!它是生命,它是希望,它是慰安,它是快乐。我怀念着绿色把我的心等焦了。我欢喜看水白,我欢喜看草绿。我疲累于灰暗的都市的天空,和黄漠的平原,我怀念着绿色,如同涸辙的鱼盼等着雨水!我急不暇择的心情即使一枝之绿也视同至宝。当我在这小房中安顿下来,我移徙小台子到圆窗下,让我的面朝墙壁和小窗。门虽是常开着,可没人来打扰我,因为在这古城中我是孤独而陌生。但我并不感到孤独。我忘记了困倦的旅程和已往的许多不快的记忆。我望着这小圆洞,绿叶和我对语。我了解自然无声的语言,正如它了解我的语言一样。

我快活地坐在我的窗前。度过了一个月,两个月,我留恋于这片绿色。我开始了解渡越沙漠者望见绿洲的欢喜,我开始了解航海的冒险家望见海面飘来花草的茎叶的欢喜。人是在自然中生长的,绿是自然的颜色。

我天天望着窗口常春藤的生长。看它怎样伸开柔软的卷须,攀住一根缘引它的绳索,或一茎枯枝;看它怎样舒开折叠着的嫩叶,渐渐变青,渐渐变老,我细细观赏它纤细的脉络,嫩芽,我以揠苗助长的心情,巴不得它长得快,长得茂绿。下雨的时候,我爱它淅沥的声音,婆娑的摆舞。

忽然有一种自私的念头触动了我。我从破碎的窗口伸出手去,把两枝浆液丰富的柔条牵进我的屋子里来,教它伸长到我的书案上,让绿色和我更接近,更亲密。我拿绿色来装饰我这简陋的房间,装饰我过于抑郁的心情。我要借绿色来比喻葱茏的爱和幸福。我要借绿色来比喻猗郁的年华。我囚住这绿色如同幽囚一只小鸟,要它为我作无声的歌唱。

绿的枝条悬垂在我的案前了,它依旧伸长,依旧攀缘,依旧舒放,并且比在外边长得更快。我好像发现了一种"生的欢喜",超过了任何种的喜悦。从前我有个时候,住在乡间的一所草屋里,地面是新铺的泥土,未除净的草根在我的床下茁出嫩绿的芽苗,蕈菌在地角上生长,我不忍加以剪除。后来一个友人一边说一边笑,替我拔去这些野草,我心里还引为可惜,倒怪他多事似的。

可是每天在早晨,我起来观看这被幽囚的"绿友"时,它的尖端总朝着窗外的方向。甚至于一枚细叶,一茎卷须,都朝原来的方向。植物是多固执啊!它不了解我对它的爱抚,我对它的善意。我为了这永远向着阳光生长的植物不快,因为它损害了我的自尊心。可是我囚系住它,仍旧让柔弱的枝叶垂在我的案前。

它渐渐失去了青苍的颜色，变成柔绿，变成嫩黄，枝条变成细瘦，变成娇弱，好像病了的孩子。我渐渐不能原谅我自己的过失，把天空底下的植物移锁到暗黑的室内；我渐渐为这病损的枝叶可怜，虽则我恼怒它的固执，无亲热，我仍旧不放走它。魔念在我心中生长了。

我原是打算七月尾就回南去的。我计算着我的归期，计算这"绿囚"出牢的日子。在我离开的时候，便是它恢复自由的时候。

卢沟桥事件发生了。担心我的朋友电催我赶速南归。我不得不变更我的计划，在七月中旬，不能再留连于烽烟四逼中的旧都，火车已经断了数天，我每日须得留心开车的消息。终于在一天早晨候到了。临行时我珍重地开释了这永不屈服于黑暗的囚人。我把瘦黄的枝叶放在原来的位置上，向它致诚意的祝福，愿它繁茂苍绿。

离开北平一年了。我怀念着我的圆窗和绿友。有一天，得重和它们见面的时候，会和我面生么？

简评

本文作者陆蠡先生资质聪颖，童年即通诗文，有"神童"之称。巴金认为他是一位真诚、文如其人的作家。陆蠡以散文小品著称，创作风格上秉承鲁迅先生的"诗性散文"的遗风，擅于将叙述与思考糅合在一起，以跌宕起伏的笔法、独语的体式，从极小的事件中生发出深邃的哲思与诗意。1931年秋，陆蠡与友人吴朗西等南下福建，任泉州平民中学理化教员，课余从事创作和翻译。第一本散文集《海星》的大部分文章，就是在这时写的。陆蠡也写过许多短篇小说，给人的感觉总是"渴望着更有生命、更有力量、更有希望和鼓舞"。其中散文《囚绿记》写于1938

年秋,记叙了作者在1937年卢沟桥事变前夕寓居北平的一段经历。强敌入侵,烽火遍地,作者将个人的悲欢与民族的忧患交织在一起,笔淡情浓,语浅意深,博得了广大读者的喜爱。同时,也展示了作者心灵中最真实、最永恒的一面,那就是:和平安宁,优美诗意的生活才是人真正的需要,但当一种东西侮辱你的自由的时候,人会为了自由而反抗,甚至牺牲。常春藤虽然被作者"囚禁"了,但是它的尖端总朝着窗外的方向。它是这么的固执,永远朝着阳光生长,这说明它永远不屈服。最后作者想通了,释放了绿,因为作者那时遇到了卢沟桥事变,他因由常春藤的不屈服的品质联想到了中华民族对待外族侵略者表现出来的固执与不屈服,和面对胜利与光明的向往,与追求自由的精神品质,这,就是常春藤所象征的意义。作者无法囚绿,恰好说明了绿的顽强和倔强,表达了中华民族在日寇的铁蹄下不屈不挠的抗争精神。正是这一点激发了作者写作的激情。

陆蠡先生是壮烈牺牲于日寇监狱的,其牺牲的直接原因在于他的态度刚强激烈。《囚绿记》冥冥之中预示了他被囚的宿命,绿色的常春藤却又正是他此前的誓言。当我们把这篇散文的作者陆蠡的人生历程和"绿"放在一起看,就会引发很多的联想。陆蠡是一名烈士,为了民族的自由,被日寇杀害。一般说来,烈士、战士都该是铁血汉子,粗犷,充满豪气。而陆蠡温柔地选择了"绿",这似乎有点不和谐,但这正是一个血性男儿心灵中真实的另一面:他的生活中不但有斗争,还有和睦,有对美的热爱。战斗是他无可奈何的选择,和平安逸才是他内心真正的需要。从他对绿叶的细腻描写看,他是一个具有诗人气质的人,"看它怎样伸开柔软的卷须,攀住一根缘引它的绳索,或一茎枯枝;看它怎样舒开折叠着的嫩叶,渐渐变青,渐渐变老,我细细观赏它纤细的脉络、嫩芽"。这是一种真正的爱,只有具有诗人潜质的人才会有。一个人的高贵之处就在于:当一种东西侮辱了他的精神的时候,他的内心会逼他去

囚绿记

抗争,他为精神自由而死,死而无憾。"绿"的气质和精神体现了作者坚强的灵魂。

《囚绿记》之所以为人们所称道,是因为它不仅在思想上,而且在艺术上也闪烁着自己特有的光彩。新奇精巧的结构。文章的开篇不是采用直接破题法,而是从"去年夏间的事",娓娓道来,逐层展开。先写"我"何以一下子就选定着简陋、炎热的房间,接着补叙理由:能见到一片绿影。进而写"我留恋于这片绿色"。其间穿插"我"对在乡间草屋床下的嫩绿被友人剪除的惋惜。至此,作者才借写"绿友"点出"文眼":它是个"永不屈服于黑暗的囚人"。于是决定开释这位绿友。最后以怀念这圆窗和绿友作结。全文详略得当(如详写"囚绿",略写"怀绿"),虚实相生(如把装饰"实"的房间的绿来修饰"虚"的心情),富有变化,平中见奇,出奇制胜。

《囚绿记》还揭示出一个生活中的哲理:美在一个特定的时间、地点、角度、心境下才能完美呈现。作者是孤独而陌生的,"门虽是常开着,可没人来打扰我,因为在这古城中我是孤独而陌生。"孤独是美的伴侣,一个人静观时,最有可能发现、感受美。他欣赏绿藤,不是走在外面,而是透过一个小圆洞,这个特殊的角度使得绿藤显现朦胧的美丽。发现美还有一个重要的前提,就是人必须是一个内心安静敏感的人。幸运的是,陆蠡就是这样一个人。"我望着这小圆洞,绿叶和我对语。我了解自然无声的语言,正如它了解我的语言一样。"这种禅的境界,在人生中是难得而值得珍惜的,尤其是国难当头时。

人类生活在充满绿色的王国里,分享着绿色的风采,绿色的生命给人类带来无穷的欢乐。在这个世界里,在奇妙的大自然中,绿随处可见。如果哪个地方缺少了绿色,可以说是这个地方缺少了生命,因为绿色是生命的象征。当冰雪融化,养精蓄锐的绿争先恐后地涂抹着大地,迎来阳光明媚春天。因为有了绿色,大地有了生机;因为有了绿色,世界有了希望;因为有了绿色,花儿才开得更加艳丽;因为有了绿色,世界才变得五彩缤纷。绿给万物以生命,给人们带来了财富和希望。我们要热爱绿,珍爱这美丽的大自然,给生命以灿烂的点缀,珍惜绿色的生命,珍爱绿色的环境,方能使让绿色走进我们的生活中。

绿色是生命的颜色。世界上的生命来自温暖的阳光,在阳光的温暖关照下,繁衍生息。本文则是用纯洁的心灵吹奏的一曲婉转而优美的生命之歌、人生之歌。作者自己说过:"有时我想把它记录下来,这心灵起伏的痕迹。我用文字的彩衣给它穿扮起来,犹如人们用美丽的衣服装扮一个灵魂。"开始,"喜悦而满足",而"自私的念头"使文章顿起波澜,结尾,"烽烟四起"离旧都,包蕴着多么深切的友情。谨严的结构和跌宕的气势,加之联想、象征及隐喻,融成了文章的隽永与含蓄,文章的魅力也在这里。

陆蠡先生是一位坚贞的爱国者,又是一个个性鲜明的人。"不仅貌不出众,身体瘦小,而且右眼失明",但是他却敢于在生与死的考验面前毫不畏惧,慨然赴死。他经历过"九一八""一二八",特别是"七七""八一三"抗战,他目睹日本帝国主义的步步入侵,祖国和人民所经受的灾难日益深重,陆蠡的爱国救亡意识与日俱增。他曾与巴金、曹禺等63位作家一起,在抗议日本侵略的《中国文艺工作者宣言》上签名,发出"我们决不屈服,决不畏惧"的呼号。所以他在《囚绿记·序》中说:"我羡慕两种人"。一种是情感型,一种是理智型,而他自己则是介于这两者之间,前后都无着落。既想徜徉于幻想世界中,却又忘不掉现实的苦难,正是这种内在的矛盾使得陆蠡在散文中不可避免地呈现出一种温暖的往事回忆,一种悲惨命运的回忆。

心

境还须自己开

◇ 李哲良

本文选自李哲良《中国佛文化漫笔》（东方出版中心 1999 年版）。李哲良，著名作家、禅学家，毕业于北京大学中文系，师承国学大师季羡林和美学大师朱光潜，专心著书、默默著述。有：《潜能与人格》《中国禅师》《中国和尚》《中国女尼》《红楼禅话》《红尘佛女》《佛光禅影》《随缘漫笔》《说禅话美》《名人佛缘》《人欲一奇人李卓吾》《禅林清

一

苏东坡与佛印禅师，是很好的朋友。他们经常在一起参禅悟道。

有一天，他们又斗起禅机来了。

苏东坡首先问："印老，你看我像什么？"

佛印禅师毫不犹豫地回答说："学士像一尊佛。"接着又反问他："你看老僧像什么？"

苏东坡想了又想，见佛印禅师穿了一件黑色僧袍，人又长得胖，盘腿坐在那里，黑乎乎的一大堆，于是便冲口而出，说："和尚活像一堆牛屎。"

佛印禅师听了,不怒而笑,默然不语,然后怡然自得地闭目养神。

苏东坡回到家里,高兴地对他的妹妹说:"妹妹啊,从来与印老斗禅机总是斗不过他,今天不知是和尚倒霉,还是我苏东坡走运,总算斗得他哑口无言。"接着便把他与佛印禅师斗禅的经过,绘声绘色地讲了一番。

苏小妹听后,禁不住"呸"了一声,便数落了苏东坡一顿:"哥哥今天输光了啊!你还自以为大获全胜是不是?"

苏东坡翘起胡子,瞪大眼睛,问她这是什么意思?

苏小妹并不急于告诉他答案,只道:"我且问哥哥,是佛名贵呢,还是牛屎名贵?"

苏东坡说:"当然是佛名贵啰!"

苏小妹说:"印老的见处是佛;哥哥的见处是牛屎。请问,谁高谁低?"

苏东坡一怔,揪着胡子只是发愣。

苏小妹接着又说:"印老心中装的是佛,所以他看人人都是佛;哥哥一开口就是牛屎马粪,你心中装的是什么?可见印老的心境比你高啊!他既然获胜,便见好就收,还同你啰嗦什么?你就认了吧!"

苏东坡这才恍然大悟,说今天又栽在老和尚的禅窟里了,发誓一定要赢回来。

苏东坡是否能赢回来,全看他的心境了。

君子所见无不善;小人所见无不恶。

音》《王朝闻评传》等,已出版各类著作二十余部,近千万言。

心中有佛,说出来的是美言;

心中有屎,吐出来的是屁话。

二

心境还须自己开。

下面,再讲一个参禅的小故事。

宋代有个名叫张九成的居士,原为侍郎,中过状元,也算是一个文人士大夫了。但他放着官儿不好好做,却偏爱谈禅说道。

中国文人士大夫参禅学佛,大多是附庸风雅,闹着玩儿的,充其量以此排忧解乏而已。因此,十之八九的人,谈禅不知禅,学佛不知佛。

张九成也是如此。他读了不少禅书佛典,也参拜过许多禅师,但仍是"久之无省",始终不能开悟。

有一天,他去拜访大慧宗杲禅师。

宗杲禅师问他:"你来干什么?"

张九成说:"打死心头火,特来参喜禅。"大慧宗杲禅师的法号叫"妙喜",故张九成说"特来参喜禅。"

宗杲禅师是当时大名鼎鼎的老禅师,《五灯会元》说"学者仰如星斗",足见他的地位之高和影响之大。老禅师见张九成急急忙忙地一大早就跑来朝庙,刚一见面就口称要"参喜禅",即知来者根基不深,机缘未至。于是便用一句戏言,同他开了个小小的玩笑。

宗杲禅师即对他说:"你为什么起得这么早啊!难道不怕家里的妻子同别人睡觉吗?"

张九成听了,顿时火冒三丈,气咻咻地说:"你这个愚昧无知的老秃驴,怎么敢说出这种话来?亏你还是一个出家人,竟然——"

宗杲禅师忙用手势止住他说:"我轻轻这么一煽,你就大为光火,这样的话,怎么能参禅呢?"

然后,老禅师又对他说:"大海常被人唾骂;秋月常被人轻视;明镜常被人挫伤。你见它们发过火、生过气吗?没有。它们处之泰然,安然不动,闻而未闻,听时不惑,事过不留。为什么?因为它们的本体之心,一片明净,一片空灵,既深又广,既刚又柔,能容纳一切,又超越一切。故能见人之所未见,忍人之所不忍,岂是区区一句笑话,一点点不顺心的事能动其心的?"

又道:"禅者之所以为禅者,就在于他心如大海那样深邃宽广,似秋月那样皎洁柔情,像明镜那样明亮清纯。所以禅者方能两袖一甩,一路清风;布履一双,踏破山河万朵;仰天一笑,快慰平生;张口即佛,人人都是菩萨;与人为善,天天都是好日子。这样,他怎么能被外缘所牵动呢?"

人生之真谛,本来就很单纯。饥来吃饭,困来即眠。眼横鼻直,生老病死。一切何等自然,何等简单明白。大可不必无事找事,惹一堆烦恼。

这就是禅者的境界。

心中无佛者,绝对见不到佛,成不了佛。这叫是佛而不知佛。

心中有火者,绝对参不了禅,悟不到道。这叫参禅而不知禅。

这一切取决于心境的高与低,空与实。

心境还须自己开。

简 评

走进现代人的生活,充满人生的智慧,妙悟禅理玄机的风格,在当今的文坛上独树一帜。是著名作家也是著名禅学家的李哲良先生是一位勤奋的作家,也是一位多产的作家,在长期的创作中,一心向学,兀兀穷年;心无旁骛,目不窥园。1000多万字的作品,建构了自己独特的精神世界。作者笔下的大千世界,雅俗共赏,平和中正,亦庄亦谐,深得海内外读者的称道。且思维之活跃,视野之开阔,观念之独到,学、识之融通,则更是令广大读者称道。难怪香港人文宗师饶宗颐先生称他是李卓吾似的"奇人"。李哲良先生着眼于人类大文明的终极关怀,从宏观来把握历史的动向,揭示人类社会的真谛,坚持自己的思想自由和独立思考,他曾说,"能在近代各类名人身上所浸染的佛光禅影中,若能领悟到文化人格的风采,我也就可以'拈花微笑'了"。现代佛教并不是人们意识里"封闭和消极的",佛教自古至今积极利用慈悲普度的情怀益泽众生,特别在文化事业上。即是藏之深山烟雾缭绕的佛刹寺观的弘法利生活动的袅袅氤氲,也是提倡对民族传统文化的复兴,又不舍弃现代的、优秀的、先进的文化艺术形式。佛教界也要利用人民喜闻乐见的艺术形式传播优秀的民族文化、民族精神。李哲良先生的文学作品体现了社会对佛法对佛教的关注,越来越多的人读过作者相关的作品从而加深了对佛教文化的认识与了解。

在禅宗看来,灵知、智慧是人的本性,人只要认识本心、本性,就能获得解脱，在自性中显现一切事物，体现佛性，这就是所谓的"见性成佛"。禅宗要求人们对自我本性、自我意识进行反思、反归，使主体证悟宇宙整体的实际，达到与自然"合一"的境界。看来参禅是以悟性为要的。"菩提本无树，明镜亦非台。本来无一物，何处惹尘埃？"说的就是慧能和尚的悟性。自然人生也要讲点悟性，也就是作者所说的"心境还须自己开"。

哲学家、古罗马帝国皇帝马可•奥勒留•安东尼有一句睿智的格言："不要去注意别人心里在想什么，一个人就很少会被看成是不幸福的，而那些不注意他们自己内心的活动的人却必然是不幸的。"（见《沉思录》）本文作者借用两个参禅的故事无非是要告诉人们一些做人的道理。"人生之真谛，本来就很单纯。饥来吃饭，困来即眠。眼横鼻直，生老病死。一切何等自然，何等简单明白。大可不必无事找事，惹一堆烦恼。这就是禅者的境界。"作者在对禅的分析、对禅的理解，以至于对事物的理解的基础上，指出人们往往是出于"识"，而不是出于"智"。他说，禅是大文化的"基因"，不独属佛家，中国的儒文化和道文化之中都有禅。谈禅说道，不仅是"形而上"的玄谈，更应该注意"形而下"的实际问题。对禅的领悟，不一定非得拜师入门，务必去禅院剃度当尼姑、烧香敲木鱼不可；其实，"禅在俗世，禅在生活"。有一次作者和著名美学家宗白华先生及学生谈"心境"。李哲良先生或许设置了一个带有禅机的问题……然后指向湖边的垂柳花草，徐徐说道："诸君请看，这景致如何，美吗？"一位同学答道："残冬之景，一派凋零，能美到哪里去？"宗白华先生听了，慧眼一闪，悠然说道："不然，春来草自青！晋人所处的时代，日子也不好过，非常困难，极为困难，极为混乱，但他们精神上却极解放、特自由、很热情，也最富于智慧。因此他们的人格挺美。美在何处？美在神韵，神韵是什么？就是事外有远致，不黏滞于万物的自由精神。"接着李先生开坛布道似的侃侃而谈："这种人格美，扩而大之就可以超越一切生死祸福之外,发挥出一种镇定的大无畏精神,不被任何困难险恶所吓倒。"显然,先生是借晋人之美来妙释"天灾人祸"的问题。但又不便点明,只说"晋人向外发现了自然,向内发现了自己的深情。因此,山水虚灵化了,也情致化了。最后,宗白华先生见听者似懂非懂,索性坦诚相告。他说矿石商人由于只看到矿石的货币价值,所以难见其美的特征。人的心胸,一旦被功利所充塞,就难以发现美和创造美了。所以,作者反复强调的"心境还须自己开",无非是要阐释一个寓有禅意的道理:"活得充实,就是一首好诗。活得平淡,就是一门学问。"因此如何使自己对生活更客观、更正确,从而使自己的心境趋于平和、乐观、优胜,对于一个想享受生活,有志创造的人,就显得万分必要了

"我现在终于明白一个道理,那就是当我们觉得世界抛弃自己的时候,其实是我们首先抛弃了世界。"(寒流语)其实,人生经历到一个阶段,就会对如何生存、发展、竞争等等问题进行一种总体的思考与认识,进而对整个社会、环境、人际关系等等各方面形成一种较为系统、属于自我的结论,即一个人的生活观、价值观。这些观点一经形成,就会反过来引导主体,在面对来自生活各方面的外在压力与信息时,做出一种较为一致的情绪反应。这样一种较为稳定、较宽范围的情绪总和,就构成了一个人的心境。心境一方面是个人价值观在内心里的隐性显现;另一方面,又会反过来影响人们对生活的判断与交流。当你有一种积极、乐观的心境时,就算发生的各种事件较为不利,自身也能产生一种易于接受、心情舒适的反应。反之,当人的心境偏于低沉,即便有一些开心之事,也依然会存在着许多消极的情绪体验,心理学家称这种现象为"心境的弥散性。"

最好还是作者那句话:"大可不必无事找事,惹一堆烦恼。"

蟋蟀

◇吴秋山

时光真如电掣一般的迅速，瞬息之间，大地上烘烘的热度，已在稀微断续的蝉声里，悄然辞去。森罗万象，经过了几番风雨之后，不觉已化为凉秋了。这时候，偶然从上海的近郊走过，便可听见喓喓唧唧的蟋蟀声，从路旁的草丛间透了出来；怪悦耳的鸣声，这使我忆起了儿时饲养蟋蟀的事了。

蟋蟀在当时，确是我所喜欢的昆虫之中的最爱好的一种；为的是它们善斗，能使我觉得好玩的缘故。所以每逢秋天，我便和兄弟们或邻居的小朋友们，各自养了好多匹的蟋蟀；有的是向贩蟋蟀者买来的，但有时我们常在晨曦里，大家携着竹筒篾篓，一同上郊野去捕捉。蟋蟀的家，是在败堵丛草间的小

本文选自鲁迅等《中国现代散文精华》（人民文学出版社1993年版）。吴秋山（1907—1984），福建诏安县（今南安）人。我国现代著名诗人、作家、教授。生前长期在高等学校从事古典文学教学与研究，先后在复旦大学、协和大学和福建第二师范学院等校任教，擅长古典诗词创作，精通音韵格律之学，曾著有《白云轩诗词集》。《蟋蟀》《谈茶》等散文入选《中国散文

穴里,我们听见它的声音从穴中漏出时,便取潭水灌了进去,使它被水所淹,匿不住身子,于是跃出穴外,向草野里乱跳乱窜,我们便蹑蹑地用小铅丝罩笼住了它,连忙捉入篾篓里。这样接二连三地捉着,直到太阳高照之后,方才得意地携了回来。

蟋蟀携到家里之后,我们就忙着建筑它们的住宅了;用铅片制成的盒子(或空大的纸烟盒),将里面隔着火柴盒壳及卡片,曲曲折折的好像富人的别墅似的,有沉院,有回廊,有阶砌,有园地。盒盖上还攒了许多小洞,当作天窗,以通空气,于是这蟋蟀的住宅便落成了。——江浙一带多用瓦盆,但在我们故乡(诏安)却很少见——它舒适似的住在里面,我们每天把新鲜的丝瓜花和黍穗等物,放在盒里,供作它们的食粮。

每天早上,大家都携着蟋蟀,聚集在一处。用量米的小斗,当作战场,把两只蟋蟀放在一起,它们一经接触,就各张牙鼓翅,迎头痛击;有的一战便分胜负,有的接连倒翻了几个筋斗,苦斗了好几合之后,才见输赢。胜的耀武扬威,振翅高鸣,好像胜利的战士在唱着凯旋之歌一般。使我们欢呼不已。败的则偃旗息鼓,不敢声张,以后虽再碰头,也只好望风而逃,不敢再启牙一斗了。这时败者的主人,不免失意地把它重新捉了过来,放在掌中,用左右手掌循环地连接着,教蟋蟀在掌上不断地操练,经过几分钟后,再放进去重斗,如果又输了,就再捉起来,用手指抹着舌涎,去擦热蟋蟀的牙,接着又用两指摄着它的触须,了了着,口里吹出阵阵的风,把它的翅翼吹得如罗裙似的飘着,然后重放掌中,向空间抛掷了若干回,使它昏醉地再行苦斗。间也可以冀得胜利的,但若力量太差,又终归于失败时,那就成为沙场败将了。

蟋蟀一名促织,又名趋织,又叫吟蛩。白石道人云:"蟋蟀中都呼为促织,善斗,好事者或以二三万钱致一枚,镂象齿为楼观,以贮之。"《宋史·贾似道传》云:"日与群姬斗蟋蟀于葛岭山庄。"《聊斋志异·促织》云:"宣德间,宫中尚有促织之戏……"可见在好几百年前,已经有人玩这把戏了。

后来我们年纪渐长,觉得它们这样的同种相戕,弄得破头断肢,未免有些不忍。正如中国的军阀,只能互相争斗,不能共御外侮,同样地引为遗憾!于是我们不再让蟋蟀去阋墙相斗了。把它们单独地各自放在一只小盒子里;夜晚排列在天井中,寂静地卧听它们那凄清的声调,觉得别有一种情趣。

蟋蟀是一种直翅类的昆虫,也属于节肢动物。它的身体是长圆形的,长约五六分的光景。体的颜色,大别可分为二种;一种是黑色的,还有一种是褐色的。它的头部很是发达,大占全身十分之三强。生有一对浓褐色的触须,比较它的身体还是长些。在触须近处,有两只椭圆形的黑色复眼,用以观察物象。此外还有三只单眼,藉以感觉明暗。下面便是嘴部,嘴角露出犀利的牙,以便食物及咬斗。前胸是长方形的,有斑纹。雄的前翅分左右一对,达到腹部的末节；左翅在下面，质软而透明，边缘有锯齿。右翅在上面，质硬而坚固，表面有波状脉。两翅相重迭，连接的地方，有刚强声器，所以左右两翅互相摩擦，就会发出响亮的声音。当声音发出时，两翅是比平时较为提高的。及到两翅迭实，恢复原状的时候，那声音遂即停止。可见它的鸣声，实际上并不是从口里唱出，而是由翅膀发出来的。它的腹下，有肢三对，后肢较为强大，善于跳跃。在尾端还有尾毛一对。雌的生理上的构造，和雄的不同；她的翅较短，有直棱。而翅间没有刚强的声器，所以虽是两翅摩擦，也不能够发出高声，只能发出唧唧的微吟而已。她的腹部较大，末端也有尾毛一对，但比较雄的稍为短些。在尾毛的中间，具有产卵管，它们交尾之后，雌的卵子受精，身体就渐渐大了起来，后来她便在草丛间的泥土里产卵，迨至北风凛冽的时候，它们便先后受着严寒的侵凌而僵殒了。卵子在泥土里越过了寒冬，到翌年的春间，便在温暖的阳光里孵成小虫，于是逐渐长大起来，到了秋天，发育方告完全，就变成能鸣善斗的蟋蟀了。

它们性怕日光。所以当太阳朗照的时候，它们都栖息在土穴里或石砾下，不敢出来。到了日落西山的夜晚，它们便擦翅高鸣，并且出来觅食了。它们的食物，是小昆虫与草木的幼根。对于植物的滋长是有妨碍的。但有时它们又常吃些有害禾稻的毒草和害虫，所以它们对于农业上可以说是利害参半。

蟋蟀的鸣声，是开始于秋天的。这在旧书上也有记载。如《四子讲德论》曰："蟋蟀候秋吟。"《埤雅》也云："蟋蟀随阴迎阳,一名吟蛩。秋初生,得寒乃鸣。"但是古人尝谓蟋蟀鸣时,是在催促织工勤紧工作的意思。如《诗纬·泛历枢》云："立秋促织鸣,女工急促之候也。"又《尔雅疏》里语曰:"趋织鸣,懒妇惊。"又《诗经》云:

> 蟋蟀在堂,岁聿其莫;今我不乐,日月其除。无已大康,职思其居;好乐无荒,良士瞿瞿。
>
> 蟋蟀在堂,岁聿其逝;今我不乐,日月其迈。无已大康,职思其外,好乐无荒,良士蹶蹶。
>
> 蟋蟀在堂,役车其休;今我不乐,日月其慆。无已大康,职思基忧;好乐无荒,良士休休。

这都是说因为蟋蟀的鸣声,而唤起人们对于职务的警惕的心理。但从生物学的立场看来,蟋蟀的自身不过是一种昆虫。它的鸣声也纯粹是一种昆虫的鸣声,并没有含其他的意义,和人们的职务是丝毫没有相干的。不过人们总是善感的,往往听到它的凄凄切切的鸣声,就要触起无限的感怀。所以历来许多诗人词客多把它作为写愁抒怨的资料。如阮籍的咏怀诗云:

蟋蟀

开秋兆凉气,蟋蟀鸣床帷。感物怀殷忧,悄悄令心悲……

又姜夔咏蟋蟀的《齐天乐》词云:

庾郎先自吟愁赋,凄凄更闻私语。露湿铜铺,苔侵石井,都是曾听伊处;哀音似诉,正思妇无眠,起寻机杼。曲曲屏山,夜凉独自甚情绪! 西窗又吹暗雨,为谁频断续,相和砧杵?候馆吟秋,离宫吊月,别有伤心无数。幽诗漫与,笑离落呼灯,世间儿女,写入琴诗,一声声更苦。

又纳兰容若《清平乐》词云:

凄凄切切,惨澹黄花节。梦里砧声浑未歇,那更乱蛩悲咽……

肃杀的秋天,原很容易惹人伤感的;更何况听到唧唧哀吟的蛩声呢,当然是更免不了要百感交集,愁绪填膺了。所以他们借文字来发泄心中的牢骚,是无怪的。

然而这得要在乡野,才有这种情调。若是在"铅色"的都市,那就不同了。就说现在的上海吧,所看到的,随处都是水门汀,很难找到一片草地,当然没有蟋蟀们的足迹了。我虽然喜欢蟋蟀,但是现在已没有儿时那样的兴致与余闲去养它。纵使有时到郊外碰巧听到它们几声微吟，但也是很难得的机会。因此常想起如得几日清闲，到江村茅舍里去卧听那残夜雨余的吟蛩，那是多么饶有诗意的事，虽然这诗意许是很凄凉的！又杜甫《促织》诗云：

促织甚微细，哀音何动人。草根吟不稳，床下夜相亲。久客得无泪，故妻难及晨。悲诗与急管，感激异天真。

又白居易《闻蛩诗》云：

闻蛩唧唧夜绵绵，况是秋阴欲雨天。犹恐愁人暂得睡，声声移近卧床前。

简评

吴秋山先生，是我国20世纪30年代重要的散文作家。1923年中学毕业，进入厦门集美师范，毕业后又考入上海复旦大学中文系学习。这时正是五四运动退潮期，但他仍然积极投身于新文学运动，与萧递山、靳以等人一起从事文学创作，1927年起，与创造社郭沫若、郁达夫等作家经常来往，尤其深受郁达夫的影响，有一段很深的文字渊源。正如著名作家谢六逸在吴秋山《茶墅小品》序文中写道："秋山的小品文，静雅冲淡如其为人，对平凡的事物，观察得很精细……他的文笔，近于'风流'一类，读了令人俗气全消，如看雨后的新绿，感觉愉快。"正由于此，《茶墅小品》已成为当代散文中的经典，其中的《蟋蟀》《谈茶》等篇，还入选《现代散文鉴赏辞典》和《现代同题散文荟萃》等选集。

蟋蟀别名蛐蛐,它总是不停地在歌唱,好像永远也不知疲惫,它的歌声清脆而嘹亮,与大公鸡的粗犷略有所不同。它的声音中有一丝的尖刻,有一股的活泼,好像还夹杂着一些微微的愤懑。蟋蟀是月光的孩子,在月色的沐浴下,它的精神才会兴奋,它的灵魂也才会得到勃发。它是黑夜中的精灵,是茫茫大地上一只游荡于万里天空的音乐大师。蟋蟀的鸣声,是开始于秋天的。诗纬《氾历枢》云:"立秋促织鸣,女工急促之候也。"也正是因为传统文化的影响,作者说:"这都是说因为蟋蟀的鸣声,而唤起人们对于职务的警惕的心理。但从生物学的立场看来,蟋蟀的自身不过是一种昆虫。它的鸣声也纯粹是一种昆虫的鸣声,并没有含其他的意义,和人们的职务是丝毫没有相干的。不过人们总是善感的,往往听到它的凄凄切切的鸣声,就要触起无限的感怀。所以历来许多诗人词客多把它作为写愁抒怨的资料。"蟋蟀又是一种很少和人照面的与世无争的昆虫。它灵敏活跃机警地像一个小精灵,从容淡定,不管别人喜不喜欢,只是一味地歌唱,"它只为自己的生命而歌唱,为自己的爱情而歌唱……只要一息尚存,它就歌唱不止!"当我们静静地倾听,默默地感悟,我们不啻是蟋蟀的知音,只要你钟情于它,喜欢它,夜深人静的时候,你就能和蟋蟀们一起,"用生命来阐释生命的价值。"

随着现代化和都市化的进程以及诗人精神风貌的转换,蟋蟀这种小昆虫的哀吟日趋消逝,虽说这也没有什么可留恋的,但静谧宁静的传统生活习俗不同程度地被异化。流传至今的古代诗人对生命的关注和对自然灵性的敏感,相对于今天纷扰的人们也许还有其价值;居住在钢筋水泥的森林之中,我们已难听到那远古传来的纤微的夜音,但我们还是需要不时听听我们的心音。读一读苏东坡的诗:"钩帘归乳燕,穴牖出痴蝇。爱鼠常留饭,怜蛾不点灯。"(见《次韵定慧钦长老见寄八首》)情感之细微,反衬出我们的粗鄙。本文作者笔下的蟋蟀及蟋蟀身上折射出的文化内涵,描写栩栩如生,阐述精准到位,这是我们在阅读中要注意到的。

"在海外,夜间听到蟋蟀叫,就会以为那是四川乡下听到的那一只。"台湾诗人余光中用世界上最浓的乡情、最美的乡音、最华丽的语言赋予了蟋蟀丰富的文化内涵:"就是那一只蟋蟀钢翅响拍着金风,一跳跳过了海峡从台北上空悄悄降落,落在你的院子里,夜夜唱歌。就是那一只蟋蟀,在《豳风•七月》里唱过,在《唐风•蟋蟀》里唱过,在《古诗十九首》里唱过,在花木兰的织机旁唱过,在姜夔的词里唱过,劳人听过,思妇听过;就是那一只蟋蟀,在深山的驿道边唱过,在长城的烽台上唱过,在旅馆的天井中唱过,在战场的野草间唱过,孤客听过,伤兵听过;就是那一只蟋蟀,在你的记忆里唱歌,在我的记忆里唱歌,唱童年的惊喜,唱中年的寂寞,想起雕竹做笼,想起呼灯篱落,想起月饼,想起桂花,想起满腹珍珠的石榴果,想起故园飞黄叶,想起野塘剩残荷,想起雁南飞,想起田间一堆堆的草垛,想起妈妈唤我们回去加衣裳,想起岁月偷偷流去许多许多;就是那一只蟋蟀,在海峡那边唱歌,在海峡这边唱歌,在台北的一条巷子里唱歌,在四川的一个乡村里唱歌,在每个中国人脚迹所到之处,处处唱歌,比最单调的乐曲更单调,比最谐和的音响更谐和,凝成水,是露珠,燃成光,是萤火,变成鸟,是鹧鸪,啼叫在乡愁者的心窝;就是那只蟋蟀,在你的窗外唱歌,你在倾听,你在想,我在倾听,我在吟哦,你该猜到我在吟些什么,我会猜到你在想些什么,中国人有中国人的心态,中国人有中国人的耳朵。"大陆诗人流沙河笔下的蟋蟀,轻轻一跳,就跳过了千山万水,千年百代,悠长浓郁的情思集于一身。所以,读本文的蟋蟀心中的意象就会别具一格,其中心意象以及含蕴其中的忧怨情绪,将全文"童稚戏蟀""精细画蟀""引诗咏蟀"三幅似乎迥然不同的笔墨巧妙地融为一体,形成这篇静雅冲淡、似淡实浓的美文。这样的文章需要我们静下心来,细心阅读体会,因为生活的黄钟大羽早已把秋色中原本就微弱的蟋蟀的哀吟淹没得几乎听不见了。

奕

人

◇ 贾平凹

本文选自《平凹散文》（浙江文艺出版社2000年版）。贾平凹（1952—），陕西丹凤人。当代著名作家，陕西省作家协会主席。1974年开始发表作品。1975年毕业于西北大学中文系。1982年发表作品《鬼城》《二月杏》。1992年创刊《美文》。1993年创作《废都》之后，倔强的贾平凹并未消沉下去。《白夜》《土门》《高老庄》《怀念狼》是他基于

在中国，十有六七的人识得棋理，随便于何时何地，偷得一闲，就人列对方，汉楚分界，相士守城保帅，车马冲锋陷阵，小小棋盘之上，人皆成为符号，一场厮杀就开始了。

一般人下棋，下下也就罢了，而十有三四者为棋迷。一日不下瘾发，二日不下手痒，三日不下肉酒无味，四五日不下则坐卧不宁。所以以单位组织的比赛项目最多，以个人名义邀请的更多。还有最多更多的是以棋会友，夜半三更辗转不眠，提了棋袋去敲某某门的。于是被访者披衣而起，挑灯夜战。若那家妇人贤惠，便可怜得彻夜被当当棋子惊动，被腾腾香烟毒雾薰蒸；若是泼悍角色，弈者就到厨房去，或

蹴或趴,一边落子一边点烟,有将胡子烧焦了的,有将烟反拿,火红的烟头塞入口里的。相传五十年代初,有一对弈者,因言论反动双双划为右派遣返原籍,自此沦落天涯。二十四年后甲平反回城,得悉乙也平反回城,甲便提了棋袋去乙家拜见,相见就对弈一个通宵。

对弈者也还罢了,最不可理解的是观弈的,在城市,如北京、上海,何等的大世界,或如偏远窄小的西宁、拉萨,夜一降临,街上行人稀少,那路灯杆下必有一摊一摊围观下棋的。他们是些有家不归之人,亲善妻子儿女不如亲善棋盘棋子,借公家的不掏电费的路灯,借夜晚不扣工资的时间,大摆擂台。围观的一律伸长脖子,双目圆睁,嘶声叫嚷着自己的见解。弈者每走一步妙着,锐声叫好,若一步走坏,懊丧连天,都企图垂帘听政。但往往弈者仰头看看,看见的都是长脖颈上的大喉结,没有不上下活动的,大小红嘴白牙,皆在开合,唾沫就乱雨飞溅,于是笑笑,坚不听从。不听则骂:臭棋! 骂臭棋,弈者不应,大将风范,应者则是别的观弈人,双方就各持己见,否定,否定之否定,最后变脸失色,口出秽言,大打出手。西安有一中年人,夜里孩子有病,妇人让去医院开药,路过棋摊,心里说:不看不看,脚却将至,不禁看一眼,恰棋正走到难处,他就开始指点,但指点不被采纳反被观弈者所讥,双双打了起来,口鼻出血。结果,医院是去了,看病的不是儿子而是他。

在乡下,农人每每在田里劳作累了,赤脚出来,

现实生活而创作的小说作品。1997年凭借《满月儿》,获得"首届全国优秀短篇小说奖"。2003年,先后担任西安建筑科技大学人文学院院长、文学院院长。2005年,获得"鲁迅文学奖"。2008年凭借《秦腔》,获得"第七届茅盾文学奖"。2011年凭借《古炉》,获得"施耐庵文学奖"。2012年,获得"朱自清散文奖"。另外:《浮躁》获得"美孚飞马文学奖铜奖"、《废都》获"法国费米娜文学奖"、《秦腔》获"第一届红楼梦奖首奖"。

就于埂头对弈。那赫赫红日当顶,头上各覆荷叶,杀一盘,甲赢乙输,乙输了乙不服,甲赢了欲再赢,这棋就杀得一盘未了又复一盘。家中妇人儿女见爹不归,以为还在辛劳,提饭罐前去三声四声喊不动,妇人说:"吃!"男人说:"能吃个鸟!有马在守着怎么吃?!"孩子们最怕爹下棋,赢了会搂在怀里用胡碴扎脸,输了则脸面黑封,动辄擂拳头。以至流传一个笑话,说是一孩子在家做作业,解释"孔子曰……而已",遂去问爹:"而已是什么?"爹下棋正输了,一挥手说:"你娘的脚!"孩子就在作业本上写了:"孔子曰……你娘的脚!"

不论城市乡村,常见有一职业性之人,腰带上吊一棋袋,白发长须,一脸刁钻古怪,在某处显眼地方,摆一残局。摆残局者,必是高手。来应战者,走一步两步若路数不对,设主便道:"小子,你走吗,别下不了台!"败走的,自然要在人家的一面白布上留下红指印,设主就抖着满是红指印的白布四处张扬,以显其威。若来者一步两步对着路数,设主则一手牵了对方到一旁,说:"师傅教我几手吧!"两人进酒铺坐喝,从此结为挚友。

能与这些设主成挚友的,大致有两种人,一类是小车司机。中国的小车坐的都是官员,官员又不开车,常常开会或会友,一出车门,将车留下,将司机也留下,或许这会开得没完没了,或许会友就在友人家用膳,酒醉半天不醒,这司机就一直在车上等着,也便就有了时间潜心读棋书,看棋局了。一类是退休的干部。在台上时日子万般红火,退休后冷落无比,就从此不饲奸贼猫咪,宠养走狗,喜欢棋道,这棋艺就出奇地长进。

中国号称礼仪之邦,人们做什么事都谦谦相让,你说他好,他偏说"不行",但偏有两处撕去虚伪,露了真相。一是喝酒,皆口言善饮,李太白的"唯有饮者留其名"没有不记得的,分明醉如烂泥,口里还说:"我没有醉……没醉……"倒在酒桌下了还是:"没……醉……醉!"另外就是下棋,从来没有听过谁说自己棋艺不高,言论某某高手,必是:"他那臭棋篓子呗!"所以老者对少者输了,会说:"我怎么去赢小子?!"男的输了女的,是:"男不跟女斗嘛!"找上门的赢了,主人要说:"你是客人嗬!"年龄相仿,地位等同的,那又是:"好汉不赢头三盘呀!"

象棋属于国粹,但象棋远没围棋早,围棋渐渐成为高层次的人的雅事,象棋却贵贱咸宜,老幼咸宜,这似乎是个谜。围棋是不分名称的,棋子就是棋子,一子就是一人,人可左右占位,围住就行,象棋有帅有车,有相有卒,等级分明,各有限制。而中国的象棋代代不衰,恐怕是中国人太爱政治的缘故儿吧?他们喜欢自己做将做帅,调车调马,贵人者,以再一次施展自己的治国治天下的策略,平民者则作一种精神上的享受,以致词典上有了"眼观全局,胸有韬略"之句。于是也就常想"××他能当官,让我去当,比他有强不差!"中国现在人皆浮躁,劣根全在于此。古时有清谈之士,现在也到处有不干实事、夸夸其谈之

弈人

131

人,是否是那些古今存在的观弈人呢? 所以善弈者有了经验:越是观者多,越不能听观者指点;一人是一套路数,或许一人是雕龙大略,三人则主见不一,互相抵消为雕虫小技了。

虽然人们在棋盘上变相过政治之瘾,但中国人毕竟是中国人,他们对实力不如自己的,其势凶猛,不可一世,故常说:"我让出你两个马吧!""我用半边兵力杀你吧!"若对方不要施舍,则在胜时偏不一下子致死,故意玩弄,行猫对鼠的伎俩,又或以吃掉对方所有棋子为快,结果棋盘上仅剩下一个帅子,成孤家寡人。而一旦遇着强手,那便"心理压力太大",缩手缩脚,举棋不定,方寸大乱,失了水准。真怀疑中国足球队的教练和队员都是会走象棋的。

这样,弈坛上就经常出现怪异现象:大凡大小领导,在本单位棋艺均高。他们也往往产生错觉,以为真个"拳打少林,脚踢武当"了。当然便有一些初生牛犊以棋对话,警告顶头上司,他们的战法既不用车,也不架炮,专事小卒。小卒虽在本地受重重限制,但硬是冲过河界,勇敢前进,竟直捣对方城池擒了主帅老儿。

×州便有一单位,春天里开展棋赛,是一英武青年与几位领导下盲棋。一间厅子,青年坐其中,领导分四方,青年皓齿明眸,同时以进卒向四位对手攻击,四位领导皆十分艰难,面色由黑变红变白,搔首抓耳。青年却一会儿去上厕所,一会儿去倒水沏茶,自己端一杯,又给四位领导各端一杯。冷丁对方叫

出一子，他就脱口接应走出一步。结果全胜。这青年这一年当选了单位的
人大代表。

　　改革开放新时期文学之初，文学界普遍还在"救救孩子"的呼喊中
抚摸伤痛时，贾平凹，即以一个黄土地青年天真的眼睛，寻找、发现了生
活中的爱与美。他的《满月儿》《果林里》等优美散文，宛如带着一身泥
土芬芳的歌者，在林中月下吹奏着一支清新动人的柳笛，以其独特的旋
律引起评论界的注意。

　　贾平凹的散文创作之所以颇有成绩，与他本人的生活经历和社会
现实的变革有着不可分割的联系。在农村的生活经历，使他对商州农
村生活了如指掌，深谙商州的风俗习惯、世态人情、风光景物，这些都为
他的商州题材的作品提供了丰富的素材。而改革开放中涌现出的众多
新人新事，无疑又为他的散文创作提供了更为广阔的现实基础。纵观
贾平凹的散文，其内容是广阔的，不仅充盈着民族文化特色，还渗透着
现代意识。这些散文，情感率真，艺术感触细微灵敏，构思通脱，语言简
朴，旨远蕴深，自成一格。贾平凹的散文对社会生活给予了深刻的关
注。在中国文人传统的血液里，他们认为文人的使命不外乎"修身、齐
家、治国、平天下"，因而，几乎所有的文人对他们生存的社会异常关心，
反映在文学观点上就是影响了中国思想文化千百年的"文以载道"。贾
平凹的散文创作中，将笔触伸向了社会的方方面面、各个角落，如《闲
人》《弈人》《名人》《人痛》《说孩子》《关于女人》等，不啻是一幅呼之欲出
的20世纪80年代陕西黄土地上的人物画廊。

　　自古以来，中国就有许多闲人，闲人无事，无事久之则无聊，无聊

久之则找寻消磨时间的东西:或吃喝,或玩乐。吃久、玩久则成了系列,有了套路,出了艺术——我们不妨称它为一种文化,一种"休闲文化"。丰子恺先生有一篇有名的散文《中国人吃瓜子》,和本文分别从"吃"和"玩"两个角度精彩地描写了这种"休闲文化"的两个侧面。不同之处在"休闲"和"悠闲"之间。这两篇作品都以诙谐、调侃的笔调,或揭示这种文化的产生根源,或指出其对民族、人性的影响,读来令人拍案叫绝,给人以诸多思考。结合起来读这两篇文章,我们会情不自禁地在"休闲"与"悠闲"中盘桓。

罗丹说:"生活中不是缺少美,而是缺少发现美的眼睛。"贾平凹作为一个善于发掘生活的人,他的散文创作题材广泛,内容五花八门,谈天说地信手拈来,有民俗,有风景,有人情,有对生活的哲思。在众多的文学题材中,散文以其表现方式的灵活性,在如今这个节奏日益紧张的社会中空前地成长发展起来。作家借助这种自由的形式,自由地书写自己的感悟、表达自己的思想。阅读本文,小小棋子竟有如此大的魔力,令棋手嗜之如命,叫旁观者围聚吵骂,让老手在街头设擂扬威,也促成年轻人曲线从政。作者将丰富的观察积累演绎成文,涉及面之广泛、刻画之深入,让人叹服,勾勒出性格鲜明的众生相,上至各级领导,下至平民百姓,无不生动活泼,跃然纸上,用心良苦,用意何在?不为写棋,而为写人。可贵处不是光想着写"弈人",而是从一个小的方面写出国人的性情、心态、际遇。作者观察细致,妙笔成文,发掘了深刻意蕴,极有可读性。

贾平凹在语言的使用方面,也有其超人的地方:一方面,他熟练地掌握了书面语言;另一方面,他熟悉陕西方言,尤其是陕南方言。更值得指出的是:贾平凹很好地将二者结合起来,使二者相映成趣,语言风格因之独具一格,很多篇章,读后令人忍俊不禁,如《笑口常开》《弈人》等等。《弈人》中写路灯下的"厮杀":"围观的一律伸长脖子,双目圆睁,嘶声叫嚷着自己的见解。弈者每走一步妙着，锐声叫好，若一步走坏，懊丧连天，都企图垂帘听政。但往往弈者仰头看看，看见的都是长脖颈上的大喉结，没有不上下活动的，大小红嘴白牙，皆在开合，唾沫就乱雨飞溅，于是笑笑，坚不听从。不听则骂：臭棋！骂臭棋，弈者不应，大将风度，应者则是别的观弈人，双方就各持己见，否定，否定之否定，最后变脸失色，口出秽言，大打出手。"各种人物形象纷至沓来！幽默大师梁实秋和本文的作者一样，也孜孜不倦、津津有味地关注人生百态、社会世相，同时，又以超然的目光加以审视、以玩味的幽默加以表现。巧得很，他也写过一篇"楚河汉界"的散文，题目是《下棋》。开头是这样写的，"有一种人我最不喜欢和他下棋，那便是太有涵养的人。杀死他一大块，或是抽了他一个车，他神色自若，不动火，不生气，好像是无关痛痒使你觉得索然寡味。君子无所争，下棋却是要争的。当你给对方一个严重威胁的时候，对方的头上青筋暴露，黄豆般的汗珠一颗颗地在额上陈列出来，或哭丧着脸作惨笑，或咕嘟着嘴作吃屎状，或抓耳挠腮，或大叫一声，或长吁短叹，或自怨自艾口中念念有词，或一串串地噎嗝打个不休，或红头涨脸如关公，种种现象不一而足……"这和贾平凹笔下的"弈人"何其相似！梁实秋先生的"雅舍"系列散文始写于上世纪40年代，《下棋》是其中非常有代表性的一篇。光阴荏苒，差不多半个世纪以后的贾平凹与其有异曲同工之妙，同样写出了"颇具魏晋遗风，其任情率性，真实又可爱"的"弈人"，所不同的是，《下棋》开篇所谓"有涵养"的人，令人不快，这是"弈人"所没有的。

　　贾平凹先生的散文内容宽泛，社会人生的独特体察、个人内心的情绪变化、偶然感悟的哲理等皆可入文。人生亦如下棋，我们知道，在下棋的时候，输与赢只是相对的而言的；我们也知道，楚河汉界，两军对垒的精彩之处还在于它的过程，生活不应该也是这样的吗？"这样，弈坛上就经常出现怪异现象：大凡大小领导，在本单位棋艺均高。他们也往往产生错觉,以为真个'拳打少林,脚踢武当'了。当然便有一些初生牛犊以棋对话,警告顶头上司,他们的战法既不用车,也不架炮,专事小卒。小卒虽在本地受重重限制,但硬是冲过河界,勇敢前进,竟直捣对方城池擒了主帅老儿。"看似轻描淡写的笔墨,生动地再现了现实生活中人们习以为而又经常忽视的景象,但却能引人入胜。

我们现在怎样做父亲

◇鲁迅

我作这一篇文的本意,其实是想研究怎样改革家庭;又因为中国亲权重,父权更重,所以尤想对于从来认为神圣不可侵犯的父子问题,发表一点意见。总而言之:只是革命要革到老子身上罢了。但何以大模大样,用了这九个字的题目呢?这有两个理由:

第一,中国的"圣人之徒",最恨人动摇他的两样东西。一样不必说,也与我辈绝不相干;一样便是他的伦常,我辈却不免偶然发几句议论,所以株连牵扯,很得了许多"铲伦常""禽兽行"之类的恶名。他们以为父对于子,有绝对的权力和威严;若是老子说话,当然无所不可,儿子有话,却在未说之前早已错

本文选自《鲁迅全集(第一卷)·〈坟〉》(人民文学出版社2005年版)。鲁迅(1881—1936),浙江绍兴人。原名周樟寿,后改周树人。"鲁迅"是他1918年发表《狂人日记》时所用的笔名,也是他影响最为广泛的笔名。1902年春,被官费派赴日本留学,1909年夏回国,在杭州浙江两级师范学堂任教。1912年2月,应教育总长蔡元培的邀请到该部任职。5月,随

教育部迁往北京,任佥事、社会教育司第一科科长。1912年至1926年夏,他先后在北京大学、北京师范大学、北京女子师范大学兼课。1930年3月,中国左翼作家联盟成立,他是积极参与筹备和主要领导者之一。他对于五四运动以后的中国社会思想文化发展产生了一定的影响,蜚声世界文坛,被誉为"二十世纪东亚文化地图上占最大领土的作家"。一生著译甚丰,有多种版本《鲁迅全集》问世,并译成50多种文字,传播世界。鲁迅的主要成就包括杂文,短中篇小说,文学、思想和社会评论,古代典籍校勘与研究,散文,现代散文诗,旧体诗,外国文学与学术翻译作品等。鲁迅在他的一生中,特别是后期(上海时期)思想最成熟的年月里,倾注了他的大部分生命与心血于杂文创作中。

了。但祖父子孙,本来各各都只是生命的桥梁的一级,决不是固定不易的。现在的子,便是将来的父,也便是将来的祖。我知道我辈和读者,若不是现任之父,也一定是候补之父,而且也都有做祖宗的希望,所差只在一个时间。为想省却许多麻烦起见,我们便该无须客气,尽可先行占住了上风,摆出父亲的尊严,谈谈我们和我们子女的事;不但将来着手实行,可以减少困难,在中国也顺理成章,免得"圣人之徒"听了害怕,总算是一举两得之至的事了。所以说,"我们怎样做父亲。"

第二,对于家庭问题,我在《新青年》的《随感录》(二五、四〇、四九)中,曾经略略说及,总括大意,便只是从我们起,解放了后来的人。论到解放子女,本是极平常的事,当然不必有什么讨论。但中国的老年,中了旧习惯旧思想的毒太深了,决定悟不过来。譬如早晨听到乌鸦叫,少年毫不介意,迷信的老人,却总须颓唐半天。虽然很可怜,然而也无法可救。没有法,便只能先从觉醒的人开手,各自解放了自己的孩子。自己背着因袭的重担,肩住了黑暗的闸门,放他们到宽阔光明的地方去;此后幸福的度日,合理的做人。

还有,我曾经说,自己并非创作者,便在上海报纸的《新教训》里,挨了一顿骂。但我辈评论事情,总须先评论了自己,不要冒充,才能像一篇说话,对得起自己和别人。我自己知道,不特并非创作者,并且也不是真理的发见者。凡有所说所写,只是就平日见闻的事理里面,取了一点心以为然的道理;至于终极究竟的事,却不能知。便是对于数年以后的学说的进步和变迁,也说不出会到如何地步,单相信比现在总该还有进步还有变迁罢了。所以说,"我们现在怎样做父亲"。

我现在心以为然的道理,极其简单。便是依据生物界的现象,一、要保存生命;二、要延续这生命;三、要发展这生命(就是进化)。生物都这样做,父亲也就是这样做。

生命的价值和生命价值的高下,现在可以不论。单照常识判断,便知道既是生物,第一要紧的自然是生命。因为生物之所以为生物,全在有这生命,否则失了生物的意义。生物为保存生命起见,具有种种本能,最显著的是食欲。因有食欲方摄取食品,因有食品才发生温热,保存了生命。但生物的个体,总免不了老衰和死亡,为继续生命起见,又有一种本能,便是性欲。因性欲才有性交,因有性交才发生苗裔,继续了生命。所以食欲是保存自己,保存现在生命的事;性欲是保存后裔,保存永久生命的事。饮食并非罪恶,并非不净;性交也就并非罪恶,并非不净。饮食的结果,养活了自己,对于自己没有恩;性交的结果,生出子女,对于子女当然也算不了恩。——前前后后,都向生命的长途走去,仅有先后的不同,分不出谁受谁的恩典。

可惜的是中国的旧见解,竟与这道理完全相反。夫妇是"人伦之中",却说是"人伦之始";性交是常事,却以为不净;生育也是常事,却以为天大的大功。人人对于婚姻,大抵先夹带着不净的思想。亲戚朋友有许多戏谑,自己也有许多羞涩,直到生了孩子,还是躲躲闪闪,怕敢声明;独有对于孩子,却威严十足。这种行径,简直可以说是和偷了钱发迹的财主,不相上下了。我并不是说,——如他们攻击者所意想的,——人类的性交也应如别种动物,随便举行;或如无耻流氓,专做些下流举动,自鸣得意。是说,此后觉醒的人,应该先洗净了东方固有的不净思想,再纯洁明白一些,了解夫妇是伴侣,是共同劳动者,又是新生命创造者的意义。所生的子女,固然是受领新生命的人,但他也不永久占领,将来还要交付子女,像他们的父母一般。只是前前后后,都做一个过付的经手人罢了。

生命何以必需继续呢?就是因为要发展,要进化。个体既然免不了死亡,进化又毫无止境,所以只能延续着,在这进化的路上走。走这路须有一种内的努力,有如单细胞动物有内的努力,积久方会繁复,无脊椎动物有内的努力,积久才会发生脊椎。所以后起的生命,总比以前的更有意义,更近完全,因此也更有价值,更可宝贵;前者的生命,应该牺牲于他。

但可惜的是中国的旧见解,又恰恰与这道理完全相反。本位应在幼者,却反在长者;置重应在将来,却反在过去。前者做了更前者的牺牲,自己无力生存,却苛责后者又来专做他的牺牲,毁灭了一切发展本身的能力。我也不是说，——如他们攻击者所意想的，——孙子理应终日痛打他的祖父，女儿必须时时咒骂他的亲娘。是说，此后觉醒的人，应该先洗净了东方古传的谬误思想，对于子女，义务思想须加多，而权利思想却大可切实核减，以准备改作幼者本位的道德。况且幼者受了权利，也并非永久占有，将来还要对于他们的幼者，仍尽义务。只是前前后后，都做一切过付的经手人罢了。

"父子间没有什么恩"这一个断语，实是招致"圣人之徒"面红耳赤的一大原因。他们的误点，便在长者本位与利己思想，权利思想很重，义务思想和责任心却很轻。以为父子关系，只须"父兮生我"一件事，幼者的全部，便应为长者所有。尤其堕落的，是因此责望报偿，以为幼者的全部，理该做长者的牺牲。殊不知自然界的安排，却件件与这要求反对。我们从古以来，逆天行事，于是人的能力，十分萎缩，社会的进步，也就跟着停顿。我们虽不能说停顿便要灭亡，但较之进步，总是停顿与灭亡的路相近。

自然界的安排，虽不免也有缺点，但结合长幼的方法，却并无错误。他并不用"恩"，却给与生物以一种天性，我们称他为"爱"。动物界中除了生子数目太多——爱不周到的如鱼类之外，总是挚爱他的幼子，不但绝无利益心情，甚或至于牺牲了自己，让他的将来的生命，去上那发展的长途。

人类也不外此，欧美家庭，大抵以幼者弱者为本位，便是最合于这生物学的真理的办法。便在中国，只要心思纯白，未曾经过"圣人之徒"作践的人，也都自然而然的能发现这一种天性。例如一个村妇哺乳婴儿的时候，决不想到自己正在施恩；一个农夫娶妻的时候，也决不以为将要放债。只是有了子女，即天然相爱，愿他生存；更进一步的，便还要愿他比自己更好，就是进化。这离绝了交换关系利害关系的爱，便是人伦的索子，便是所谓"纲"。倘如旧说，抹煞了"爱"，一味说"恩"，又因此责望报偿，那便不但败坏了父子间的道德，而且也大反于做父母的实际的真情，播下乖刺的种子。有人做了乐府，说是"劝孝"，大意是什么"儿子上学堂，终亲在家磨杏仁，预备回来给他喝，你还不孝么"之类，自以为"拼命卫道"。殊不知富翁的杏酪和穷人的豆浆，在爱情上价值同等，而其价值却正在父母当时并无求报的心思；否则变成买卖行为，虽然喝了杏酪，也不异"人乳喂猪"，无非要猪肉肥美，在人伦道德上，丝毫没有价值了。

所以我现在心以为然的，便只是"爱"。

无论何国何人，大都承认"爱己"是一件应当的事。这便是保存生命的要义，也就是继续生命的根基。因为将来的运命，早在现在决定，故父母的缺点，便是子孙灭亡的伏线，生命的危机。易卜生做的《群鬼》(有潘家洵君译本，载在《新潮》一卷五号)，虽然重在男女问题，但我们也可以看出遗传的可怕。欧士华本是要生活，能创作的人，因为父亲的不检，先天得了病毒，中途不能做人了。他又很爱母亲，不忍劳他服侍，便藏着吗啡，想待发作时候，由使女瑞琴帮他吃下,毒杀了自己;可是瑞琴走了。他于是只好托他母亲了。

欧"母亲,现在应该你帮我的忙了。"

阿夫人"我吗?"

欧"谁能及得上你。"

阿夫人"我! 你的母亲!"

欧"正为那个。"

阿夫人"我,生你的人!"

欧"我不曾教你生我。并且给我的是一种什么日子? 我不要他! 你拿回去罢!"

这一段描写,实在是我们做父亲的人应该震惊戒惧佩服的;决不能昧了良心,说儿子理应受罪。这种事情,中国也很多,只要在医院做事,便能时时看见先天梅毒性病儿的惨状;而且傲然的送来的,又大抵是他的父母。但可怕的遗传,并不只是梅毒;另外许多精神上体质上的缺点,也可以传之子孙,而且久而久之,连社会都蒙着影响。我们且不高谈人群,单为子女说,便可以说凡是不爱己的人,实在欠缺做父亲的资格。就令硬做了父亲,也不过如古代的草寇称王一般,万万算不了正统。将来学问发达,社会改造时,他们侥幸留下的苗裔,恐怕总不免要受善种学(Eugenics)者的处置。

倘若现在父母并没有将什么精神上体质上的缺点交给子女,又不遇意外的事,子女便当然健康,总算已经达到了继续生命的目的。但父母的责任还没有完,因为生命虽然继续了,却是停顿不得,所以还

我们现在怎样做父亲

须教这新生命去发展。凡动物较高等的,对于幼雏,除了养育保护以外,往往还教他们生存上必需的本领。例如飞禽便教飞翔,鸷兽便教搏击。人类更高几等,便也有愿意子孙更进一层的天性。这也是爱,上文所说的是对于现在,这是对于将来。只要思想未遭锢蔽的人,谁也喜欢子女比自己更强,更健康,更聪明高尚,——更幸福;就是超越了自己,超越了过去。超越便须改变,所以子孙对于祖先的事,应该改变,"三年无改于父之道可谓孝矣",当然是曲说,是退婴的病根。假使古代的单细胞动物,也遵着这教训,那便永远不敢分裂繁复,世界上再也不会有人类了。

幸而这一类教训,虽然害过许多人,却还未能完全扫尽了一切人的天性。没有读过"圣贤书"的人,还能将这天性在名教的斧钺底下,时时流露,时时萌蘗;这便是中国人虽然凋落萎缩,却未灭绝的原因。

所以觉醒的人,此后应将这天性的爱,更加扩张,更加醇化;用无我的爱,自己牺牲于后起新人。开宗第一,便是理解。往昔的欧人对于孩子的误解,是以为成人的预备;中国人的误解,是以为缩小的成人。直到近来,经过许多学者的研究,才知道孩子的世界,与成人截然不同;倘不先行理解,一味蛮做,便大碍于孩子的发达。所以一切设施,都应该以孩子为本位,日本近来,觉悟的也很不少;对于儿童的设施,研究儿童的事业,都非常兴盛了。第二,便是指导。时势既有改变,生活也必须进化;所以后起的人物，一定尤异于前，决不能用同一模型，无理嵌定。长者须是指导者协商者，却不该是命令者。不但不该责幼者供奉自己；而且还须用全副精神，专为他们自己，养成他们有耐劳作的体力，纯洁高尚的道德，广博自由能容纳新潮流的精神，也就是能在世界新潮流中游泳，不被淹没的力量。第三，便是解放。子女是即我非我的人，但既已分立，也便是人类中的人。因为即我，所以更应该尽教育的义务，交给他们自立的能力；因为非我，所以也应同时解放，全部为他们自己所有，成一个独立的人。

这样，便是父母对于子女，应该健全的产生，尽力的教育，完全的解放。

但有人会怕，仿佛父母从此以后，一无所有，无聊之极了。这种空虚的恐怖和无聊的感想，也即从谬误的旧思想发生；倘明白了生物学的真理，自然便会消灭。但要做解放子女的父母，也应预备一种能力。便是自己虽然已经带着过去的色采，却不失独立的本领和精神，有广博的趣味，高尚的娱乐。要幸福么？连你的将来的生命都幸福了。要"返老还童"，要"老复丁"么？子女便是"复丁"，都已独立而且更好了。这才是完了长者的任务，得了人生的慰安。倘若思想本领，样样照旧，专以"勃谿"为业，行辈自豪，那便自然免不了空虚无聊的苦痛。

或者又怕，解放之后，父子间要疏隔了。欧美的家庭，专制不及中国，早已大家知道；往者虽有人比之禽兽，现在却连"卫道"的圣徒，也曾替他们辩护，说并无"逆子叛弟"了。因此可知：惟其解放，所以相亲；惟其没有"拘挛"子弟的父兄，所以也没有反抗"拘挛"的"逆子叛弟"。若威逼利诱，便无论如何，决不能有"万年有道之长"。例如我中国，汉有举孝，唐有孝悌力田科，清末也还有孝廉方正，都能换到官做。父恩谕之于先，皇恩施之于后，然而割股的人物，究属寥寥。足可证明中国的旧学说旧手段，实在从古以来，并无良效，无非使坏人增长些虚伪，好人无端的多受些人我都无利益的苦痛罢了。

独有"爱"是真的。路粹引孔融说，"父之于子，当有何亲？论其本意，实为情欲发耳。子之于母，亦复奚为，譬如寄物瓶中，出则离矣。"（汉末的孔府上，很出过几个有特色的奇人，不像现在这般冷落，这话也许确是北海先生所说；只是攻击他的偏是路粹和曹操，教人发笑罢了。）虽然也是一种对于旧说的打击，但实于事理不合。因为父母生了子女，同时又有天性的爱，这爱又很深广很长久，不会即离。现在世界没有大同，相爱还有差等，子女对于父母，也便最爱，最关切，不会即离。所以疏隔一层，不劳多虑。至于一种例外的人，或者非爱所能钩连。但若爱力尚且不能钩连，那便任凭什么"恩威、名分、天经、地义"之类，更是钩连不住。

或者又怕，解放之后，长者要吃苦了。这事可分两层：第一，中国的社会，虽说"道德好"，实际却太缺乏相爱相助的心思。便是"孝""烈"这类道德，也都是旁人毫不负责，一味收拾幼者弱者的方法。在这样社会中,不独老者难于生活,即解放的幼者,也难于生活。第二,中国的男女,大抵未老先衰,甚至不到二十岁,早已老态可掬,待到真实衰老,便是须别人扶持。所以我说,解放子女的父母,应该先有一番预备;而对于如此社会,尤应该改造,使他能适于合理的生活。许多人预备着,改造着,久而久之,自然可望实现了。单就别国的往时而言,斯宾塞未曾结婚,不闻他侘傺无聊;瓦特早没有了子女,也居然"寿终正寝",何况在将来,更何况有儿女的人呢?

或者又怕,解放之后,子女要吃苦了。这事也有两层,全如上文所说,不过一是因为老而无能,一是因为少不更事罢了。因此觉醒的人,愈觉有改造社会的任务。中国相传的成法,谬误很多:一种是锢闭,以为可以与社会隔离,不受影响。一种是教给他恶本领,以为如此才能在社会中生活。用这类方法的长者,虽然也含有继续生命的好意,但比照事理,却决定谬误。此外还有一种,是传授些周旋方法,教他们顺应社会。这与数年前讲"实用主义"的人,因为市上有假洋钱,便要在学校里遍教学生看洋钱的法子之类,同一错误。社会虽然不能不偶然顺应,但决不是正当办法。因为社会不良,恶现象便很多,势不能一一顺应;倘都顺应了,又违反了合理的生活,倒走了进化的路。所以根本方法,只有改良社会。

就实际上说,中国旧理想的家族关系父子关系之类,其实早已崩溃。这也非"于今为烈",正是"在昔已然"。历来都竭力表彰"五世同堂",便足见实际上同居的为难;拼命的劝孝,也足见事实上孝子的缺少。而其原因,便全在一意提倡虚伪道德,蔑视了真的人情。我们试一翻大族的家谱,便知道始迁祖宗,大抵是单身迁居,成家立为;一到聚族而居,家谱出版,却已在零落的中途了。况在将来,迷信破了,便没有哭竹,卧冰;医学发达了,也不必尝秽,割股。又因为经济关系,结婚不得不迟,生育因此也迟,或者子女才能自存,父母已经衰老,不及依赖他们供养,事实上也就是父母反尽了义务。世界潮流逼拶着,这样做的可以生存,不然的便都衰落;无非觉醒者多,加些人力,便危机可望较少就是了。

但既如上言,中国家庭,实际久已崩溃,并不如"圣人之徒"纸上的空谈,则何以至今依然如故,一无进步呢? 这事很容易解答。第一,崩溃者自崩溃,纠缠者自纠缠,设立者又自设立;毫无戒心,也不想到改革,所以如故。第二,以前的家庭中间,本来常有勃谿,到了新名词流行之后,便都改称"革命",然而其实也仍是讨嫖钱至于相骂,要赌本至于相打之类,与觉醒者的改革,截然两途。这一类自称"革命"的勃谿子弟,纯属旧式,待到自己有了子女,也决不解放;或者毫不管理,或者反要寻出孝经,勒令诵读,想他们"学于古训",都做牺牲。这只能全归旧道德、旧习惯、旧方法负责,生物学的真理决不能妄任其咎。

既如上言,生物为要进化,应该继续生命,那便"不孝有三无后为大",三妻四妾,也极合理了。这事也很容易解答。人类因为无后,绝了将来的生命,虽然不幸,但若用不正当的方法手段,苟延生命而害及人群,便该比一人无后,尤其"不孝"。因为现在的社会,一夫一妻制最为合理,而多妻主义,实能使人群堕落。堕落近于退化,与继续生命的目的,恰恰完全相反。无后只是灭绝了自己,退化状态的有后,便会毁到他人。人类总有些为他人牺牲自己的精神,而况生物自发生以来,交互关联,一人的血统,大抵总与他人有多少关系,不会完全灭绝。所以生物学的真理,决非多妻主义的护符。

总而言之,觉醒的父母,完全应该是义务的,利他的,牺牲的,很不易做;而在中国尤不易做。中国觉醒的人,为想随顺长者解放幼者,便须一面清结旧帐,一面开辟新路。就是开首所说的"自己背着因袭的重担,肩住了黑暗的闸门,放他们到宽阔光明的地方去;此后幸福的度日,合理的做人。"这是一件极伟大的要紧的事,也是一件极困苦艰难的事。

但世间又有一类长者,不但不肯解放子女,并且不准子女解放他们自己的子女;就是并要孙子曾孙都做无谓的牺牲。这也是一个问题;而我是愿意平和的人,所以对于这问题,现在不能解答。

简评

鲁迅先生一生在文学创作、文学批评、思想研究、文学史研究、翻译、美术理论引进、基础科学介绍和古籍校勘与研究等多个领域具有重大贡献。鲁迅先生撰写的数百篇投枪、匕首般的杂文,在粉碎国民党反动派反革命的文化围剿中建立了特殊功勋,从而成为中国新文学奠基人。毛泽东曾评价:"鲁迅的方向,就是中华民族新文化的方向。"鲁迅先生的名言:"先从觉醒的人开手,各自解放了自己的孩子。自己背着因袭的重担,肩住了黑暗的闸门,放他们到宽阔光明的地方去;此后幸福的度日,合理的做人。""这是一件极伟大的要紧事,也是一件极困苦艰难的事。"这就是"我们现在怎样做父亲"的要旨。这是鲁迅先生"五四"新文学运动以后撰写的为数不多的长篇论文之一,反映了五四时期激进的知识分子典型的"启蒙"心态。我们知道,把这一立论放到传统的中国文化背景中,却从来只讨论"我们怎样做子女",本文讨论的却是"我们怎样做父亲",这一命题的提出,就从根本上反映了新的思想观念、伦理道德、价值判断的变化。

"鲁迅这篇论文,旨在揭开中国人在家庭伦理主要是父母和子女关系上的蒙蔽,但全文讨论的全是父子关系,母子关系很少论及——作者想当然地将这包含在父子关系里了。在今日的女权主义者看来,也许鲁迅这种论述方式的本身,也有值得启蒙的地方罢。"(郜宝元《鲁迅精读》)在现实生活里,鲁迅先生总是纵观上下几代人,特别是下一代。因而,鲁迅先生告诉我们"怎样做父亲"意在"立人",我们必须把握的要点是:"所以觉醒的人,此后应将这天性的爱,更加扩张,更加醇化;用无我的爱,自己牺牲于后起新人。开宗第一,便是理解。往昔的欧人对孩子的误解,是以为成人的预备;中国人的误解,是以为缩小的成人。直到近来,经过许多学者的研究,才知道孩子的世界,与成人截然不同;倘不先行理解,一味蛮做,便大碍于孩子的发达。第二,便是指导。时势既有变化,生活也必须有进化;所以后起的人物,一定尤异于前,绝不能用同一模型,无理嵌定。长者需是指导者协商者,却不该是命令者。不但不该是责幼者供奉自己;而且还须用全副精神,专为他们自己,养成有耐劳作的体力,纯洁高尚的道德,广博自由能容纳新潮流的精神,也就是能在世界新潮流中游泳,不被淹没的力量。第三,便是解放。子女是既我非我的人,但既已分立,也便是人类中的人。因为既我,所以更应该尽教育的义务,交给他们自立的能力;因为非我,所以也应同时解放,全部为他们自己所有,成一个独立的人。"

从鲁迅先生所处的时代可知鲁迅"立人"观念的由来。鲁迅从生物进化的链条上看到孩子是未来的纽带,连接着未来,承载着未来。因此在鲁迅看来,从十来岁的孩子身上可以预知二十年后的未来,从现在二十来岁的青年身上可以预知中国五六十年后的发展。所以,"这样,便是父母对于子女,应该健全的产生,尽力的教育,完全的解放。——但要做解放子女的父母,也应该预备一种能力。便是自己虽然已经带着过去的色彩,却不失独立的本领和精神,有广博的趣味,高尚的娱乐。——这才是完成了长者的任务,得了人生的慰安。"

汉末名士孔融曾对父子关系有一种惊世骇俗的阐述,大意是说父亲对子女无所谓恩亲,原本不过是情欲使然;而母亲与子女的关系如同瓶之盛物一般,将物从瓶中倒出也就意味着彼此关系的终结。这种观点在当时可谓是大逆不道,结果被曹操以"违背天道,败坏伦理"的罪名杀头。也许是受现实以及孔融的影响,鲁迅与许广平刚开始不打算要孩子,然而小海婴的降临似乎加剧了鲁迅自成一体的父亲观的形成。鲁迅从对传统父子关系的反思作突破口,一反封建社会根深蒂固的思想:鲁迅首先对传统的父子关系进行全新的反思。他认为父亲生养孩子是谈不上什么恩典的。因此鲁迅反对那种养儿防老,施恩图报的传统观念,认为父子关系应该是一种"离绝了交换关系利害关系的爱",一种"心思纯白"的爱。鲁迅把父亲粗略地分为两类,一种是只生下孩子而不养孩子,另一种为人父即不仅生下孩子,还要将使孩子健全的成长。

将近一个世纪前的文章,今天看来,如何从小培养孩子的良好习惯、优秀的道德品质,如何让孩子既成人又成才,仍然给我们以启迪,当然也不免带有那个时代印记。其实,在教育孩子的问题上,必须从家长本身做起,这正是作者所身体力行的。文章篇幅很长,但思路明晰,论证严密,把"做父亲"的立论放到"保存生命,延续生命,发展生命"漫长的过程中来讨论。把教育子女提升到"健全的产生,尽力的教育,完全的解放"高度,实在难能可贵。鲁迅的思想和观念跨越了将近一个世纪的时间,到了21世纪的今天,我们应该反省一下自己:我们成长了多少,有多少人还在误区里转?据冯雪峰回忆,直到晚年,鲁迅还在反思中国的父母对于子女的无条件的爱,他曾经打算写一篇杂文,专门讨论"母爱的伟大和可怕",更不用说他对中国家长特有的"溺爱"的轻蔑了。现在的家庭,溺爱确实存在,有的甚至到了登峰造极的地步。

还是回到本文的主题上来。在本文中鲁迅先生明确认为中国传统社会父权太重,一切以父亲为本位,强调父母对子女的"恩"以及子女必须行"孝"报答"恩"。鲁迅以敏锐的目光审视着中国的现状,发现绝大多数的孩子都被囚禁在水深火热之中,个个封锁在桎梏之中,精神萎靡不振,所以鲁迅提出"救救孩子"。鲁迅从进化论的立场出发,认为"后起的生命,总比以前的更有意义,更近安全,因此也更有价值,更可宝贵;前者的生命,应该牺牲于他。"这是一个伟大的"父亲"的形象。"自己背着因袭的重担,肩住了黑暗的闸门,放他们到宽阔的光明地方去;此后幸福的度日,合理的做人。"客观地说,我们现在的孩子仍然承担着沉重的负担,这大概是不争的事实。"我们现在怎样做父亲",可以说这依然是一个问题。父母对于孩子,应当尽力地教育,要发展和养育新生命。父母应授予子女立足的本领,期盼子女超越自己。做父母的总得在孩子尚小的时候替他考虑盘算怎样成长的事,一旦孩子到了独立自主的年龄,就要让他自己安排自己的人生罢。该是怎样做呢?鲁迅先生说:"所以觉醒的人,此后应将这天性的爱,更加扩张,更加醇化;用无我的爱,自己牺牲于后起新人。"将一个做父亲的责任高度浓缩在以下三个方面:一是理解。孩子的世界与成人的截然不同,正如不能用今人之目光打量历史之遗留一般,也不能用大人的视角丈量孩子的世界。鲁迅在《野草集》中《风筝》一文就写道:日本近来觉悟许多,对于儿童的设施,研究儿童的事业,都非常兴盛了。对折断弟弟风筝一事,他十分懊悔。二是指导。人各有异，不适用于同一模型。如卢梭之见，精致的研究，细腻的趣味，取悦的艺术归结为一套原则，每个人的精神都仿佛是在同一个模子里铸出来的。三是解放。父亲在引导的过程中不能独占，要适当地解放孩子，使孩子成为自己的主人。

鲁迅先生比较晚才有海婴。著名的《答客诮》一诗，是一首体现鲁迅爱子之情的诗，甚至可以说是他的爱子宣言。"无情未必真豪杰，怜子如何不丈夫。知否兴风狂啸者，回眸时看小於菟。"通过这首诗，读者可以看到与"横眉冷对""怒向刀丛""金刚怒目"等完全不同的鲁迅的另一面，那就是"俯首甘为孺子牛"的怜子柔情。我们似乎看到了一个和蔼而又亲切的父亲。这首诗，不仅是鲁迅回答别人对他爱孩子的讥讽，表现他对孩子深厚的感情，而且还应该视为鲁迅对后代的殷切期望。作为父亲，给我们的启示是多方面的。

女儿的嫁妆

◇ 韩石山

本文选自朱自清等著《中国最美的散文世界最美的散文》（华文出版社2009年版）。韩石山（1947—），山西临猗人，当代著名作家。近年来潜心于现代文学研究。长篇小说《别扭过脸去》，专著《得心应手》，短篇小说集《猪的喜剧》《轻盈的脚步》，中篇小说集《魔子》，中短篇小说集《鬼府》，散文集《亏心事》《我的小气》，评论集《韩石山文学评论集》，

女儿十五岁，初中学生，半憨不精，已初识嫁娶之事。我们父女的关系，平日又那么马马虎虎，套一句文雅的话，可说是介于师友之间，常开些当开不当开的玩笑，每天她放了学，我放下笔，有妻子做饭，父女俩便在客厅里说笑嬉闹。客厅紧傍着厨房，也是对正在"火线"上的妻子的慰劳。儿子在外地上学，这是我们一家三口每天最热闹的时候。

这天我对女儿说，爸爸笔耕大半生，已垂垂老矣，等你兄妹俩成家时，怕无充裕的钱物应付。不过我有数千册书，还有些家用电器，到时候可全给你们，两相比较，家电比书值钱，你们是要家电还是要书？

这玩笑以前就开过,记得那时她说要书,我想引诱她说要家电、冰箱、彩电、录像机这些,对一个女孩子来说总该有些吸引力的,然后再好好奚落她一顿。她似乎看出了我的鬼把戏,眼珠一转,说道:"我都不要。""那你要什么呢?""我要你。""一个老爸爸,你不嫌弃,你那口子还嫌弃哩。""那可不会。"女儿说,"到了我家,我把你锁在一间房子里,让你写文章,稿费全都是我的。有了你,不是啥都有了?"哈哈哈,我笑得快岔了气。"就樱儿能想出这号鬼点子!"妻在厨房听了,佯作嗔怪地说。得承认,这次斗嘴,我是彻底失败了。

这几年,她学业上有多大长进,我不知道,斗嘴上可是大有长进了,比如前些日子,为件什么事,她母女俩"得罪"了我,我便引用孔夫子那句话挖苦她们:"唯女子与小人为难养也,远之则怨,近之则不逊。你妈是女子,你是小人。"

但见她格眨格眨眼,顺口答道:

"爸,你说得很对,不过你对孔子的话理解错了。那句话是说:女人和孩子是你这样的人难教育的,为什么呢?离得远了你就怨恨人家,离得近了你就对人家不尊重。"

妙哇!我忘了正在斗嘴,当即大加赞赏。不过,那话虽也机警,却不似今天要我做嫁妆这话来得率真可爱。有意思,她怎么能想出这么刁钻的俏皮的话儿,没啥可羞的,能为女儿做嫁妆,也未尝不是人生一大乐事。至少说明,我这个当爸爸的,还是个有

文论集《我手写我心》等。2013年的《装模作样——浪迹文坛30年》是作者一部重要的作品。主要著作有《韩石山文学评论集》《李健吾传》《徐志摩传》《寻访林徽因》《少不读鲁迅,老不读胡适》《谁红跟谁急》《民国文人风骨》等。

用之物,还没落到"老而不死是为贼"的地步。可一想到他兄妹俩小时候的种种遭际,又不免有些心酸。

我少小离家,负笈求学,又在外地工作,成家后夫妻天各一方,他兄妹俩都是在老家农村出生的。合家团聚,不过是近十年的事。孩子出生时,因工作忙,更因经济困窘,均未回家照料。稍大点儿,也未能给以更多的爱抚,一般孩子都有的玩具,几乎没给买过,只记得给儿子买过一个塑料西瓜,八毛钱,给女儿买过一个布娃娃,一元四角。妻子曾给我说过这么件小事,今日忆及,仍不胜唏嘘。

是女儿三岁时吧,一次妻子带她去镇上玩,来到百货商店,孩子见了一种小推车,哭闹着要妈妈给她买。一辆小车不过二十几元,但对我家来说已是不可想象的大数目。我那时一月工资五十元,要养活四口之家。妻哄孩子说:"等爸爸一月挣上八十块钱就给你买。"售货员听了露出鄙夷的神色。那时候,要挣上八十元,少说也得当上县委书记!

这事,妻怕我伤心,从未对我说过,直到前两年才无意中提起。我曾问女儿,可记得此事,她说不记得。孩子能忘了,当爸爸的既然知道,实在是难忘的了。这遗憾,怕至死都会刻在我的心头。至今每次上街,走过卖玩具的地方,看见小推车,我总不忍多看。当然,这亏欠也可以用别的方式加倍地补上,但那不过是自欺,任你什么方式,能补得上孩子幼年心头的创伤么?纵然她未必知晓,女儿现在很爱收集小动物,也爱做些布娃娃之类的小手工,挂在床头,摆在书桌，我疑心这正是童年时心灵上的缺憾的补偿。太伤心，也太残酷，我从未点破。

别说孩子了，我现在爱和孩子们在一起嬉戏、玩耍，又何尝不也是一种心灵上的补偿？

有人说南唐李后主所以无能，是因为"生于宫掖之中，长于妇人之手"。确否不敢妄论，但我总觉得长于妇人之手，实在不能说是坏事。家父一辈子在外地工作，很少回家，我是母亲一手带大的。与妻子团聚后，穿衣吃饭，全由妻子料理。将来年迈体衰，卧床不起，能在床前侍奉汤药的，怕也只有女儿。人的一生，幼年有母亲抚爱，成年有妻子照料，晚年有女儿侍奉，也算得上大福大贵了。想到这儿，我对女儿说："爸爸就做你的嫁妆吧，只是到了你家，别锁在房子里就行了。"

"那可不行。"女儿笑着说，"不锁住，过两天你又跑到我哥哥家去了。"

我想倒也是的，一双儿女，哪头也放不下呀。

简评

韩石山先生长期从事小说、散文、文学批评等门类的写作及现代文学研究。以小说成名后，又写散文、文学评论，以大胆、敢说的"酷评"为人称道，有"文坛刀客"之称谓。本文构思精巧，看似闲聊打趣中，出人意料地以爸爸作为女儿的嫁妆贯穿全文。恰好说明了作者以写小说闻名，长时间的历练足以养成他对生活的观摩与对细节的发现与展示，这一些相关的背景都以春风化雨的形式融归于极其自然的表达当中。文章的感人之处在于，其乐融融的爸爸和女儿一次私密的谈话中，以自己为嫁妆引出了父亲和女儿之间的和谐以及生命过程中双方已付出与感恩的思考，并自然地衍生为一篇哲理式的生活版的散文和读者共享，

女儿的嫁妆

意在共同面对生活，共同品读生活中的美好。

阅读《女儿的嫁妆》，读者还会发现，结构上的别致还体现在文章的结尾，水到渠成，妙笔生花，卒章显志。以评论家的职业眼光和思想，以南唐李后主为喻发出了自己的感慨，使文章的意义进一步升华，袒露出自己人生"大富大贵"的幸福感，其乐融融的亲情充斥字里行间，绝无画蛇添足之嫌，反而在不知不觉中使文章的意蕴得到了进一步的升华。另外，语言上的细腻从容，包含着评论家的深刻，每句话都相对简短精练，用词准确到位，娓娓道来，读起来给人铿然有力的感觉，增强了我们在阅读中一种自然而然的亲切感和认同感。

文学是生活的记录。现实生活中许多父亲为了家庭奔波在外，与子女在一起的时间十分有限，于是，为了寻求那"遥远"的父爱，演绎出许许多多喜怒哀乐的家庭悲喜剧。本文作者也是一个忙碌的父亲，在外工作，夫妻天各一方，孩子只能在老家农村寄养，无论对于父母还是对于子女来说，团圆成了一件奢侈的事情，这也是一个时代的痛。女儿说要父亲作为嫁妆。在女儿心中，父亲是这世间最珍贵的，曾经的渴望与未来的离去都与父亲、家庭息息相关，世间没有比这更为可贵的了。作为一个父亲，作者对于女儿是满怀歉意的，大时代背景下，离家弃子是无奈之举，可是这样的无奈成了一位父亲心中永久的伤感，他努力地去补偿孩子。其实只要父亲在，过去的一切都能成为过往，现时才最重要。在女儿的心中，父亲是孩子的嫁妆，反过来在父亲的心中，孩子永远是父亲跳动的脉搏。

在长期以来的传统生活中，嫁妆是给女儿争取在男方家里地位的秘密武器，嫁妆多少可显示女方家的经济实力，它决定了女儿在未来新家庭的地位。就是在婚姻自由平等的今天，送嫁妆大多也是站在为女儿婚后生活幸福立场着想。在现实中我们应该读出，父母出钱帮他们买房、买车，这份特殊嫁妆不仅温情，更多的是对他们的激励。不过，嫁妆恒久远,幸福在自身。即便父母送上两座金山当嫁妆,女儿婚后也难保一定幸福,因为幸福是两个人共同努力得来的。嫁妆的多少和女儿的幸福是不能成正比的。这个浅显的道理作为父亲的作者心里比谁都清楚,女儿也未必不知道婚后的幸福要靠自己,但是,慈祥的父亲和乖巧的女儿硬是心照不宣地演出了一出家庭生活中、父女之间的"童话剧"。文章的结尾作者写道:"想到这儿,我对女儿说:'爸爸就做你的嫁妆吧,只是到了你家,别锁在房子里就行了。''那可不行。'女儿笑着说,'不锁住,过两天你又跑到我哥哥家去了。'我想倒也是的,一双儿女,哪头也放不下呀?"戏谑调侃的言语中,父亲作为女儿的嫁妆留给读者的是温情的感觉与回味。作为父亲,和女儿之间更是其乐融融。作为父亲,作者内心的欢愉是不言而喻的。

父

亲和我

◇ 杨振宁

本文选自杨振宁著,翁帆编译《曙光集》(生活·读书·新知三联书店2008年版)。本书精选了杨先生及其友人所写的五十多篇文章,包括论文、演讲、书信、访谈、散文等。杨振宁(1922—)美籍华裔物理学家。1922年生于安徽合肥三河镇(现安徽省合肥市肥西县)。清华大学高等研究院教授,香港中文大学博文讲座教授。

一

1922年我在安徽合肥出生的时候,父亲是安庆一所中学的教员。安庆当时也叫怀宁。父亲给我取名"振宁",其中的"振"字是杨家的辈名,"宁"字就是怀宁的意思。我不满周岁的时候父亲考取了安徽留美公费生,出国前我们一家三口在合肥老宅院子的一角照了一张相片。父亲穿着长袍马褂,站得笔挺。我想那以前他恐怕还从来没有穿过西服。两年以后他自美国寄给母亲的一张照片是在芝加哥大学照的,衣着、神情都已进入了20世纪。父亲相貌十分英俊,年轻时意气风发的神态,在这张相片中清楚地显示出来。

　　父亲1923年秋入斯坦福大学,1924年得学士学位后转入芝加哥大学读研究院。40多年以后我在访问斯坦福大学时,参加了该校的中国同学会在一所小洋楼中举行的晚餐会。小洋楼是20世纪初年因为中国同学受到歧视,旧金山的华侨社团捐钱盖的,楼下供中国学生使用,楼上供少数中国同学居住。60年代这座小楼仍在,后来被拆掉了。那天晚餐有一位同学给我看了楼下的一个大木箱,其中有1924年斯坦福大学年刊,上面的Chinese Club团体照极为珍贵。其左下角即为该小楼1923—1924年的照片。木箱中还有中国同学会1923年秋的开会记录。

　　1928年夏父亲得了芝加哥大学的博士学位后乘船回国,母亲和我到上海去接他。我这次看见他,事实上等于看见了一个完全陌生的人。几天以后我们三人和一位自合肥来的佣人王姐乘船去厦门,因为父亲将就任为厦门大学数学系教授。

　　厦门那一年的生活我记得是很幸福的。也是我自父亲那里学到很多东西的一年。那一年以前,在合肥,母亲曾教我认识了大约三千个汉字,我又曾在私塾里学过《龙文鞭影》,可是没有机会接触新式教育。在厦门,父亲用大球、小球讲解太阳、地球与月球的运行情形;教了我英文字母"abcde"……;当然也教了我一些算术和文化和鸡兔同笼一类的问题。不过他并没有忽略中国文化知识,也教我读了不少首唐诗,恐怕有三四十首;教我中国历史朝代的顺

1942年毕业于西南联合大学物理学系,1944年在西南联合大学(清华大学研究院物理研究所)研究生毕业,1945年考取清华大学后赴美留学,在芝加哥大学深造,获博士学位。历任芝加哥大学讲师、普林斯顿高等研究院研究员、纽约州立大学石溪分校教授兼物理研究所所长,是中国科学院外籍院士、美国科学院院士、俄罗斯科学院院士、教廷宗座科学院院士、巴西科学院院士、委内瑞拉科学院院士、西班牙皇家科学院院士、英国皇家学会会员等。

序:"唐虞夏商周,……";干支顺序:"甲乙丙丁……","子鼠丑牛寅虎……";八卦:"乾三连,坤六断,震仰盂,艮覆碗,离中虚,坎中满,兑上缺,巽下断"等等。

父亲少年时候喜欢唱京戏。那一年在厦门他还有时唱"我好比笼中鸟,有翅难展……"。不过他没有教我唱京戏,只教我唱一些民国初年的歌曲如"上下数千年,一脉延,……","中国男儿,中国男儿……"等。

父亲的围棋下得很好。那一年他教我下围棋。记得开始时他让我十六子,多年以后渐渐退为九子,可是我始终没有从父亲那里得到"真传"。一直到1962年在日内瓦我们重聚时下围棋,他还是要让我七子。

在厦大任教了一年以后,父亲改任北平清华大学教授。我们一家三口于1929年秋搬入清华园西院19号,那是西院东北角上的一所四合院。西院于30年代向南方扩建后,我们家的门牌改为11号。

我们在清华园里一共住了八年,从1929年到抗战开始那一年。清华园的八年在我回忆中是非常美丽、非常幸福的。那时中国社会十分动荡,内忧外患,困难很多。但我们生活在清华园的围墙里头,不大与外界接触。我在这样一个被保护起来的环境里度过了童年。在我的记忆里头,清华园是很漂亮的。

几乎每一棵树我们都曾经爬过，每一棵草我
们都曾经研究过。

这是我在1985年出版的一本小书《读书教学四
十年》中第112页写的。里面所提到的"在园里到处
游玩"，主要是指今天的近春园附近。那时西北起今
天的校医院、近春楼、伟伦中心，南至今天的游泳池
和供应科，东至今天的静斋，北到今天的蒙民伟楼旁
的河以南的建筑，都还没有兴建，整块都是一大片荒
地，只有一些树丛、土山、荷塘、小农田和几户农家，
变成我们游玩的好地方。

我读书的小学成志学校，现在是工会。自1929
年起我在这里读了4年书。我每天自西院东北角家
门口出发，沿着小路向南行，再向东南走，爬过一个
小土山便到达当时的清华园围墙，然后沿着围墙北
边的小路东行到成志学校。这样走一趟要差不多20
分钟，假如路上没有看见蝴蝶或者蚂蚁搬家等重要
事件的话。

另外一条我常常骑自行车走的路是自家门口东
北行的大路。此路的另一端是当时的校医院（即今
天的蒙民伟楼）旁的桥。每逢开运动会，我就骑自行
车沿此路此桥去体育馆，和成志学校的同学们组织
啦啦队呐喊助威。

父亲常常和我自家门口东行，去古月堂或去科
学馆。这条小路特别幽静，穿过树丛以后，有一大段
路左边是农田与荷塘，右边是小土山。路上很少遇

见行人,春夏秋冬的景色虽不同,幽静的气氛却一样。童年的我当时未能体会到,在小径上父亲和我一起走路的时刻是我们单独相处最亲近的时刻。

我九、十岁的时候,父亲已经知道我学数学的能力很强。到了11岁入初中的时候,我在这方面的能力更充分显示出来。回想起来,他当时如果教我解析几何和微积分,我一定学得很快,会使他十分高兴。可是他没有这样做;我初中一二年级之间的暑假,父亲请雷海宗教授介绍一位历史系的学生教我《孟子》。雷先生介绍他的得意学生丁则良来。丁先生学识丰富,不只教我《孟子》,还给我讲了许多上古历史知识,是我在学校的教科书上从来没有学到的。下一年暑假,他又教我另一半的《孟子》,所以在中学的年代我可以背诵《孟子》全文。

父亲书架上有许多英文和德文的数学书籍,我常常翻看。印象最深的是 G. H. Hardy 和 E. M. Wright 的《数论》中的一些定理和 A.Speiser 的《有限群论》中的许多 space groups 的图。因为当时我的外文基础不够,所以不能看得懂细节。我曾多次去问父亲,他总是说:"慢慢来,不要着急",只偶然给我解释一两个基本概念。

1937年抗战开始,我们一家先搬回合肥老家,后来在日军进入南京以后,我们经汉口、香港、海防、河内,于1938年3月到达昆明。我在昆明昆华中学读了半年高中二年级,没有念高三,于1938年秋以"同等学历"的资格考入了西南联合大学。

1938年到1939年这一年,父亲介绍我接触了近代数学的精神。他借了 G.H.Hardy 的 *Pure Mathematics* 与 E. T. Bell 的 *Men of Mathematics* 给我看。他和我讨论 set theory、不同的无限大、the Continum Hypothesis 等观念。这些都给了我不可磨灭的印象。40年以后在 *Selected Papers* (1945—1980) *with Commentary* (Freeman and Company, 1983)第74页上我这样写道:

　　　　我的物理学界同事们大多对数学采取功利主义的态度。也许因为受我父亲的影响,我较为欣赏数学。我欣赏数学家的价值观,我赞美数学的优美和力量;它有战术上的机巧与灵活,又有战略上的雄才远虑。而且,奇迹的奇迹,它的一些美妙概念竟能支配物理世界的基本结构。

　　父亲虽然给我介绍了数学的精神,却不赞成我念数学。他认为数学不够实用。1938年我报名考大学时很喜欢化学,就报了化学系。后来为准备入学考试,自修了高三物理,发现物理更合我的口味,这样我就进了西南联大物理系。

　　1941年秋为了写学士毕业论文,我去找吴大猷教授。

　　他给了我一本 *Reviews of Modern Physics*(《现代物理评论》),叫我去研究其中一篇文章,看看有什么心得。这篇文章讨论的是分子光谱学和群论的关系。我把这篇文章拿回家给父亲看。他虽不是念物理的,却很了解群论。他给了我狄克逊(Dickson)所写的一本小书,叫做 *Modern Algebraic Theories*(《近代代数理论》)。狄克逊是我父亲在芝加哥大学的老师。这本书写得非常合我的口味。因为它很精简,没有废话,在20页之间就把群论中"表示理论"非常美妙地完全讲清楚了。我学到了群论的美妙,和它在物理中应用的深入,对我后来的工作有决定性的影响。这个领域叫做对称原理。我对对称原理发生兴趣实起源于那年吴先生的引导。

今年(1997年)为了庆祝吴先生的90寿辰,邹祖德和我写了一篇文章,用群论方法计算 C_{60} 的振动频率。C_{60} 是一个对称性特高的分子,用群论讨论最合适。(有这样高度的对称的分子不仅在1941年吴先生和我没有预料到,在1983年我写上面的那段话时也还没有任何人预料到。)

抗战八年是艰苦困难的日子,也是我一生学习新知识最快的一段日子。最近三弟杨振汉曾这样描述1945年夏抗日战争结束时我家的情形:

1945年夏,大哥获取了留美公费,将离家赴美国读博士。父亲高兴地告诉我们,艰苦和漫长的抗日战争看来即将过去,反德国法西斯战争也将结束。我家经受了战乱的洗礼,虽有精神和物质损失,但是我们家七口人都身体健康,学业有进,更可喜的是儿女们都孝顺父母,兄弟姐妹之间和睦相处,亲情常在,我们一家人相互之间的关系,的确非比寻常,这是我们每个人都十分珍视的。

抗战胜利至今已51年了,父亲、母亲和振复(振宁注:振复是我们的五弟,1937年生,1985年卒。)均已长眠于苏州东山。回忆抗战8年的艰苦岁月我们家真可称得上美好、和睦和亲情永驻的家。

我还记得1945年8月28日那天我离家即将飞往印度转去美国的细节:清早父亲只身陪我自昆明西北角乘黄包车到东南郊拓东路等候去巫家坝飞机场的公共汽车。离家的时候,四个弟妹都依依不舍,母亲却很镇定,记得她没有流泪。到了拓东路父亲讲了些勉励的话,两人都很镇定。话别后我坐进很拥挤的公共汽车,起先还能从车窗往外看见父亲向我招手,几分钟后他即被拥挤的人群挤到远处去了。车中同去美国的同学很多,谈起话来,我的注意力即转移到飞行路线与气候变化等问题上去。等了一个多钟头,车始终没有发动。突然我旁边的一位美国人向我做手势,要我向窗外看:骤然间发现父亲原来还在那里等!他瘦削的身材,穿着长袍,额前头发已显斑白。看见他满面焦虑的样子,我忍了一早晨的热泪,一时崩发,不能自已。

1928年到1945年这17年时间,是父亲和我常在一起的年代,是我童年到成人的阶段。古人说父母对子女有"养育"之恩,现在不讲这些了,但其哲理我认为是有永存的价值的。

二

1946年年初我注册为芝加哥大学研究生。选择芝加哥大学倒不是因为它是父亲的母校，而是因为我仰慕已久的费米(Fermi)教授去了芝大。当时芝加哥大学物理、化学、数学系都是第一流的。我在校共三年半，头两年半是研究生，得博士学位后留校一年任教员，1949年夏转去普林斯顿高等学术研究所。父亲对我在芝大读书成绩极好，当然十分高兴。更高兴的是我将去有名的普林斯顿高等学术研究所，可是他当时最关怀的不是这些，而是我的结婚问题。1949年秋吴大猷先生告诉我胡适先生要我去看他。胡先生我小时候在北平曾见过一两次，不知道隔了这么多年他为什么在纽约会想起我来。见了胡先生面，他十分客气，说了一些称赞我的学业的话，然后说他在出国前曾看见我父亲，父亲托他关照我找女朋友的事。我今天还记得胡先生极风趣地接下去说："你们这一辈子比我们能干多了，哪里用得着我来帮忙！"

1950年8月26日杜致礼和我在普林斯顿结婚。我们相识倒不是由胡先生或父亲的其他朋友所介绍，而是因为她是1944年到1945年我在昆明联大附中教书时中五班上的学生。当时我们并不熟识。后来在普林斯顿唯一的中国餐馆中偶遇，这恐怕是前生的姻缘吧。20世纪50年代胡先生常来普林斯

顿大学葛斯德图书馆,曾多次来我家做客。第一次
来时他说:"果然不出我所料,你自己找到了这样漂
亮能干的太太。"

父亲对我1947年来美国后发表的第一篇文章
与翌年我的博士论文特别发生兴趣,因为它们都与
群论有密切关系。1957年1月吴健雄的实验证实了
宇称不守恒的理论以后,我打电话到上海给父亲,告
诉他此消息。宇称不守恒与对称有关,因而也与群
论有关,父亲当然十分兴奋。那时他身体极不好
(1955年因多年糖尿病加某种感染,不能吸收胰岛
素,医生曾认为已无希望,后来幸能克服感染,但身
体仍十分虚弱),得此消息对他精神安慰极大。

1957年我和杜致礼和我们当时唯一的孩子光
诺(那时6岁)去日内瓦。我写信请父亲也去日内瓦
和我们见面。他得到统战部的允许,以带病之身,经
北京、莫斯科、布拉格,一路住医院,于7月初飞抵日
内瓦,到达以后又立刻住入医院。医生检查数日,认
为他可以出院,但每日要自己检查血糖与注射胰岛
素。我们那年夏天在Rue de Vermont租了一公寓,每
天清早光诺总是非常有兴趣地看着祖父用酒精灯检
查血糖。我醒了以后他会跑来说:"It is not good to-
day."(今天不好,棕色。)或"It is very good
today,it is blue."(今天很好,蓝色。)过了几星期,父亲
身体渐恢复健康,能和小孙子去公园散步。他们非
常高兴在公园一边的树丛中找到了一个"secret
path"(秘密通道)。每次看他们一老一少准备出门:

父亲对着镜子梳头发,光诺雀跃地开门,我感到无限的满足。

父亲给致礼和我介绍了新中国的许多新事物。他对毛主席万分敬佩,尤其喜欢毛的诗句如"指点江山/激扬文字/粪土当年万户侯",与"秦皇汉武/略输文采/唐宗宋祖/稍逊风骚/一代天骄/成吉思汗/只识弯弓射大雕/俱往矣/数风流人物/还看今朝"等。

有一天他给致礼和我写了两句话。今天的年轻人恐怕会觉得这两句话有一点封建味道,可是我以为封建时代的思想虽然有许多是要不得的,但也有许多是有永久价值的。

1960年夏及1962年夏,父亲又和母亲两度与我在日内瓦团聚。致礼、光宇(我们的老二)和二弟振平也都参加了。每次团聚头两天总是非常感情冲动,讲一些自己的和家人与亲友们的遭遇。以后慢慢镇静下来,才能欣赏瑞士的一切。

父亲三次来日内瓦,尤其后两次,都带有使命感,觉得他应当劝我回国。这当然是统战部或明或暗的建议,不过一方面也是父亲自己灵魂深处的愿望。可是他又十分矛盾:一方面他有此愿望,另一方面他又觉得我应该留在美国,力求在学术上更上一层楼。

和父亲、母亲在日内瓦三次见面,对我影响极大。那些年代在美国对中国的实际情形知道很少。三次见面使我体会到了父亲和母亲对新中国的看法。记得1962年我们住在 Route de Florissant,有一个晚上，父亲说新中国使中国人真正站起来了：从前不会做一根针，今天可以制造汽车和飞机（那时还没有制成原子弹，父亲也不知道中国已在研制原子弹）。从前常常有水灾旱灾，动辄死去几百万人，今天完全没有了。从前文盲遍野，今天至少城市里面所有小孩都能上学。从前……，今天……。正说得高兴，母亲打断了他的话说："你不要专讲这些。我摸黑起来去买豆腐，站排站了三个钟头，还只能买到两块不整齐的，有什么好？"父亲很生气，说她专门扯他的后腿，给儿子错误的印象，气得走进卧室，"砰"的一声关上了门。

我知道他们二位的话都有道理，而且二者并不矛盾：国家的诞生好比婴儿的诞生，只是会有更多的困难，会有更大的痛苦。

三

1971 年夏天我回到了阔别 26 年的祖国。那天乘法航自缅甸东飞，进入云南上空时，驾驶员说："我们已进入中国领空！"当时我激动的心情是无法描述的。

傍晚时分，到达上海。母亲和弟妹们在机场接我。我们一同去华山医院看望父亲。父亲住院已有半年。上一次我们见面是 1964 年底在香港，那时他 68 岁，还很健康。6 年半中间，受了一些隔离审查的苦，老了、瘦了许多，已不能自己站立行走。见到我当然十分激动。

1972年夏天我第二度回国探亲访问。父亲仍然住在医院,身体更衰弱了。次年5月12日清晨父亲长辞人世,享年77岁。5月15日在上海为父亲开的追悼会上,我的悼词有这样两段:

近两年来父亲身体日衰。他自己体会到这一点,也就对我们的一切思想行为想得很多。1971年、1972年我来上海探望他,他和我谈了许多话,归根起来他再三要我把眼光放远,看清历史演变的潮流,这个教训两年来在我身上产生了很大的影响。

父亲于1973年5月12日长辞人世。在他的一生77年的时间里,历史有了惊天动地的演变。昨天收到他一位老同学,又是老同事的信,上面说"在青年时代,我们都向往一个繁荣昌盛的新中国。解放以后二十多年来在毛主席和中国共产党的英明领导下,当时我们青年梦寐以求的这个新中国实现了。"我想新中国的实现这个伟大的历史事实以及它对于世界前途的意义正是父亲要求我们清楚地掌握的。

6岁以前我生活在老家安徽合肥,在一个大家庭里面。每年旧历新年正厅门口都要换上新的春联。上联是"忠厚传家",下联是"诗书继世"。父亲一生确实贯彻了"忠"与"厚"两个字。另外他喜欢他的名字杨克纯中的"纯"字,也极喜欢朋友间的"信"与"义"。父亲去世以后,我的小学同班同学、挚友熊秉明写信来安慰我,说父亲虽已过去,我的身体里还循环着他的血液。是的,我的身体里循环着的是父亲的血液,是中华文化的血液。

我于1964年春天入美国籍。差不多20年以后我在论文集中这样写道:

> 从1945至1964年,我在美国已经生活了19年,包括了我成年的大部分时光。然而,决定申请入美国籍并不容易。我猜想,从大多数国家来的许多移民也都有同类问题。但是对一个在中国传统文化里成长的人,作这样的决定尤其不容易。一方面,传统的中国文化根本就没有长期离开中国移居他国的观念,迁居别国曾一度被认为是彻底的背叛。另一方面,中国有过辉煌灿烂的文化。她近一百多年来所蒙受的屈辱和剥削在每一个中国人的心灵中都留下了极深的烙印。任何一个中国人都难以忘却这一百多年的历史。我父亲在1973年故去之前一直在北京和上海当数学教授。他曾在芝加哥大学获得博士学位。他游历甚广。但我知道,直到临终前,对于我的放弃故国,他在心底里的一角始终没有宽恕过我。

四

百载魂牵黄土地，三春雨润紫荆花

——蔡国平撰

　　1997年7月1日清晨零时，我有幸在香港会议展览中心参加了回归盛典。看着中华人民共和国国旗在"起来，不愿做奴隶的人们"的音乐声中冉冉上升，想到父亲如果能目睹这历史性的，象征中华民族复兴的仪式，一定比我还要激动。他出生于1896年——101年前，《马关条约》、庚子赔款的年代，在残破贫穷，被列强欺侮，实质上已被瓜分的祖国。他们那一辈的中国知识分子，目睹洋人在租界的专横，忍受了二十一条款、五卅惨案、九一八事变、南京大屠杀等说不完的外人欺凌，出国后尝了种族歧视的滋味，他们是多么盼望有一天能看到站了起来的富强的祖国，能看到大英帝国落旗退兵，能看到中国国旗骄傲地向世界宣称：这是中国的土地。这一天，1997年7月1日，正是他们一生梦寐以求的一天。

　　父亲对这一天的终会到来始终是乐观的。可是直到1973年去世的时候，他却完全没有想到他的儿子会躬逢这一天的历史性盛典。否则，他恐怕会改吟陆放翁的名句吧：

　　国耻尽雪欢庆日，家祭毋忘告乃翁。

简评

　　杨振宁先生文集《曙光集》，其中约有一半文章未曾结集出版，很多篇目也从未发表过。全书涉及杨先生深刻的科学观点、独特的社会见解和丰富的个人情感,既展现了20世纪一个人的历史和一个学科的历史,也反映了20世纪一个民族的浴血重生的历史。这并不是一部单纯的总结既往之作,还是一部热情开来之作,它既是杨先生面向过去的生动总结,又是他面向新世纪的曙光展望之作。

杨振宁是当代著名科学家,他对物理学的贡献包括粒子物理学、统计力学和凝聚态物理学等。值得中国人称道的是,1956年和李政道一起发现宇称不守恒,在此基础上他们进一步提出了几种检验弱相互作用中宇称不守恒的实验途径。次年,这一理论预见得到吴健雄小组的实验证实,获得1957年诺贝尔物理学奖。1954年与R.L.密耳斯共同提出杨-密耳斯场理论,开辟了非阿贝耳规范场的新研究领域,为现代规范场理论打下了基础,杨-密耳斯场方程还被数学家S.唐纳森引用,获得了拓扑学上的重大突破。其他研究成果还包括:费米-杨模型(1949年);与李政道合作的二分量中微子理论(1957年);与李政道和R.奥赫梅合作的关于C(电荷共轭变换)和T(时间反演变换)不守恒的分析(1957年);与李政道合作的高能中微子实验分析(1959年)和关于W粒子的研究(1960—1962年)。与吴大峻合作的CP(宇称)不守恒分析(1964年),规范场的积分形式理论(1974年),与吴大峻合作的规范场与纤维丛的关系(1975年),与邹祖德合作的高能碰撞理论(1967—1985年),等等。

1998年3月17日,杨振宁在《文汇报》上发表了《父亲和我》一文,文章中,杨振宁梳理了自己的人生经历,重温了与父亲在一起时的幸福和收获,以及后来分离两岸的痛苦。作者回顾了家学背景和青少年时期接受中国传统文化熏陶的经历,更多的还谈到父子亲情,从中可以了解杨振宁的"文化情结"。周光召院士被这篇文章深深感动:"我认识杨振宁先生首先是认识他的父亲,后来我看了杨振宁的《父亲和我》这篇文章之后,我更深刻地了解当时他和父亲之间心理上的冲突,确实写得非常符合当时实际的情况,非常真实。"

杨振宁的父亲杨武之(1896—1973)先生,我国著名数学家、数学教育家。长期在清华大学和西南联合大学数学系任系主任或代主任。杨振宁一家在昆明,全家七口人,仅靠父亲工资养家糊口,生活十分艰难。杨武之先生是我国早期从事现代数论和代数学教学与研究的学者。杨武之的主要学术贡献是数论研究,尤其以华林(Waring)问题的工作著称。父亲是杨振宁除了物理系直接教他的教授们之外,对他的影响相当大的一个人。杨武之先生是一位教学极为认真的教授,也是一位教子极为严格的父亲。他早就在日常生活中,循循善诱,潜移默化地将不少数学知识传授给了儿女们。杨振宁在学校里,遇有不懂的问题、碰上难以处理的事,总是经常跑到数学系办公室向父亲请教。杨振宁后来说:"父亲对我们子女们的影响很大。从我自己来讲:我小时候受到他的影响而早年对数学发生浓厚的兴趣,这对我后来搞物理学工作有决定性的影响。"

1938年秋,杨振宁考入西南联大,报考前,原打算入化学系,自修高三物理时,感觉物理更符合自己的口味。虽然学了物理,数学教授的父亲的影响很大。他曾回忆道:"我的物理学界同事们大多对数学采取功利主义的态度。也许因为我受父亲的影响,我较为欣赏数学。我欣赏数学家的价值观,我赞美数学的优美和力量;它有战术上的机巧和灵活,又有战略上的雄才远虑。而且,奇迹的奇迹,它的一些美妙概念竟能支配物理世界的基本结构。"杨振宁青少年时期"打底子"的经验,包括"抓住机遇""扬长避短""中西合璧"等几个方面的经验,值得今天的年轻人效法。杨振宁"合璧"中西文化,取得事业的成功。主要有三:一是家庭的熏陶,这里既有中国优秀传统文化的熏陶,也有从父亲那里获得的关于现代数学的启蒙指导;二是当时最高学府西南联大的优良教育,虽然生活条件很差,但杨振宁在这里接触到了当时中国物理学最顶尖的学者的教诲,这些教授大都是学贯中西的大学者:饶毓泰、吴有训、周培源、朱物华、吴大猷、赵忠尧、王竹溪、张文裕、叶企孙……群星闪烁;三是到美国求学,获得了费米教授和泰勒教授的赏识和指导。杨振宁是中西文化融合的受益者。在西南联大的学习中,他找到了自己的兴趣所在,在诸多知名教授的悉心培养下,他了解了当时世界物理学的最新发展,在知识方面打下了坚实的基础,同时中国传统的重整合、重演绎的思维方式,使他能够把数学问题和物理问题联系起来。到了芝加哥大学,他又接受了另外一种截然不同的教育模式,在这里,他学会了实验验证的方法,学会了讨论和辩论的学习方式,有效地发展了自己的创新性思维。可以说,西南联大夯实了他的知识基础,而芝加哥大学则带给他灵活运用这些知识的更有效的途径。这二者结合起来,最终使杨振宁做出突出的贡献,结出丰硕的果实。

伟大的渴望

◇ [德] 尼采

本文选自《外国散文观止》（安徽文艺出版社1995年版）。弗里德里希·威廉·尼采（1844—1900），德国著名哲学家。西方现代哲学的开创者，同时也是卓越的诗人和散文家。在开始研究哲学前，尼采是一名文字学家。24岁时尼采成为瑞士巴塞尔大学的德语区古典语文学教授，专攻古希腊语，拉丁文文献。但在1879年由

哦，我的灵魂哟，我已教你说"今天""有一次""先前"，也教你在一切"这"和"那"和"彼"之上跳舞着你自己的节奏。

哦，我的灵魂哟，我在一切僻静的角落救你出来，我刷去了你身上的尘土，和蜘蛛，和黄昏的暗影。

哦，我的灵魂哟，我洗却了你的琐屑的耻辱和鄙陋的道德，我劝你赤裸昂立于太阳之前。

我以名为"心"的暴风雨猛吹在你汹涌的海上；我吹散了大海上的一切云雾；我甚至于绞杀了名为罪恶的绞杀者。

哦，我的灵魂哟，我给你这权力如同暴风雨一样地说着"否"，如同澄清的苍天一样地说着"是"；现在

你如同光一样地宁静,站立,并迎着否定的暴风雨走去。

哦,我的灵魂哟,我恢复了你在创造与非创造以上之自由;并且谁如同你一样知道了未来的贪欲?

哦,我的灵魂哟,我教你侮蔑,那不是如同虫蛆一样的侮蔑,乃是伟大的,大爱的侮蔑,那种侮蔑,是他最爱之处的侮蔑。

哦,我的灵魂哟,我被你如是说屈服,所以即使顽石也被你说服;如同太阳一样,太阳说服大海趋向太阳的高迈。

哦,我的灵魂哟,我夺去了你的屈服,和叩头,和投降;我自己给你以这名称"需要之枢纽"和"命运"。

哦,我的灵魂哟,我已给你新名称和光辉灿烂的玩具,我叫你为"运"和"循环之循环"为"时间之中心"为"蔚蓝的钟"!

哦,我的灵魂哟,我给你一切智慧的饮料,一切新酒,一切记不清年代的智慧之烈酒。

哦,我的灵魂哟,我倾泻一切的太阳,一切的夜,一切的沉默和一切渴望在你身上——于是我见你繁茂如同葡萄藤。

哦,我的灵魂哟,现在你生长起来,丰富而沉重,如同长满了甜熟的葡萄的葡萄藤!

为幸福所充满,你在过盛的丰裕中期待,但仍愧于你的期待。

哦,我的灵魂哟,再没有比你更仁爱,更丰满和更博大的灵魂! 过去和未来之交汇,还有比你更切

于健康问题而辞职,之后一直饱受精神疾病煎熬。1889年尼采精神崩溃,从此再也没有恢复,在母亲和妹妹的照料下一直活到1900年去世。主要著作有:《权利意志》《悲剧的诞生》《不合时宜的考察》《查拉图斯特拉如是说》《希腊悲剧时代的哲学》《论道德的谱系》等。

近的地方吗？

哦，我的灵魂哟，我已给你一切，现在我的两手已空无一物！现在你微笑而忧郁地对我说："我们中谁当受感谢呢？"

给与者不是因为接受者已接受而应感谢的吗？赠予不就是一种需要吗？接受不就是慈悲吗？

哦，我的灵魂哟，我懂得了你的忧郁之微笑；现在你的过盛的丰裕张开了渴望的两手了！

你的富裕眺望着暴怒的大海，寻觅而且期待；过盛的丰裕之渴望从你的眼光之微笑的天空中眺望！

真的，哦，我的灵魂哟，谁能看见你的微笑而不流泪？在你的过盛的慈爱的微笑中，天使们也会流泪。

你的慈爱，你的过盛的慈爱，不会悲哀，也不啜泣；哦，我的灵魂哟，但你的微笑，渴望着眼泪，你的微颤的嘴唇渴望着呜咽。

"一切的啜泣不都是怀怨吗？一切的怀怨不都是控诉吗！"你如是对自己说；哦，我的灵魂哟，因此你宁肯微笑而不倾泻你的悲哀——

不在迸涌的眼泪中倾泻所有关于你的丰满之悲哀，所有关于葡萄的收获者和收获刀之渴望！

哦，我的灵魂哟！你不啜泣，也不在眼泪之中倾泻你的紫色的悲哀，甚至于你不能不唱歌！看啊！我自己笑了，我对你说着这预言：

你不能不高声地唱歌，直到一切大海都平静而倾听着你的渴望——

直到，在平静而渴望的海上，小舟漂动了，这金色的奇迹，在金光的周围一切善恶和奇异的东西跳跃着——

一切大动物小动物和一切有着轻捷的奇异的足可以在蓝绒色的海上跳跃着。

直到他们都向着金色的奇迹，这自由意志之小舟及其支配者！但这个支配者就是收获葡萄者，他持着金刚石的收获刀期待着。

哦，我的灵魂哟，这无名者就是你的伟大的救济者，只有未来之歌才能最先发现了他的名字！真的，你的呼吸已经有着未来之歌的芳香了。

你已经在炽热而梦想，你已经焦渴地饮着一切幽深的，回响的，安慰之泉水，你的忧郁已经憩息在未来之歌的祝福里！

哦，我的灵魂哟，现在我给你一切，甚至于我的最后的。

我给你，我的两手已空无一物；看啊，我吩咐你歌唱，那就是我所有的最后的赠礼。

我吩咐你唱歌——现在说吧，我们两人谁当受感谢？但最好还是为我唱歌；哦，我的灵魂哟，为我唱歌，让我感谢你吧！

简 评

本文选自作者的一部代表性著作《查拉图斯特拉如是说》。

弗里德里希·威廉·尼采是一位兼有哲学家的深刻思想和诗人、艺术家的浪漫气质的现代最伟大的思想家和哲学家之一。罗素《西方哲学史》对尼采辟有专章介绍："尼采自认为是叔本华的后继者，这是对的；然而他在许多地方都胜过了叔本华……，叔本华的东方式绝念伦理同他的意志全能的形而上学是不调和的；在尼采，意志不但在形而上学上居第一位，在伦理上也居第一位。尼采虽然是个教授，却是文艺性哲学家,不算学院哲学家。"他的著作对于宗教、道德、现代文化、哲学以及科学等领域提出了广泛的批判和讨论。他的写作风格独特,经常使用格言和悖论的技巧。尼采对于后现代哲学的发展影响极大,尤其是在存在主义与后现代主义上。尼采跟马克思和弗洛伊德一样,是对20世纪的精神生活起了最大影响的思想家,《查拉图斯特拉如是说》是尼采一鸣惊人的巨著,也是读者理解尼采美学和哲学的入门书,尼采自称这是一本为那些兼有分析和反省能力的艺术家写的书,充满心理学的创见和艺术的奥秘,是"一部充满青年人的勇气和青年人的忧伤的青年之作"。《查拉图斯特拉如是说》几乎包括了他的全部思想。全书以汪洋恣肆的诗体写成,熔酒神的狂醉与日神的清醒于一炉,通过"超人"查拉图斯特拉之口宣讲未来世界的启示,在世界哲学史和诗歌史上均占有独特的不朽的地位,对后来的哲学、文学、艺术、美学等影响极大。这本以散文诗体写就的杰作,以振聋发聩的奇异灼见和横空出世的警世智慧宣讲"超人哲学"和"权力意志"。在此书中,"上帝死了","超人"诞生了,于是近代人类思想的天空有了一道光耀千年的奇异彩虹。这还是一本为所有人而又不为任何人的书,是尼采最有代表性的一部惊世之作。全书既是德语美文的代表,又绝顶怪异和野蛮,不被传统所容纳。这本书问世时不被人们接受,但尼采自己却视作可与莎士比亚媲美的"诗作"和与《圣经》齐名的"第五福音书"。

1883年,尼采写成了《查拉图斯特拉如是说》这部惊世骇俗之作。开始这本书卖了四十册,送给朋友七册,只有一个人表示感谢,没有人称赞这本书,没有哪位哲人如此孤单过。尼采借查拉图斯特拉之口提出了"超人"理想。他认为,生命的本质在于不断地自我超越,人也是"一种应该被超越的东西",尼采的人性观以肯定人的生命本能为前提,以主张人的超越性为归宿。他之所以否定旧道德,正是因为旧道德同时否定了这前提和这归宿。他认为"善恶的创造者首先必须是破坏者,他必须摧毁一切价值观念"。朋友们眼中,这完全是一部怪异的作品,这让尼采倍感孤独。他又开始了漂泊浪迹的生活,但是,他仍然坚持写作,最后将创作的箴言、警句、辞条汇集起,编成了两个集子《善恶的彼岸》和《道德的谱系》,在书中他呐喊着摧毁旧道德,为超人的道德开拓道路。1899年的一天,长期不被人理解的尼采由于无法忍受长时间的孤独,在都灵大街上抱着一匹正在受马夫虐待的马的脖子,最终失去了理智。1900年8月25日,这位生不逢时的思想大师与世长辞。"在摧毁中创造,在孤独中思考"。一颗敏感的心,太早太强烈地感受到了时代潜伏的病痛,发出了痛苦的呼喊。可是,在同时代人听来,却好似精神病患者的谵语。直到世纪转换,时代更替,潜伏的病痛才露到面上,新一代人才从这疯子的谵语中听出了先知先觉的启示。或许有人对他的理解富有争议,但尼采是现代思想的里程碑和德国散文的巅峰,是不容置疑的,使人们对过去一直认为理所当然的制度和观念进行了反思。他的思想就像闪电穿透乌云一样穿透了整整一个时代。

在《查拉图斯特拉如是说》中,尼采还拟人化地讽刺、揭露了当时灵魂和肉体之间的错误关系:"从前灵魂蔑视肉体,这种蔑视在当时被认为是最高尚的事:灵魂要肉体枯瘦、丑陋并且饿死。它以为这样便可以逃避肉体,同时也逃避了大地。啊,这灵魂自己还是枯瘦、丑陋、饿死的,残忍就是它的淫乐!"《伟大的渴望》一文中所反复呼告的"灵魂",是一种既具个性,又具有一般特征的灵魂。这种灵魂,包含了人的绝大部分的情感,尼采对这些情感都给出一种悲悯的关照,并且赋予一种积极的狂烈如风暴的激情,这激情包括对琐屑事物、耻辱鄙陋的厌弃;对脆弱、屈服、一般的同情和怜悯的鄙弃;对云霭雾障一般的邪恶事物的蔑视和抛弃。对于查拉图斯特拉来说,肉体在传统的形而上学和基督教那儿所受到的贬低是一种谬论。这种谬论认为,人应该抛弃一切感官的感受,抛弃人类的以往的动物的历程而只通过关注精神就能向更高阶段发展。这种谬论只承认精神的积极因素和肉体的消极因素。查拉图斯特拉的看法正相反,如果灵魂能够作为肉体的灵魂而存在,那么它试图从肉体中独立出来的每一次尝试都是胡闹;如果灵魂贬低肉体,那无异于贬低灵魂自己,灵魂和肉体永远相辅相成不可分离。查拉图斯特拉还认为,灵魂对肉体的评价恰恰等于肉体对灵魂的判断:"你们的肉体是怎样说明你们的灵魂呢?你们的灵魂难道不是贫乏、污秽与可怜的自满吗?"灵魂为自己创造了一个虚幻的世界,它臆想着战胜肉体的辉煌胜利,但这只是可怜又可笑的精神胜利法。只有与肉体同时存在,灵魂才能越来越丰富;只有当精神和物质相互终结并产生于对方之中时才会出现"贫乏、污秽与可怜的自满"的反面。"你已经在炽热而梦想,你已经焦渴地饮着一切幽深的,回响的,安慰之泉水,你的忧郁已经憩息在未来之歌的祝福里!"超人对未来总是充满希望的。

尼采曾宣告:"上帝死了",他大讲"超人哲学"和"权力意志";他被尊为伟人;他也曾被斥为"狂人"。在西方哲学史上,尼采向来是一个有争议的人物。在对中国有影响的西方众多的思想家当中,尼采是个不可忽视的人物。他对中国现代文学和鲁迅、郭沫若、茅盾等著名作家都有过重大的影响。鲁迅先生早年也很推崇他。五四时期的好友刘半农曾经送给鲁迅一副对联:"托尼学说,魏晋文章。"意思是鲁迅在思想上服膺托尔斯泰和尼采,而文字风格崇尚魏晋文章。这副对联得到鲁迅的认可,他认为刘半农是懂自己的人。《查拉图斯特拉如是说》的翻译者楚图南先生在序言中说:"对尼采做过高的评价当然不妥。但是把他作为法西斯的先驱者也似值得斟酌。今天,我们应站在历史的高度,用历史唯物主义的辩证方法,实事求是地对他进行评价和分析,看到其积极面和消极面,从而获得一些可借鉴的东西,如果还有可以借鉴的东西的话。"

我
的世界观

◇[美]爱因斯坦

　　我们这些总有一死的人的命运多么奇特呀！我们每个人在这个世界上都只作一个短暂的逗留；目的何在，却无从知道，尽管有时自以为对此若有所感。但是，不必深思，只要从日常生活就可以明白：人是为别人而生存的——首先是为那样一些人，我们的幸福全部依赖于他们的喜悦和健康；其次是为许多我们所不认识的人，他们的命运通过同情的纽带同我们密切结合在一起。我每天上百次的提醒自己：我的精神生活和物质生活都是以别人（包括生者和死者）的劳动为基础的，我必须尽力以同样的分量来报偿我所领受了的和至今还在领受的东西。我强烈地向往着俭朴的生活。并且时常发觉自己占用了

　　本文选自赛妮亚编《犹太名人读本——感动全世界的文字》（上海科技出版社1979年版）。阿尔伯特·爱因斯坦（1879—1955）犹太裔物理学家。他于1879年出生于德国乌尔姆市的一个犹太人家庭（父母均为犹太人），1900年毕业于苏黎世联邦理工学院，入瑞士国籍。1905年，获苏黎世大学哲学博士学位。1915年提出"广义相对论"引力方程的

同胞的过多劳动而难以忍受。我认为阶级的区分是不合理的，它最后所凭借的是以暴力为根据。我也相信，简单淳朴的生活，无论在身体上还是在精神上，对每个人都是有益的。

我完全不相信人类会有那种在哲学意义上的自由。每一个人的行为不仅受着外界的强制，而且要适应内在的必然。叔本华说："人虽然能够做他所想做的，但不能要他所想要的。"这句格言从我青年时代起就给了我真正的启示；在我自己和别人的生活面临困难的时候，它总是使我们得到安慰，并且是宽容的持续不断的源泉。这种体会可以宽大为怀地减轻那种容易使人气馁的责任感，也可以防止我们过于严肃地对待自己和别人；它导致一种特别给幽默以应有地位的人生观。

要追究一个人自己或一切生物生存的意义或目的，从客观的观点看来，我总觉得是愚蠢可笑的。可是每个人都有一些理想，这些理想决定着他的努力和判断的方向。就在这个意义上，我从来不把安逸和享乐看作生活目的本身——我把这种伦理基础叫做猪栏的理想。照亮我的道路，是善、美和真。要是没有志同道合者之间的亲切感情，要不是全神贯注于客观世界——那个在艺术和科学工作领域里永远达不到的对象，那么在我看来，生活就会是空虚的。我总觉得，人们所努力追求的庸俗目标——财产、虚荣、奢侈的生活——都是可鄙的。

我有强烈的社会正义感和社会责任感，但我又明显地缺乏与别人和社会直接接触的要求,这两者总是形成古怪的对照。我实在是一个"孤独的旅客",我未曾全心全意地属于我的国家、我的家庭、我的朋友,甚至我最为接近的亲人;在所有这些关系面前,我总是感觉到一定距离而且需要保持孤独——而这种感受正与年俱增。人们会清楚地发觉,同别人的相互了解和协调一致是有限度的,但这不值得惋惜。无疑,这样的人在某种程度上会失去他的天真无邪和无忧无虑的心境;但另一方面,他却能够在很大程度上不为别人的意见、习惯和判断所左右,并且能够避免那种把他的内心平衡建立在这样一些不可靠的基础之上的诱惑。

　　我的政治理想是民主政体。让每一个人都作为个人而受到尊重,而不让任何人成为被崇拜的偶像。我自己一直受到同代人的过分的赞扬和尊敬,这不是由于我自己的过错,也不是由于我自己的功劳,而实在是一种命运的嘲弄。其原因大概在于人们有一种愿望,想理解我以自己微薄的绵力,通过不断的斗争所获得的少数几个观念,而这种愿望有很多人却未能实现。我完全明白,一个组织要实现它的目的,就必须有一个人去思考、去指挥、并且全面担负起责任来。但是被领导的人不应当受到强迫,他们必须能够选择自己的领袖。在我看来,强迫的专制制度很快就会腐化堕落。因为暴力所招引来的总是一些品德低劣的人,而且我相信,天才的暴君总是由无赖来继承的,这是一条千古不易的规律。就是由于这个缘故,我总强烈地反对今天在意大利和俄国所见到的那种制度。像欧洲今天所存在的情况,已使得民主形式受到怀疑,这不能归咎于民主原则本身,而是由于政府的不稳定和选举制度中与个人无关的特征。我相信美国在这方面已经找到了正确的道路。他们选出了一个任期足够长的总统,他有充分的权力来真正履行他的职责。另一方面,在德国政治制度中,为我所看重的是它为救济患病或贫困的人作出了可贵的广泛的规定。在人生的丰富多彩的表演中,我觉得真正可贵的,不是政治上的国家,而是有创造性的、有感情的个人,是人格;只有个人才能创造出高尚的和卓越的东西,而群众本身在思想上总是迟钝的,在感觉上也总是迟钝的。

讲到这里,我想起了群众生活中最坏的一种表现,那就是使我厌恶的军事制度。一个人能够洋洋得意的随着军乐队在四列纵队里行进,单凭这一点就足以使我对他鄙夷不屑。他所以长了一个大脑,只是出于误会;光是骨髓就可满足他的全部需要了。文明的这种罪恶的渊薮,应当尽快加以消灭。任人支配的英雄主义、冷酷无情的暴行,以及在爱国主义名义下的一切可恶的胡闹,所有这些都使我深恶痛绝!在我看来,战争是多么卑鄙、下流!我宁愿被千刀万剐,也不愿参与这种可憎的勾当。尽管如此,我对人类的评价还是十分高的,我相信,要是人民的健康感情没有遭到那些通过学校和报纸而起作用的商业利益和政治利益的蓄意败坏,那么战争这个妖魔早就该绝迹了。

我们所能有的最美好的经验是奥秘的经验。它是坚守在真正艺术和真正科学发源地上的基本感情。谁要体验不到它，谁要是不再有好奇心，也不再有惊讶的感觉，谁就无异于行尸走肉，他的眼睛便是模糊不清的。就是这样奥秘的经验——虽然掺杂着恐惧——产生了宗教。我们认识到有某种为我们所不能洞察的东西存在，感觉到那种只能以其最原始的形式接近我们的心灵的最深奥的理性和最灿烂的美——正是这种认识和这种情感构成了真正的宗教感情；在这个意义上，而且也只是在这个意义上，我才是一个具有深挚的宗教感情的人。我无法想象存在这样一个上帝，它会对自己的创造物加以赏罚，会具有我们在自己身上所体验到的那种意志。我不能也不愿去想象一个人在肉体死亡以后还会继续活着；让那些脆弱的灵魂，由于恐惧或者由于可笑的唯我论，去拿这种思想当宝贝吧！我自己只求满足于生命永恒的奥秘，满足于觉察现存世界的神奇结构，窥见它的一鳞半爪，并且以诚挚的努力去领悟在自然界中显示出来的那个理性的一部分，倘若真能如此，即使只领悟其极小的一部分，我也就心满意足了。

简评

1915 年创立广义相对论，爱因斯坦为核能开发奠定了理论基础。在现代科学技术和他的深刻影响下与广泛应用等方面开创了现代科学新纪元，被公认为是继伽利略、牛顿以来最伟大的物理学家。1917 年列宁领导的苏联社会主义革命胜利后，因创立"广义相对论"而蜚声世界的爱因斯坦非常支持这个伟大的革命，赞扬这是一次对全世界将有决定性意义的、伟大的社会实践，并表示："我尊敬列宁，因为他是一位有完全自我牺牲精神、全心全意为实现社会正义而献身的人。我并不认为他的方法是切合实际的，但有一点可以肯定：像他这种类型的人，是人类良心的维护者和再造者。"长期以来，提到相对论，我们自然会想到爱因斯坦；因为有了相对论，我们又都不真正了解爱因斯坦。我们都觉得他的理论和思想比那幽蓝的星空还要让人感到深邃，比那多彩的大自然还要神奇，比那无穷无尽的大海还要让人感到不可捉摸，当然我们也就更不可能去了解他了！尽管爱因斯坦一直被认为是继牛顿之后最伟大的科学家，而且还是一位具有深邃洞察力和独立批判精神的思想家。读了本文，才一下子让人感觉到爱因斯坦原来离我们那么近，近得可以不用仰望，近得触手可及。诺贝尔奖获得者、著名科学家李政道的评价："因为爱因斯坦在我们小小地球上生活过，我们这颗蓝色的星球才比其他宇宙的部分有特色、有智慧、有人的道德。"李政道博士的评价和本文——在诺贝尔奖授奖仪式上的演说——《我的世界观》，是极其吻合一致的。"我每天上百次的提醒自己：我的精神生活和物质生活都是以别人（包括生者和死者）的劳动为基础的，我必须尽力以同样的分量来报偿我所领受了的和至今还在领受着的东西。"态度鲜明地提出了人的生存的意义："不必深思，只要从日常生活就可以明白：人是为别人而生存的——首先是为那样一些人，我们的幸福全部依赖于他们的喜悦和健康；其次是为许多我们所不认识的人，他们的命运通过同情的纽带同我们密切结合在一起。"这些掷地有声的话语折射出作者的高尚思想。接下来，进一步表现了作者对战争及参战之人的憎恶。"讲到这里，我想起了群众生活中最坏的一种表现，那就是使我厌恶的军事制度。一个人能够洋洋得意的随着军乐队在四列纵队里行进，单凭这一点就足以使我对他鄙夷不屑。""文明的国家这种罪恶的渊薮，应当尽快加以消灭。"演讲的最后，表现了作者对世界富有强烈的好奇心，吸引着人们去发现、去探索，这样的生命才有意义。"我们所能有的最美好的经验是奥秘的经验。它是坚守在真正艺术和真正科学发源地上的基本感情。

谁要体验不到它,谁要是不再有好奇心,也不再有惊讶的感觉,谁就无异于行尸走肉,他的眼睛便是模糊不清的。"

爱因斯坦从青年时代起就以积极的态度肯定人生的意义。1934年他出版了《我的世界观》文集,其中谈到"人类生命的意义是什么?"他回答:"凡是认为他自己的生命和人类的生命是无意义的人,他不仅是不幸得很,而且也难适应生活。"一个人的真正价值首先取决于他在什么程度上和什么意义上从自我解放出来。在当时的社会背景下,他对人生意义的这种理解是很可贵的。他又说,人生的"善"的价值,在于"对人类和人类生活的提高有贡献。"这样的人,是应当受到尊敬与爱戴的。一个人为人民最好地服务,是让他们去做某种提高他们的思想境界的工作。一个人对社会的价值首先取决于他的感情、思想和行动对增进人类利益有多大作用。他对人生观、价值观的这些论点表明,他从事科学探索的根本动力,是为人类的进步作贡献,这包括为人类打开通向真理的大门,并使科学有助于提高人类的生活。每个人都会有自己的信仰,通过这篇文章,我们可以了解到天才科学家爱因斯坦的信仰是什么。他的信仰并不能简单地一言以蔽之。首先他认为自己是为别人——相关或不相关的——而活着,并且要尽力回报这些人。这是一种崇高的奉献精神,如同中国人所说的"人民是我的衣食父母"。爱因斯坦认为人不可能有完全的自由,的确如此,自由总是有一定限度的。过度的自由就会造成社会的无序和混乱,对他人构成威胁。人与人之间的相互了解也是有限度的,两颗心不可能完全地了解,必定会有一定的距离。

纵观爱因斯坦的一生,积极的人生态度、追求真善美的人生目标、为人类进步作贡献的精神动力、不断开拓的精神境界,是他战胜困难、特立独行、拒绝偏见、奋斗终生的内在力量,是他灵魂深处人文底蕴的表现。没有这种素质和力量,要想实现如此艰巨的科学探索目标是不可想象的。"从根本上说,科学研究结出硕果,既是科学精神的凝结,也是人文精神的展现。"科学精神的理性力量,只有在人的精神得到自由和解放的条件下,才能焕发出来。人文精神使科学家以革命的目光重新审视一直被奉为绝对权威的经典力学。没有这种自我解放,即使已经掌握了"相对论力学"的技巧和方法,也不可能领悟它的物质观、运动观和时空观。洛伦兹、彭加勒等人之所以在科学革命创造的边缘上止步,原因就在于此。"思想的深度决定了人生的高度"。在本文中,爱因斯坦表达他对他所生活的那个世界的看法,还有他自己对这个社会的态度,求真、创美、扬善,是他人生的最高理想;正义、拥有责任感,是他对自己的根本要求;民主、文明,是他对这个社会的热烈希望;和平、安宁,是他对这个世界的纯洁的祈求。他只求满足于探索生命永恒的奥秘,和发觉现存世界的的结构,窥见它的一鳞半爪,并且以诚挚的努力去领悟在自然界中显示出来的那个理性的一部分。但他也关心他所生活的这个世界,也热爱和赞赏他的人类同胞。他有和我们一样的情感,他不仅是科学家、思想家,更是一个关心人类命运,具有强烈社会责任感的真正意义上的人。可以这样说,爱因斯坦是一个脚踏实地的巨人。

精神的魅力

◇ 张炜

现在社会各个方面变化很大，出现了很多混乱陌生的东西，原有的话题不再令人感兴趣。只有一小部分人仍在无的放矢，滔滔不绝。但我常常尊敬的也恰恰是这样的人。

无论是就一个人，还是就一种心境而言，随着时间的延续，人们都可能走近这样一个感觉：对很多事物正在失去热情……表现是多方面的，主要一个是无言。沉默比什么都好。没有热情，更没有激情，至少是不愿重复和驳辩，自己讲出来的话自己听了都觉得没意思。

冲动、激情，这一切都跑到哪里去了？真的消失了吗？我们知道，除了很外在的、热情洋溢的、精神

本文选自张炜文论集《精神的魅力》（群众出版社1996年版）。张炜（1956—），山东龙口人，中国当代作家。现为山东省作家协会主席。1986年凭借长篇处女作《古船》一举成名。1999年《古船》入选"20世纪中文小说100强"和"百年百种优秀中国文学图书"。张炜及其代表作《九月寓言》被评为"九十年代最具影响力十作家十作品"。《声音》《一潭清

水》《九月寓言》《外省书》《能不忆蜀葵》《鱼的故事》《丑行或浪漫》等作品分别在海内外获得七十多种奖项。2008年，新作《你在高原》获"鄂尔多斯文学大奖"、香港"《亚洲周刊》全球华文十大小说之首"、"华语传媒大奖杰出作家奖""中国作家出版集团特别奖""出版人年度作家奖""茅盾文学奖"等十余项。发表作品一千三百余万字，被译成英、日、法、韩、德、瑞典等多种文字。在国内及海外出版单行本四百余部。2010年由作家出版社出版了一部长达39卷，约450万字的长篇小说《你在高原》，堪称世界文学史中最长的一部小说。

焕发的，剩下的就全部潜在了心的深处——一个人总有一天能够陷入很深刻的激动，除非他对好多事物没有自己的看法，不懂得愤怒，不愿把富于个性的东西坚持下来，没有勇气。

一个人沉默了，就有了"敛起来的激情"。

也许现在中国正在发生很重要的事情。生活的河流往前流淌，它不会总是一个速度，浪花翻卷得也不会一样。生活的变化猝不及防。近来，这种变化表现得更为突出、深刻，也更明显。由此带来的好多新的问题，对人心构成了足够的刺激和挑战。这期间的文化界到底发生了什么？后果又将怎样？

好像人们已经对精神失去了期待，文学的命运可想而知。前不久，文学给予我们的好奇、那种不可抗拒的吸引力还记忆犹新。好像历史发展到今天来了一次突变，社会再也没有留给文学一次机会，失去的就永远失去了。精神的高原都在走向沉寂、陷落。作家、艺术家、美学家、哲学家、历史学家、建筑学家、植物学家，几乎所有的学人和专家都走向了一个共同的处境。这对于那些一直外向，靠广大读者、观众簇拥着往前走的一部分知识分子而言，竟是相当尴尬的。文学艺术界尤其失望和焦虑。与之形成鲜明对照的，是电视文化全面地、不可抵御地全方位加强。除此而外，我们的文化生活中就没有任何值得注意的东西，引不起什么波澜和议论。电视艺术粗疏平庸，仍然能在社会上风行，反应迅速；令人失望的是层次比较高的人也在表示认可，有的还伸出手掌欢呼,与通俗艺术的制造者配合良好。往往一部电视剧还没有播放,舆论界就开始制作一种假象,什么"轰动""万人空巷",其实大多是夸张和编造出来的。广大群众,被传播媒介愚弄的现象非常严重。它们扭曲和覆盖大多数人的真实看法,有时想牵着鼻子走,一直走到很远很远——这时人们再要回头也做不到了。

看的人多并不说明"轰动"。没事了打开电视,有时只是一个习惯动作。我们过得太无聊,大多数是穷人,喜欢方便和简单,打发时光。电视艺术是穷人的消遣。总之看个画面很方便、省力气,至于是否看到底,是否从头至尾、如饥似渴地打开电视机,那就是另一回事了。更多的人是瞥上几眼,因为撞到眼上了。但它比纯粹的文学制品、艰深内向的文化制品和严肃文艺的读者多得多,这很自然。

其实何必惊慌。电视绝不会成为文学的杀手。欧洲普及电视是几十年前的事,他们除了电视,吸引人的东西还有很多,但他们的重要作家仍然有深厚的土壤,读者仍然有增加的趋势。我说过,电视艺术是穷人的消遣——这可不仅指物质方面的贫穷……享受也需要能力,在文盲还占相当大比例的一个国家里,更高深和更纯粹的艺术不会普及,因为没有消化的胃口。在刚刚解决温饱的人群中,需要的消遣品总是更直接、更便当、更通畅。粗疏和简陋有时非但不是缺点,还是吸引人的一个方面。某些电视艺术就是如此。一个很有教养的人不会把大量时间耗

精神的魅力

在欣赏电视节目上……

好像从来也没有像现在这样，这么多的"作家"离开了队伍。前几年的拥挤犹在眼前，这从一些文学讲习班的盛况就可见一斑。文学青年分布在各地、各行各业。大学的文学沙龙、座谈会频频举行，那种热烈的场面令人难忘。如前的盛会从此销声匿迹、再也不会出现了吗？不知道。那可很难说。我相信在这种情况下，留下来的也就留下来了，走开的也就走开了，走开的用不着欢送。倒是有个奇怪的现象，其中的一些人转而经商，赚了点钱，也有的赔得一塌糊涂——无论赔钱的还是赚钱的，都不约而同地表示了对艺术的轻蔑。他们把以前学到的一点艺术夸张的基本功，用到了对作家艺术家的污蔑和谩骂上。经商没有什么不可以，但经商和文学既然是不同的，艺术家就大可不必受生意新手的辱骂。我对这种嘈杂倒听得津津有味。艺术上的低能儿突然以为有了嘲笑的权力了。知道这是一个什么行当吗？这是伟大的鲁迅、莎士比亚和托尔斯泰的事业，是但丁和普希金的事业……那种人其实是在显露自己的卑贱，不配加入高贵的行列。

个别人也不恭地议论起艺术家来，实际上这样的人往往是极为幼稚和可笑的，无论在自己的专业方面还是在对人生社会的认识方面，大致还处于不着边际的阶段。

真正热爱艺术的人走入了一个艰难的岁月。可能在很长一段时期内，这个局面不会改变。有人在

《读书》杂志上引了一位老作家的话,他说作家和艺术家要"守住"。"守"字用得多么好。因为来自各个方面的误解特别多,作家、艺术家与社会产生的隔膜越来越大。1992、1993年,好多人都提不起精神来,读者队伍越来越少,很好的著作才发行几百本。有一位著名教授,他最重要的一本论文集印了200本。这印数太可怜了。发行渠道不畅是个问题,这个时代开始弄不懂思想的价值。纯粹的学术、艺术著作本来就容易遭到误解,绝不能跟那些通俗文化制成品在一条起跑线上竞争。

一个人有好多欲望,其中最大最强的就是使自己摆脱贫困。积累财富的欲望从过去到现在一直存在。好像很少有人安于清贫。不过眼下的情势是这种欲望已洪流滚滚,空前高涨。它对思想之域的冲击是非常大的。物欲若得到广泛的倡张和解放,人就开始蔑视崇高。

今天果真是不能谈论崇高,也没有了严肃和纯粹的艺术,不能回答和警醒了吗?我认为人群中从来不乏优秀分子,好的著作家从来不必担心他的读者太少。十多亿人口的大国不缺少纯美深邃的心灵。你觉得自己的声音有价值,就不要担心它弱小;你觉得你的见解很重要,就不要担心它藏在一个偏僻闭塞的角落。你会从角落里走出来——不是你自己,而是你的声音,你的思索与劳作。

今年冬天,我到一个贫穷的县份里去过,那里很贫瘠,秩序也很差。可就在那么一个偏僻闭塞的角落,也仍然能遇到一些热爱艺术和寻找信仰的青年。我接待了两个二三十岁的人,他们穿着很差,头发也没好好梳理过,其中的一个衣服上还有补丁,鞋子破旧。可跟他们的交谈,让我感到了极大的愉快和幸福。他们的好多见解,对经济、文化、艺术方面的新鲜而独到的看法,非常深刻。即便在繁华之地也极少听到的。这只是两个居于穷乡僻壤的青年。我很激动。我曾问他们认识多少人?他们说很多,我问经常和他们一起讨论的有多少?他们说,过去20多个,现在只有五六个了。我想这就对了。这五六个人在这个县里一定是很重要的。他们的声音总是通过某个途径和某个机缘得到记录和传播,对人发生影响,比如说对我就有了一次极大的促进。我还要把他们的思想传达给我的朋友,并归纳到我的思索之中。我和朋友一块儿扩大两个青年的声音,并将这两个形象记在心中。像这样的青年我相信一辈子还会遇到。我想他们的周围可以形成一帮类似的人,鼓励修研。一个人常常渴望一辈子要干很大的事情,有这个奢望是很对的。可是究竟什么才是大?人的一辈子只要真正能够改变一两个人,那他这一辈子就很了不起。我看过一个故事,讲一个笃信宗教的人,他一辈子都在做一个事情,就是挽救世俗的人,让他们皈依,一切的机会都不放弃。有一次他在车站上等车,利用短短的五分钟就成功地"救"了一个人。他幸福极了。他就是这样地重视人。

现在有很多人不重视人,不爱人。让这样的人充斥时代是令人厌恶的、渺小的、没有希望的。真正伟大的人必有高贵的心灵,必爱人、重视人。这种爱和重视不是抽象的,而是非常具体的。要从同情关怀一个具体的人开始你的善良。要不厌其烦地为不幸的人去辩解和呼号,哪怕一生只为了一个这样的人。他如果是无辜的,就让我们全力以赴地护住这个身躯吧。为一个人可以付出自己的所有,敢辩驳,而且不被周围的巨大声浪所淹没。一个人是小的,他代表和说明的原则却有可能是大的。

时间好像被压缩了。我们踏上了时代的列车。稍微翻一下世界历史,来一个回顾:美国和欧洲的整个资本原始积累阶段,"每一个毛孔都滴着血"。虽然我们不能也不必沿着它们的旧有轨道挪动,但总是由农业国往工业国过渡,总是从商品经济很不发达的社会走向比较发达的社会。这是一个转折。和欧美一样,在转折期有一大部分艺术家会走入尴尬,走入无以为继的那么一种状态。他们与社会的隔膜是非常明显的。社会每一次发生动荡,社会秩序每一次出现凌乱,艺术家就会如此。美国考利写了一本《流放者的归来》,记录了海明威等所谓"迷惘的一代"怎样苦熬巴黎。他们一群艺术家大部分从世界大战中归来,归来之后却遇到了那样令人失望的一个美国社会。社会开始转换,秩序陷于混乱,原有的准则与状态一块儿给打乱了,等待进入新的轨道。各个阶层、各个领域,都出现了混乱。而艺术家、思想家又不断地处在既留恋过去又探索未来的状态中,都有一颗不安分的心。他们很敏感地从新生事物里发现谬误、重复和倒退,结果责无旁贷地成了一个时代里彻夜不眠的提醒者。他们很痛苦,也不免恍惚迷惘。当人们的欲望得到最大限度的张扬和放纵时,精神会一度失去魅力。一些艺术家沦落到当时世界艺术中心巴黎去了。巴黎比美国快了半拍,整个社会更趋于稳定,经济和思想文化的大格局已经形成,艺术家在那里更容易找到知音,从精神上获得满足,得到发展。海明威、庞德……好多艺术家,数不胜数。所谓"流放"不光指远离家园,它也指精神家园的失落。

回到美国前后,他们相继写出了自己最重要的作品,成为20世纪初期最重要的作家,也是整个现代主义文学运动的奠基者、经典作家。社会、文化经济的发展总有个轨迹,过去了的一段历史可以佐证当代中国,帮助我们寻找规律。

急剧变动的社会生活如同一个频频搬动和打扫的大房间,整个空中灰尘密布,让人恐惧和焦躁,无所适从;但灰尘也是有重量的,它不能老在空中,它会落下来。不同的事物总要回到它自己的位置上去,形成自己的格局,不会总是处于混乱状态,这就叫"尘埃落定"。

关键问题是谁能坚立于尘埃,冲破迷惘? 如果在这个时期能够坚持下去,认定你的追求和创造,认为你的激动都是出于生命的需要,那么你就不会飘浮。混乱时期从另一个方面讲也总有使人飞速成长的机会,历史上的重要作家、艺术家大多是从最困难的精神环境里冲杀出来的。与此相反的是,总会有一批又一批艺术家放弃了,松弛了,结果也就沦为平庸,等而下之。这是一种必然,很可惜。

这个时代可不是思想家和艺术家最尴尬的时代,如果冷静一点将会发现,这从来都是思想界、艺术界百求不得的那种冲洗和鉴别的一个大机会。这就是我们的结论。

精神的一度荒芜,总是意味着它将焕发出更大的魅力。

如果我们把不同时期、不同国家的经济文化发展的曲线重叠到一块儿,就会发现:它们在很大程度上竟会吻合。文化低谷、通俗艺术高度繁荣,经济起步、社会变动、喧哗骚动,从疲惫到稳定……这个时候坚持下来的思想家不仅是生活的希望、时代的良知,而且还会成为下一个时代的星光。

我们都走入了检验和归属的时代,它对我们构成了那么大的刺激和引诱。庞大的队伍由于虚假而消失,道路再不拥挤。既然走入了冷静和安宁,就应该充满希望。瓦解之后,你的坚持将变得事半功倍。

面对一个倡扬生命的欲望和尽情挥发的时期,可以充分地体验痛苦和惊愕。也只有此刻才能最大限度地、强有力地向人心做出挑战。一个人哪怕有了几十分之一的回答,也会非常了不起。如果政治上极大地禁锢,各种思想都纳入固定的框架,钻入单一哲学隧道,我们就很难走入任意幻想的十字路口。没有犹豫也没有徘徊,答案是现成的,谁也不再试图从原有的答案下寻找另一个答案,有人替我们想好一切,人丧失了思想的机会和能力——只有单一的声音,它非常强大,不是噪音,它是统一的巨大的声音,使你无暇思索,不能思索。这么多年过去了,我们发现了几部那个时期留下来的珍品?大部分人,包括一些很了不起的思想家、艺术家都在那里沉默,干一点与他的身份极不相符的事情,他没写出什么了不起的东西。看来我们做任何事情都不能脱离具体的客观环境,一个人总是在一种环境里生存。离开了一种环境就会失去某一种能力。环境能够毫不留情地、在不知不觉间扼杀或扩展人的某种东西。一个宽松放任的环境,人时常会有被淹没的危险,但这也比那种禁锢好得多。你可以比过去更大胆地幻想,放任你的思想。创造的力量呼唤出来了,魔鬼也应时释放出来了。恰恰走入了这种自由、混乱、多元,也就最大限度地焕发了人的创造力。

我们不得不适应现代世界的节奏和步伐,在经济、文化、政治各个方面与活着的今日世界"接轨"。当代文化要融入整个世界文化,经济更是如此。这样,时代的列车才能运转。不言而喻,我们的汉文化会空前地走向外部世界。当汉文化与世界文化发生撞击的时候,它将接受更多的新东西。这一代中国思想艺术界可以更多地接受世界文化遗产。以文学翻译为例,几乎任何一本有影响的外国文学新著,特别是"纯文学",很快就会在我们的书店见到中文译本。马尔克斯的《霍乱时期的爱情》、米兰·昆德拉的《不朽》,在国外刚出版了一年左右,我们国内就见到了它的中文版本。在这种情况下,我们的发展和积累当然会比过去快得多。

在这个时期,操守恰恰成了最重要的。惟在这个时期,不能苟且,也不能展览肮脏。

我看过郑板桥晚年给他弟弟的一封信,上面说像我们这种能写几句诗、画几笔画的人太多了,这就算当代"名士"?实际上我们才算不得"名士",我们不过是舞文弄墨的酸臭文人罢了,因为从我们的作品里一点看不到人民的痛苦和时代的声音……他说他如果为了混生活,完全可以干点别的事情,可以种地,何必捏着一支笔杆在纸上涂来涂去画来画去?世界上有多少种方法混生活?如果用笔墨混生活,可就算最寒酸、最可怜的一种了。郑板桥的觉悟令我心动。我从此明白一个用笔的人怎样才能不寒酸、不可怜:这就是记住时代和人民,好好地思想,要始终站立着。不能阿谀,也不能把玩——把玩自己的精神是非常可怕的。玩鸟也比玩自己的精神好啊!我们现在有人崇拜的不是一种献媚,就是一种酸腐。比起那些粗糙和肤浅而言,这种堕落更为隐蔽,并且有点"可爱"。不能忘记人、人民,要有郑板桥那样的警醒。思想与艺术之域,保留下来的只会是战士。艺术本身有魅力,但更有魅力的还是精神。一定要用心灵去碰撞,要写出人的血性来,只有这样才能使自己不变得可怜。

除了可怜,还有一种让人讨厌的艺人。这种人任何时期都有,他的笔无论怎么变化,总是跟一种强大的、社会上最通行最时髦的东西一个节拍。我们听不到他自己的声音。我们从一开始就应该跟这部分人划清界限。我们的心灵应该与他们不一样,我们的同情心任何时候都在弱者一边。同情弱者,反映最底层的声音——它正是未来所需要的。一个思想家、艺术家,惟一可以做的就是坚持真理和正义,不向恶势力低头,永不屈服,永远表达自己的声音,喊出自己的声音:只要这样做了,就会生命长存……

简评

张炜在《精神的魅力》一文中提出了一个很现实的问题:"好像人们已经对精神失去了期待,文学的命运可想而知。前不久,文学给予我们的好奇、那种不可抗拒的吸引力还记忆犹新。好像历史发展到今天来了一次突变,社会再也没有留给文学一次机会,失去的就永远失去了。精神的高原都在走向沉寂、陷落。作家、艺术家、美学家、哲学家、历史学家、建筑学家、植物学家,几乎所有的学人和专家都走向了一个共同的处境。这对于那些一直外向、靠广大读者、观众簇拥着往前走的一部分知识分子而言,竟是相当尴尬的。"甚至,更有甚者:"文学艺术界尤其失望和焦虑。与之形成鲜明对照的,是电视文化全面地、不可抵御地全方位加强。"这就是我们正面临的现实,不管你是否承认、是否能正确对待这种现实的到来。正如张炜先生所言,历史发展到了今天,社会再也没有留给文学一次机会,失去的就永远地失去了。精神的高原在走向沉寂陷落。一位著名的学者曾发自内心地感慨:说起来难免让人伤感,一本很好的书才发行几百本;一位著名的教授,他一本重要的论文集仅印了200本；一个县里原本谈论文学的有二十人，后来只剩下五六人。是的，人们对金钱的崇拜覆盖了对精神的期待，文学的命运，亦如多舛的驴子，蹒跚在羊肠小道，偶尔嘶鸣一番，也引不起多大的回声，更多的时候，是驴子寂寞的攀登，寂寞的行走，寂寞的死去。文学艺术界的失望和焦虑与电视文化、网络文化的不可抵御地全方位的加强，形成了鲜明的对照。毋庸讳言，粗俗平庸的东西容易在社会上引起轰动，人们很少有自己的真实想法，人云亦云者多，大多数人喜欢用"简单和方便"来打发时光，看一些肥皂剧，网络笑话，东家长李家短的故事，在网络游戏中打发无聊的日子，网络中某些跳梁小丑，上蹿下跳，更有些不知羞耻者，把一些低级庸俗的琐事晒得如火如荼。

张炜在《我跋涉的莽野》中还说："没有对于物质主义的自觉反抗，没有一种不合作精神，现代科技的加入就会使人类变得更加愚蠢和危险。没有清醒的人类，电脑和网络，克隆技术，基因和纳米技术，这一切现代科技就统统成了最坏最可怕的东西。今天的人类无权拥有这些高技术，因为他们的伦理高度不够。我们今后，还有过去，一直要为获得类似的权力而斗争，那就是走进诗意的人生，并有能力保持这诗意。"如何才能让诗意的人生走进我们？需要我们产生植根于灵魂深处的精神的魅力。我们知道，冬日的暖阳照在人的身上，只能暖和肌肤于一时，此时的暖意是很薄弱的。相反，只有精神的太阳才能照耀心灵的深处，才能产生隆隆的暖意而长时间不衰竭。这说明了一个极其浅显道理：精神对于物质的强大作用，精神的作用与地位是物质所无法替代的。人的成熟与强大关键在于精神的丰满，舍此而无其他。张炜先生有一个清醒的认识："精神的一度荒芜，总是意味着它将焕发出更大的魅力。如果我们把不同时期、不同国家的经济文化发展的曲线重叠到一块儿，就会发现：它们在很大程度上竟会吻合。文化低谷、通俗艺术高度繁荣，经济起步、社会变动、喧哗骚动，从疲惫到稳定……这个时候坚持下来的思想家不仅是生活的希望、时代的良知，而且还会成为下一个时代的星光。我们都走入了检验和归属的时代，它对我们构成了那么大的刺激和引诱。庞大的队伍由于虚假而消失，道路再不拥挤。既然走入了冷静和安宁，就应该充满希望。瓦解之后，你的坚持将变得事半功倍。"

多年前张炜在接受记者采访的时候说：我不敢冒充什么思想家，不过我觉得作家的思想应该是统一的。作家的思想表述形式与学者不一样，作家侧重通过形象、意境来表达，更诗意化。用诗感觉到"思想"要深刻些。张炜曾坦率地说过：《柏慧》是"人在良知的催逼下，应该给时代留下的声音。"复旦大学教授陈思和先生对这一问题作了透彻的比较说明："与许多当代作家不一样，张炜是个擅长用长篇小说来表达其思想观念和美学情感的作家，他创作的最主要的作品如《古船》《九月寓言》《柏慧》等，几乎每发一部都引起了文坛上的震动，尽管其'震动'的方位并不一样：就在《九月寓言》以其特有的磅礴大气获得评论界高度赞扬之后，《柏慧》则以对社会邪恶的激烈批评而为人所惊讶，《九月寓言》中那个遮蔽于茫茫大地用悲悯的眼神超越人间苦难隐身哲学家不见了，取而代之是从恬静美丽的葡萄园里挺身而出与邪恶宣战的精神界战士。"（见《良知催逼下的声音——关于张炜的两部长篇小说》）作家必须用形象的东西、诗化的东西去逼近、接近他所感悟到的那些思想。之所以不能直说，不仅是为了回避直露的毛病，更重要的是为了能够表述、表达。离开了诗意化的表述不可能达到目的。

读《精神的魅力》最突出的地方在于，张炜正用同情的眼光关注着我们的世界与人生，他相信文学与生命与水一样，是人最本质的需要。只要有人类存在，对飞翔的渴望、对回乡的祈盼，就永远不会消逝；而文学便是飞翔的翅膀、回乡的力量。真善美安居的地方，便是我们灵魂的天堂与故乡。张炜永远在路上，一个默默地守着精神家园的拓荒者。因着张炜和更多优秀的作家、更多善良智慧的人们，我们的生命不断修缮着缺憾,接近完美。张炜与现代物质社会有点"隔膜",他心怀恐惧,张炜既忧生,又忧世。他开始张扬非功利的诗性人生与新的伦理,以期超越现世生存的苦痛。他同样坚信,文学是一种"无用之用",但又必须找出文学的"用",于是张炜的散文不是大多数所谓的美文,而是多为"不用粉饰之字"的美刺篇章。我们知道,在现在这个时期,操守往往是最重要的。一个思想家、作家,唯一可以做的就是坚持真理和正义,永远表达自己的声音,喊出自己的声音。毕竟纯粹的文学是艰深而值得回味的严肃文学,不是大多数人能够接受的,但恰恰是这些崇高和严肃、纯粹的艺术是伟大的,是能够经得起历史的淘洗和重视的,这就是精神的魅力,我们坚信。张炜在其《九月寓言·融入野地(代后记)》中说得更加清楚:"我曾询问:一个知识分子的精神源自何方?它的本源?很久以来,一层层纸页将这个本来浅显的问题给覆盖了。当然,我不会否认渍透了心汁的书林也孕育了某种精神。可我还是发现了那种悲天的情怀来自大自然,来自一个广漠的世界。也许在任何一个时世里都有这样的哀叹——我们缺少知识分子。他的标志不仅是学历和行当上的造就,因为最重要的依据是一个灵魂的性质。"

"那个精神需要每个人自己去感觉。"(张炜)

精神的魅力

乡愁的滋味

◇ 姚嘉为

本文选自叶朗选编《文章选读》(华文出版社2012年版)。姚嘉为,我国当代女作家。祖籍江西萍乡,在台湾出生。旅美多年,现居马来西亚吉隆坡。

年菜的滋味,是乡愁的滋味。

记忆中最难忘的年菜是红烧牛肉烩粉条,除夕向晚的暮色里,寒风穿堂而过,乡亲们在走廊升起一个炭火炉子,放上一口深锅,倒入炖的快要酥烂的牛腱肉,洒上高粱酒、生姜、八角,香味霎时喷出,最后才放入粉条。乡亲们围着火星子四迸的炭火炉,说着那被母亲形容是土气的家乡话。母亲是贵州人,当父亲和乡亲说起江西话,她听着便觉得"土"。

那晚围着炉火的每张脸都笑开了,父亲最为兴奋,一扫平日的慵懒多愁,频频掀开锅盖,用长筷子搅拌,活脱又还原成乡亲口中的顽童。

沸滚的牛肉汤汁里,粗粉条像无数尾沙丁鱼,随着翻滚冲浪，一股辛辣扑鼻而来。这牛肉挥烩粉条的烹制，除了牛腱肉要红烧的酥烂外，辣椒绝不可少。非得又烫又辣，让舌头承受不住求饶，才叫过瘾。而粉条则是愈宽愈好，有的像小拇指那么宽，要耐煮不会松垮成泥，煮熟后滑溜溜的吃的时候一不留神，就一路滚烫直下肚肠。但那种吃法太暴殄天物了，应该在嘴里停留一下降温，然后细嚼慢咽，享受那浸透了辛辣牛肉汁的丰润口感，多一分太硬，少一分太软的厚实嚼劲。

父亲极重视年夜饭，每年除夕前几天，他和母亲穿梭于菜场和家门之间，一会儿提回一尾生猛活鱼，一会儿是五花肉，右手韭黄，左手鲜笋，那股子热闹、虔诚、专注劲儿，仿佛这是天地间最重要的一场盛宴。

有些年菜更是一个月前便开始准备，他自己熏腊鱼、腊肝、腊牛肉、腊猪肉，还有其他腊什么的，院子里日夜弥漫着快要令人窒息的熏烟。父亲要我和弟弟们好生看着，别让野猫把挂在竹竿上风干的腊味给叼走了。

他自制泡菜、豆腐乳、梅干菜。泡菜是把新鲜的芥菜在水中浸泡三天，发出酸味后，再晾在太阳下晒一天，剁碎后加辣椒炒来吃。听大弟说，有一次父亲将芥菜摊在门外小溪桥墩上，却被人偷走了，心疼得什么似的，此后他干脆就在自家屋顶上晒芥菜了。

老徐负责杀鸡，他拿起菜刀，弓起背，眯起眼睛，瞄向篱笆草丛深处，轻软的黑布鞋走来悄无声息，像

乡愁的滋味

209

侠客草上飞,满院子追逐难逃此劫难鸡。有一年,老徐奉命杀家中的老母鸡,这老母鸡在我们姐弟三人心中有着宠物的地位,悲愤之余,只能打勾勾彼此约定,年夜饭时集体罢吃这鸡。当晚却实在抵挡不住红烧鸡的诱惑,破戒吃了。年夜饭后,三人拾了一撮鸡毛,在树下做了一个"衣冠冢",以树枝当碑,祭拜一番,稍抚心中的内疚吧。

儿时到家中吃年夜饭的客人都是单身在台的老兵,当年曾与父亲一起出生入死。有夜夜守着孤灯,把乡愁写进毛笔字里的山东汉子于副官;有经常一身酒味,在家中帮忙打杂,微微佝偻洗衣的背影可以读出辛酸委屈的班长老徐;有一年三节一定来送礼,后来父亲病危,天天风雨无阻来探病的张营长;有个性耿直、湖南骡子脾气的罗班长;有老是遭父亲痛斥不要喝花酒,仍然嬉皮笑脸的王排长。

餐桌上,摆了各式自制腊肉,还有先炸得猪皮起泡,再蒸得酥软不油腻的梅菜扣肉。象征三元(丸)及第的珍珠丸,这是母亲的拿手菜,荸荠剁得特别细碎,吃不出一丁点儿渣子,那爽脆却分明渗入肉里,多余的肉馅包成蛋饺,和海参、大虾、鲜笋、香菇、芥菜、鹌鹑蛋烩成全家福。饭桌上少不了好酒助兴,花雕、竹叶青、高粱、大曲,还有专为孩子们准备的暗红色甜滋滋的乌梅酒。

酒过三巡后,南腔北调的一桌人便说知心话了。罗班长总爱提起当年父亲在枪林弹雨中,一马当先往前冲,他急了,吼道:"弯下身来,你不怕死啊?"张营长接着说起父亲抗命,救了他那一营官兵的事,父亲的脸泛红了,是酒光,也是腼腆。他平日喜欢喝两口,年夜饭时,战场的豪情回转了,便撇开了局促的现实,一同喝得醺醺然,暂且得到释放吧! 那晚,总有一两个老兵喝醉了,既哭且笑,倾吐内心的乡愁:"真想家啊! 想俺那可怜的老母亲、媳妇。这会儿不知还活着不? 逢年过节的夜里,真像有万把钢刀刺着俺的心哪!"

岁月流逝,年夜饭的客人越来越少了,老兵们陆续和本地女子结婚,逢年过节都到太太的娘家去了,但是新年期间,他们都会带着一家大小来拜年。罗班长的太太白净秀气,有个高八度的嗓子,每年带来自制的年糕。只要听到家门口一个尖嗓门嚷着,"哎呀,小胖主(子)又长高了",接着一串哄笑,便知是他们来了。

后来连拜年的人也足音渐稀,老兵一个个凋零了。但是家中腊肉照熏,梅菜扣肉照蒸,泡菜照晒,年夜饭是团圆,是医治乡愁的良药,更是对一个神圣仪式的最后坚持。

我远渡异国后,弟弟们倒是承欢膝下,年年陪二老喝酒吃腊肉,谈陈年往事,最后连这仪式的主角也永远缺席了。

在海外过节,我试着营造一点儿气氛,给孩子们压岁钱,去中国城看放鞭炮,舞龙舞狮,也煎点儿年糕,买点腊肉来蒸,年糕甜腻,至于腊肉,对不起,太咸了。梅菜扣肉、牛肉烩粉条等费事的年菜就无心也无力张罗了,只有在记忆中去回味。

记忆的宝盒一旦掀开,一溜烟而出的总有当年围炉吃年菜的情景,旧时代的人物及氛围,温暖中透着几许沧桑,我的心便沉浸在两代的乡愁里。

简 评

乡愁是中华民族情感中重要的一部分,是民族文化在民族心理上的沉淀，是永恒的文化符号。乡愁是我们的根，是我们故土的方向标，是黑夜里的一盏明灯，无论何时，无论何地，无论我们贫富、贵贱，只要你愿意跟她走，就能到达魂牵梦绕的故土，到达安全厚实躲避风雨的美丽港湾。千百年来数不清的文人墨客都黯然神伤地吟咏过他们的离愁别绪和绵绵乡思。台湾和大陆之间总隔着那一道浅浅的水湾，有人说那是一道带着淡淡忧伤的海峡，也有人说那是一湾剪不断的乡愁。这道浅浅的水湾也见证了几十年来海峡的沧桑与巨变。《乡愁的滋味》的作者，一个眷念故土身在异国的女作家，内心深处那深沉的思乡与漂泊情怀，一定是随着时间的流逝而发酵，日益浓烈，在心灵上激荡。"年菜"就成了作者思乡情感的一种寄托，一种慰藉，一种挥之不去的温馨的回忆。海外游子的丰富的怀乡和原乡的情感都体现在酸甜苦辣的"年菜"这种特殊的载体上。姚嘉为的散文《乡愁的滋味》才会读出美妙的滋味，尤其是那些心中思念故乡的赤子。

"年菜的滋味，是乡愁的滋味。"这种难以言表的"滋味"中，包含了多少作者难忘的记忆："记忆中最难忘的年菜是红烧牛肉烩粉条，除夕向晚的暮色里，寒风穿堂而过，乡亲们在走廊升起一个炭火炉子，放上一口深锅，倒入炖的快要酥烂的牛腱肉，洒上高粱酒、生姜、八角，香味霎时喷出，最后才放入粉条。乡亲们围着火星子四迸的炭火炉，说着那被母亲形容是土气的家乡话。"作者详细描绘每年的春节，父母在这浓浓的节日氛围里，如何虔诚地准备年菜。年菜的味道越浓，乡愁的滋味也越浓。年复一年，年菜的腊肉照熏，梅菜扣肉照蒸，泡菜照做，乡愁依旧，可是年夜饭的客人越来越少，老兵们一个个凋零了，字里行间透出的是人生的悲凉！作者生于宝岛台湾，除夕之夜的年菜包含着多少美好的回忆，久久萦绕在舌尖，在脑海，总是在某个不经意间让她怀想起那些美好的时光。颇有意味的是，作者将自己的乡愁和味觉记忆紧紧相连，起到了乡愁在时间里发酵，在记忆里生长的独特的美学效果。作者的笔下,味觉和情感交相辉映,看似平常的除夕宴上的年菜,赋予了精神盛宴的大餐。每一位中国人都有关于年夜饭的记忆,这些记忆往往是就着大年三十晚上那一桌丰盛的菜肴蔓延开的,而这些菜肴,在各个家族的血脉里,也都有着固定的名目,许多辈人的口味与习惯,在时间的漏斗里流下来,散发出的香气儿,早已超越了菜肴本身的馥郁。那是一种光亮,照见父母眼角的慈爱,照见儿时简单的欢喜,照见全家围坐的喧闹……那是中国人血液里最浓的乡愁。

开篇第一句,简洁的句子直奔主题,作者毫无遮掩地抒发了自己乡愁的那份情感之后,将画面转向记忆中的"乡亲们""老兵们":"那晚围着炉火的每张脸都笑开了,父亲最为兴奋,一扫平日的慵懒多愁,频频掀开锅盖,用长筷子搅拌,活脱又还原成乡亲口中的顽童。""父亲极重视年夜饭,每年除夕前几天,他和母亲穿梭于菜场和家门之间,一会儿提回一尾生猛活鱼,一会儿是五花肉,右手韭黄,左手鲜笋,那股子热闹、虔诚、专注劲儿,仿佛这是天地间最重要的一场盛筵。"细腻的描写,作者始终没有脱离"年菜"这一主线,客观地描写,真实而富有情趣。没有过多地抒情却透着浓浓的乡愁,读过之后,深深地感受到身处异乡的他们,对祖国对故乡的深厚情感。台湾老兵的众生相,椎心泣血的伤痛,从心灵深处流出,足以催人泪下!

作者写的是几十年前小时候过年的感受,生动、曲折地表达了父辈们,离乡背井,远走他乡而产生的"乡愁",虽然是上一辈人心中的痛,但其中的滋味似乎流淌在当时还是孩子的作者的血脉中。严格地说,"乡愁"属于精神心理范畴的词,其中凝结着某种弥足珍贵但失去了又无从找回的东西。

我的祖母之死

◇ 徐志摩

本文选自《徐志摩散文选集》（百花文艺出版社2004年版）。徐志摩（1897—1931），出生于浙江省嘉兴海宁市，现代诗人、散文家。1915年毕业于杭州一中，先后就读于上海沪江大学、天津北洋大学和北京大学。1918年赴美国克拉克大学学习银行学。十

一

一个单纯的孩子，
过他快活的时光，
兴匆匆的，活泼泼的，
何尝识别生存与死亡？

这四行诗是英国诗人华茨华斯（William Wordsworth）一首有名的小诗叫做"我们是七人"（We are Seven）的开端，也就是他的全诗的主意。这位爱自然，爱儿童的诗人，有一次碰着一个八岁的小女孩，

发卷蓬松的可爱,他问她兄弟姊妹共有几人,她说我们是七个,两个在城里,两个在外国,还有一个姊妹一个哥哥,在她家里附近教堂的墓园里埋着。但她小孩的心里,却不分清生与死的界限,她每晚携着她的干点心与小盘皿,到那墓园的草地里,独自的吃,独自的唱,唱给她的在土堆里眠着的兄姊听,虽则他们静悄悄的莫有回响,她烂漫的童心却不曾感到生死间有不可思议的阻隔;所以任凭华翁多方的譬解,她只是睁着一双灵动的小眼,回答说:

"可是,先生,我们还是七人。"

二

其实华翁自己的童真。也不让那小女孩的完全:他曾经说:"在孩童时期,我不能相信我自己有一天也会得悄悄的躺在坟里,我的骸骨会得变成尘土。"又一次他对人说:"我做孩子时最想不通的,是死的这回事将来也会得轮到我自己身上。"

孩子们天生是好奇的,他们要知道猫儿为什么要吃耗子,小弟弟从哪里变出来的,或是究竟先有鸡还是先有鸡蛋;但人生最重大的变端——死的现象与实在,他们也只能含糊的看过,我们不能期望一个个小孩子们都是搔头穷思的丹麦王子。他们临到丧故,往往跟着大人啼哭;但他只要眼泪一干,就会到院子里踢毽子,赶蝴蝶,即使在屋子里长眠不醒了的是他们的亲爹或亲娘,大哥或小妹,我们也不能盼望

个月即告毕业,获学士学位,得一等荣誉奖。同年,转入纽约的哥伦比亚大学的研究院,进经济系。1921年赴英国留学,入剑桥大学当特别生,研究政治经济学。1923年成立新月社。1924年任北京大学教授;与胡适、陈西滢等创办《现代诗评》周刊。1926年任光华大学、大夏大学和南京中央大学(1949年更名为南京大学)教授。1930年辞去了上海和南京的职务,应胡适之邀,再度任北京大学教授,兼北京女子师范大学教授。1931年11月19日因飞机失事遇难。代表作品有《再别康桥》《翡冷翠的一夜》。徐志摩的生前自编了三本散文集:《落叶》《巴黎的鳞爪》和《自剖文集》,此外还有《志摩日记》《志摩书信》《眉轩琐语》《西湖记》《泰戈尔来华》等。

悼死的悲哀可以完全翳蚀了他们稚羊小狗似的欢欣。你如其对孩子说,你妈死了,你知道不知道——他十次里有九次只是对着你发呆;但他等到要妈叫妈,妈偏不应的时候,他的嫩颊上就会有热泪流下。但小孩天然的一种表情,往往可以给人们最深的感动。我生平最忘不了的一次电影,就是描写一个小孩爱恋已死母亲的种种天真的情景。她在园里看种花,园丁告诉她这花在泥里,浇下水去,就会长大起来。那天晚上天下大雨,她睡在床上,被雨声惊醒了,忽然想起园丁的话,她的小脑筋里就发生了绝妙的主意。她偷偷的爬出了床,走下楼梯,到书房里去拿下桌上供着的她死母的照片,一把揣在怀里,也不顾倾倒着的大雨,一直走到园里,在地上用园丁的小锄掘松了泥土,把她怀里的亲妈,谨慎的取了出来,栽在泥里,把松泥掩护着;她做完了工就蹲在那里守候,穿着白色的睡衣,在深夜的暴雨里,蹲在露天的地上,专心笃意的盼望已经死去的亲娘,像花草一般,从泥土里发长出来!

三

我初次遭逢亲属的大故,是二十年前我祖父的死,那时我还不满六岁。那是我生平第一次可怕的经验,但我追想当时的心理,我对于死的见解也不见得比华翁的那位小姑娘高明。我记得那天夜里,家里人吩咐祖父病重,他们今夜不睡了,但叫我和我的姊妹先上楼睡去，回头要我们时他们会来叫的。我们就上楼去睡了，底下就是祖父的卧房，我那时也不十分明白，只知道今夜一定有很怕的事，有火烧、强盗抢、做怕梦，一样的可怕。我也不十分睡着，只听得楼下的急步声、碗碟声、唤婢仆声、隐隐的哭泣声，不息的响着。过了半夜，他们上来把我从睡梦里抱了下去，我醒过来只听得一片的哭声，他们已经把长条香点起来，一屋子的烟，一屋子的人，围拢在床前，哭的哭，喊的喊，我也捱了过去，在人丛里偷看大床里的好祖父。忽然听说醒了醒了，哭喊声也歇了，我看见父亲趴在床里，把病父抱持在怀里，祖父倚在他的身上，双眼紧闭着，口里衔着一块黑色的药物，他说话了，很轻的声音，虽则我不曾听明他说的什么话，后来知道他经过了一阵昏晕，他又醒了过来对家人说："你们吃吓了，返算是小死。"他接着又说了好几句话，随讲音随低，呼气随微，去了，再不醒了，但我却不曾亲见最后的弥留，也许是我记不起，总之我那时早已跪在地板上，手里擎着香，跟着大众高声的哭喊了。

四

此后我在亲戚家收殓虽则看得不少，但死的实在的状况却不曾见过。我们念书人的幻想是比较的丰富，但往往因为有了幻想力，就不管生命现象的实在，结果是书呆子，陆放翁说的"百无一用是书生"。

人生的范围是无穷的：我们少年时精力充足什么都不怕尝试，只愁没有出奇的事情做，往往抱怨这宇宙太窄，青天太低，大鹏似的翅膀飞不痛快，但是……但是平心的说，且不论奇的、怪的、特别的、离奇的，我们姑且试问人生里最基本的事实，最单纯的、最普遍的、最平庸的、最近人情的经验，我们究竟能有多少的把握，我们能有多少深彻的了解，我们是否都亲身经历过？譬如说：生产、恋爱、痛苦、悲、死、妒、恨、快乐、真疲倦、真饥饿、渴、毒焰似的渴、真的幸福、冻的刑罚、忏悔、种种的情热。我可以说，我们平常人生观、人类、人道、人情、真理、哲理、本能等等名词不离口吻的念书人们，什么文学家，什么哲学家——关于真正人生基本的事实的实在，知道的——恐怕是极微至鲜，即使不等于圆圈。我有一个朋友，他和他夫人的感情极厚，一次他夫人临到难产，因为在外国，所以进医院什么都得他自己照料，最后医生宣言只有用手术一法，但性命不能担保，他没有法子，只好和他半死的夫人诀别（解剖时亲属不准在旁的）。满心毒魔似的难受，他出了医院，走在道上，走上桥去，像得了离魂病似的，心脉春臼似的跳着，最后他听着了教堂和缓的钟声，他就不自主的跟着钟声，进了教堂，跟着在做礼拜的跪着、祷告、忏悔、祈求、唱诗、流泪（他并不是信教的人），他这样的捱过时刻，后来回转医院时，一步步都是惨酷的磨难，比上行刑场的犯人，加倍的难受，他怕见医生与看护妇，仿佛他的命运是在他们的手掌里握着。事后他对人说

"我这才知道了人生一点子的意味！"

五

所以不曾经历过精神或心灵的大变的人们，只是在生命的户外徘徊，也许偶尔猜想到几分墙内的动静，但总是浮的浅的，不切实的，甚至完全是隔膜的。人生也许是个空虚的幻梦，但在这幻象中，生与死，恋爱与痛苦，毕竟是陡起的奇峰，应得激动我们彷徨者的注意，在此中也许有可以感悟到一些幻里的真，虚中的实，这浮动的水泡不曾破裂以前，也应得饱吸自由的日光，反射几丝颜色！

我是一只不羁的野狗，我往往纵容想象的猖狂，诡辩人生的现实；比如凭借凹折的玻璃，觉察当前景色。但时而复再，我也能从烦嚣的杂响中听出清新的乐调，在眩耀的杂彩里，看出有条理的意匠。祖母的大故，老家庭的生活，给我不少静定的时刻，不少深刻的反省。我不敢说我因此感悟了部分的真理，或是取得了若干的智慧；我只能说我因此与实际生活更深了一层的接触，益发激动我对于人生种种好奇的探讨，益发使我惊讶这迷谜的玄妙，不但死是神奇的现象，不但生命与呼吸是神奇的现象，就连日常的生活与习惯与迷信，也好像放射着异样的光闪，不容我们擅用一两个形容词来概状，更不容我们倡言什么主义来抹煞——一个革新者的热心，碰着了实在的寒冰！

六

我在我的日记里翻出一封不曾写完不曾付寄
的信,是我祖母死后第二天的早上写的。我时在极
强烈的极鲜明的时刻内,很想把那几日经过感想与
疑问,痛快的写给一个同情的好友,使他在数千里外
也能分尝我强烈的鲜明的感情。那位同情的好友我
选中了通伯。但那封信却只起了一个呆重的头,一
为丧中忙,二为我那时眼热不耐用心,始终不曾写
就,一直挨到现在再想补写,恐怕强烈已经变弱,鲜
明已经透暗,逃亡的思绪,不易追获的了。我现在把
那封残信录在这里,再来追摹当时的情景。

通伯:

我的祖母死了! 从昨夜十时半起,直到
现在,满屋子只是号啕呼抢的悲音,与和尚、
道士、女僧的礼忏鼓磬声。二十年前祖父丧
时的情景,如今又在眼前了。忘不了的情
景! 你愿否听我讲些?

我一路回家,怕的是也许已经见不到老
人,但老人却在生死的交关仿佛存心的弥留
着,等待她最钟爱的孙儿——即不能与他开
言诀别,也使他尚能把握她依然温暖的手掌,
抚摩她依然跳动着的胸怀,凝视她依然能自
开自阖虽则不再能表情的目睛。她的病是脑

充血的一种，中医称为"卒中"（最难救的中风）。她十日前在暗房里踬仆倒地，从此不再开口出言，登仙似的结束了她八十四岁的长寿，六十年良妻与贤母的辛勤，她现在已经永远的脱辞了烦恼的人间，还归她清净自在的来处。我们承受她一生的厚爱与荫泽的儿孙，此时亲见，将来追念，她最后的神化，不能自禁中怀的摧痛，热泪暴雨似的盆涌，然痛心中却亦隐有无穷的赞美，热泪中依稀想见她功成德备的微笑，无形中似有不朽的灵光，永远的临照她绵衍的后裔……

七

旧历的乞巧那一天，我们一大群快活的游踪，驴子灰的黄的白的，轿子四个脚夫抬的，正在山海关外纡回的、曲折的绕登角山的栖贤寺，面对着残圮的长城，巨虫似的爬山越岭，隐入烟霭的迷茫。那晚回北戴河海滨住处，已经半夜，我们还打算天亮四点钟上莲峰山去看日出，我已经快上床，忽然想起了，出去问有信没有，听差递给我一封电报，家里来的四等电报。我就知道不妙，果然是"祖母病危速回"！我当晚就收拾行装，赶早上六时车到天津，晚上才上津浦快车。正嫌路远车慢，半路又为发水冲坏了轨道过不去，一停就停了十二点钟有余，在车里多过了一夜，直到第三天的中午方才过江上沪宁车。这趟车如其准点到上海,刚好可以接上沪杭的夜车,谁知道又误了点,误了不多不少的一分钟,一面我们的车进站,他们的车头鸣的一声叫,别断别断的去了!我若然是空身子,还可以冒险跳车,偏偏我的一双手又被行李雇定了,所以只得定着眼睛送沪杭车离站远去。直到八月二十二日的中午我方才到家。我给通伯的信说"怕是已经见不着老人",在路上那几天真是难受,缩不短的距离没有法子,但是那急人的水发,几面凑拢来,叫我整整的迟一昼夜到家!试想病危了的八十四岁的老人,这二十四点钟不是容易过的,说不定她刚巧在这个期间内有什么动静,那才叫人抱愧呢,可是结果还算没有多大的差池——她老人家还在生死的交关等着!

八

奶奶——奶奶——奶奶!奶——奶!你的孙儿回来了,奶奶!没有回音。老太太阖着眼,仰面躺在床里,右手拿着一把半旧的雕翎扇很自在的扇动着。老太太原来就怕热,每年暑天总是扇子不离手的,那几天又是特别的热。这还不是好好的老太太,呼吸顶匀净的,定是睡着了,谁说危险!奶奶,奶奶!她把扇子放下了,伸手去摸着头顶上挂着的冰袋,一把抓得紧紧的,呼了一口长气,像是暑天赶道儿的喝了一碗凉汤似的,这不是她明明的有感觉不是?我把她的手拿在我的手里,她似乎感觉我手心的热,可是她也让我握着,她开眼了！右眼张得比左眼开些,瞳子却是发呆,我拿手指在她的眼前一挑,她也没有瞬,那准是她瞧不见了——奶奶,奶奶,——她也真没有听见,难道她真是病了,真是危险,这样爱我疼我宠我的好祖母,难道真会得……我心里一阵的难受,鼻子里一阵的酸,滚热的眼泪就进了出来。这时候床前已经挤满了人,我的这位,我的那位,我一眼看过去,只见一片惨白忧愁的面色,一双双装满了泪珠的眼眶。我的妈更看的憔悴。她们已经伺候了六天六夜,妈对我讲祖母这回不幸的情形,怎样的她夜饭前还在大厅上吩咐事情,怎样的饭后进房去自己擦脸,不知怎样的闪了下去,外面人听着响声才进去,已经是不能开口了,怎样的请医生,一直到现在还没有转机……

一个人到了天伦骨肉的中间,整套的思想情绪,就变换了式样与颜色。你的不自然的口音与语法没有用了;你的耀眼的袍服可以不必穿了;你的洁白的天使的翅膀,预备飞翔出人间到天堂的,不便在你的慈母跟前自由的开豁;你的理想的楼台亭阁,也不轻易的放进这二百年的老屋;你的佩剑、要塞,以及种种的防御,在争竞的外界即使是必要的,到此只是可笑的累赘。在这里,不比在其余的地方,他们所要求于你的,只是随熟的声音与笑貌,只是好的,纯粹的本性,只是一个没有斑点子的赤裸裸的好心。在这些纯爱的骨肉的经纬中心,不由得你不从你的天性里抽出最柔糯亦最有力的几缕丝线来加密或是缝补这幅天伦的结构。

　　所以我那时坐在祖母的床边，含着两朵热泪，听母亲叙述她的病况，我脑中发生了异常的感想，我像是至少逃回了二十年的光阴，正如我膝前子侄辈一般的高矮，回复了一片纯朴的童真，早上走来祖母的床前，揭开帐子叫一声软和的奶奶，她也回叫了我一声，伸手到里床去摸给我一个蜜枣或是三片状元糕，我又叫了一声奶奶，出去玩了，那是如何可爱的辰光，如何可爱的天真，但如今没有了，再也不回来了。现在床里躺着的，还不是我的亲爱的祖母，十个月前我伴着到普陀登山拜佛清健的祖母，但现在何以不再答应我的呼唤，何以不再能表情，不再能说话，她的灵性哪里去了，她的灵性哪里去了？

九

　　一天，一天，又是一天——在垂危的病榻前过的时刻，不比平常飞驶无碍的光阴，时钟上同样的一声的嗒，直接的打在你的焦急的心里，给你一种模糊的隐痛——祖母还是照样的眠着，右手的脉自从起病以来已是极微仅有的，但不能动弹的却反是有脉的左侧，右手还是不时在挥扇，但她的呼吸还是一例的平匀，面容虽不免瘦削，光泽依然不减，并没有显著的衰象，所以我们在旁边看她的，差不多每分钟都盼望她从这长期的睡眠中醒来，打一个呵欠，就开眼见人，开口说话——果然她醒了过来，我们也不会觉得离奇，像是原来应当似的。但这究竟是我们亲人绝望中的盼望，实际上所有的医生，中医、西医、针医，都已一致的回绝，说这是"不治之症"。中医说这脉象是凭证，西医说脑壳里血管破裂，虽则植物性机能——呼吸、消化——不曾停止，但言语中枢已经断绝——此外更专门更玄学更科学的理论我也记不得了。所以暂时不变的原因，就在老太太本来的体元太好了，拳术家说的"一时不能散工"，并不是病有转机的兆头。

我们自己人也何尝不明白这是个绝症；但我们却总不忍自认是绝望：这"不忍"便是人情。我有时在病榻前，在凄恻的静默中，发生了重大的疑问。科学家说人的意识与灵感，只是神经系最高的作用，这复杂，微妙的机械，只要部分有了损伤或是停顿，全体的动作便发生相当的影响；如其最重要的部分受了扰乱，他不是变成反常的疯癫，便是完全的失去意识。照这一说，体即是用，离了体即没有用；灵魂是宗教家的大谎，人的身体一死什么都完了。这是最干脆不过的说法，我们活着时有这样有那样已经尽够麻烦，尽够受，谁还有兴致，谁还愿意到坟墓的那一边再去发生关系，地狱也许是黑暗的，天堂是光明的，但光明与黑暗的区别无非是人类专擅的假定，我们只要摆脱这皮囊，还归我清静，我就不愿意头戴一个黄色的空圈子，合着手掌跪在云端里受罪！

再回到事实上来，我的祖母——一位神智最清明的老太太——究竟在哪里？我既然不能断定因为

225

神经部分的震裂她的灵感性便永远的消灭，但同时她又分明的失却了表情的能力，我只能设想她人格的自觉性，也许比平时消淡了不少，却依旧是在着，像在梦魇里将醒未醒时似的，明知她的儿女孙曾不住的叫唤她醒来，明知她即使要永别也总还有多少的嘱咐，但是可怜她的睛球再不能反映外界的印象，她的声带与口舌再不能表达她内心的情意，隔着这脆弱的肉体的关系，她的性灵再不能与他最亲的骨肉自由的交通——也许她也在整天整夜的伴着我们焦急，伴着我们伤心，伴着我们出泪，这才是可怜，这才真叫人悲感哩！

十

到了八月二十七那天，离她起病的第十一天，医生吩咐脉象大大的变了，叫我们当心，这十一天内每天她很困难的只咽入几滴稀薄的米汤，现在她的面上的光泽也不如早几天了，她的目眶更陷落了，她的口部的筋肉也更宽弛了，她右手的动作也减少了，即使拿起了扇子也不再能很自然的扇动了——她的大限的确已经到了。但是到晚饭后，反是没有什么显像。同时一家人着了忙，准备寿衣的、准备冥银的、准备香灯等等的。我从里走出外，又从外走进里，只见匆忙的脚步与严肃的面容。这时病人的大动脉已经微细的不可辨，虽则呼吸还不至怎样的急促。这时一门的骨肉已经齐集在病房里，等候那不可避免的时刻。到了十时光景,我和我的父亲正坐在房的那一头一张床上,忽然听得一个哭叫的声音说——"大家快来看呀,老太太的眼睛张大了!"这尖锐的喊声,仿佛是一大桶的冰水浇在我的身上,我所有的毛管一齐竖了起来,我们踉跄的奔到了床前,挤进了人丛。果然,老太太的眼睛张大了,张得很大了!这是我一生从不曾见过,也是我一辈子忘不了的眼见的神奇。(恕罪我的描写!)不但是两眼,面容也是绝对的神变了(transfigured),她原来皱缩的面上,发出一种鲜润的彩泽,仿佛半淤的血脉,又一度充满了生命的精液,她的口,她的两颊,也都回复了异样的丰润;同时她的呼吸渐渐的上升,急进的短促,现在已经几乎脱离了气管,只在鼻孔里脆响的呼出了。但是最神奇不过的是一双眼睛!她的瞳孔早已失去了收敛性,呆顿的放大了。但是最后那几秒钟!不但眼眶是充分的张开了,不但黑白分明,瞳孔锐利的紧敛了,并且放射着一种不可形容,不可信的辉光,我只能称它为"生命最集中的灵光"!这时候床前只是一片的哭声,子媳唤着娘,孙子唤着祖母,婢仆争喊着老太太,几个稚龄的曾孙,也跟着狂叫太太……但老太太最后的开眼,仿佛是与她亲爱的骨肉,作无言的诀别,我们都在号泣的送终,她也安慰了,她放心的去了。在几秒时内,死的黑影已经移上了老人的面部,遏灭了生命的异彩,她最后的呼气,正似水泡破裂,电光杳灭,菩提的一响,生命呼出了窍,什么都止息了。

十一

　　我满心充塞了死象的神奇,同时又须顾管我有病的母亲,她那时出性的号啕,在地板上滚着,我自己反而哭不出来;我自己也觉得奇怪,眼看着一家长幼的涕泪滂沱,耳听着狂沸似的呼抢号叫,我不但不发生同情的反应,却反而达到了一个超感情的,静定的,幽妙的意境,我想象的看见祖母脱离了躯壳与人间,穿着雪白的长袍,冉冉的上升天去,我只想默默的跪在尘埃,赞美她一生的功德,赞美她一生的圆寂。这是我的设想! 我们内地人却没有这样纯粹的宗教思想;他们的假定是不论死的是高年厚德的老人或是无知无愆的幼孩,或是罪大恶极的凶人,临到弥留的时刻总是一例的有无常鬼、摸壁鬼、牛头马面、赤发獠牙的阴差等等到门,拿着镣链枷锁,来捉拿阴魂到案。所以烧纸帛是平他们的暴戾,最后的呼抢是没奈何的诀别。这也许是大部分临死时实在的情景,但我们却不能概定所有的灵魂都不免遭受这样的凌辱。譬如我们的祖老太太的死,我只能想象她是登天,只能想象她慈祥的神化——像那样鼎沸的号啕,固然是至性不能自禁,但我总以为不如匍伏隐泣或默祷,较为近情,较为合理。

　　理智发达了,感情便失了自然的浓挚;厌世主义的看来,眼泪与笑声一样是空虚的,无意义的。但厌世主义姑且不论,我却不相信理智的发达,会得妨碍天然的情感；如其教育真有效力，我以为效力就在剥削了不合理性的"感情作用"，但决不会有损真纯的感情；他眼泪也许比一般人流得少些，但他等到流泪的时候，他的泪才是应流的泪。我也是智识愈开流泪愈少的一个人，但这一次却也真的哭了好几次。一次是伴我的姑母哭的，她为产后不曾复元，所以祖母的病一直瞒着她，一直到了祖母故后的早上方才通知她。她扶病来了，她还不曾下轿，我已经听出她在啜泣，我一时感觉一阵的悲伤，等到她出轿放声时，我也在房中歔欷不住。又一次是伴祖母当年的赠嫁婢哭的。她比祖母小十一岁，今年七十三岁，亦已是个白发的婆子，她也来哭他的"小姐"，她是见着我祖母的花烛的唯一的一个人，她的一哭我也哭了。

再有是伴我的父亲哭的。我总是觉得一个身体伟大的人，他动情感的时候，动人的力量也比平常人伟大些。我见了我父亲哭泣，我就忍不住要伴着淌泪。但是感动我最强烈的几次，是他一人倒在床里，反复的啜泣着，叫着妈，像一个小孩似的，我就感到最热烈的伤感，在他伟大的心胸里浪涛似的起伏，我就感到母子的感情的确是一切感情的起源与总结，等到一失慈爱的荫蔽，仿佛一生的事业顿时莫有了根底，所有的快乐都不能填平这唯一的缺陷；所以他这一哭，我也真哭了。但是我的祖母果真是死了吗？她的躯体是的。但她是不死的。诗人勃兰恩德（Bryant）说：

So live,that when thy summons comes to join the

innumerable carav an which moves to that mysterious realm where each one takes his chamber in the silent halls of death , then go not,like the quarry slave at night scourged to his dungeon,but sustained and soothed .

By an unfaltering truth,approach thy grave like one that wraps the drapery or his couch , about him,and lies,down to pleasant dreams .

如果我们的生前是尽责任的,是无愧的,我们就会安坦的走近我们的坟墓,我们的灵魂里不会有惭愧或悔恨的齿痕。人生自生至死,如勃兰恩德的比喻,真是大队的旅客在不尽的沙漠中进行,只要良心有个安顿,到夜里你卧倒在帐幕里也就不怕噩梦来缠绕。

我的祖母,在那旧式的环境里,到我们家来五十九年,真像是做了长期的苦工,她何尝有一日的安闲,不必说子女的嫁娶,就是一家的柴米油盐,扫地抹桌,哪一件事不在八十岁老人早晚的心上! 我的伯父快近六十岁了,但他的起居饮食;还差不多完全是祖母经管的,初出世的曾孙如其有些身热咳嗽,老太太晚上就睡不安稳;她爱我宠我的深情,更不是文字所能描写;她那深厚的慈荫,真是无所不包,无所不蔽。但她的身心即使劳碌了一生,她的报酬却在灵魂的无上平安;她的安慰就在她的儿女孙曾,只要我们能够步她的前例,各尽天定的责任,她在冥冥中也就永远的微笑了。

简评

1921 年,徐志摩留学英国剑桥大学两年,深受西方教育的熏陶及欧美浪漫主义和唯美派诗人的影响,奠定其浪漫主义诗风。梁实秋在《谈志摩的散文》中说:"他的文章是跑野马;但是跑得好。志摩的文章本来用不着题目,随他写去,永远有风趣。严格地讲,文章里多生枝节(Digression)原不是好处,但有时那枝节本身来得妙,读者便会全神贯注在那枝节上,不回到本题上也不要紧,志摩的散文几乎全是小品文的性质,不比是说理的论文,所以他的跑野马的文笔不但不算毛病,转觉得可爱了。"他说徐志摩散文的妙处,一是"永远保持着一个亲热的态度";二是"他写起文章来任性";三是"他的文章永远是用心写的"。

1923年秋,祖母故去。在徐志摩《自剖》集中有一组总名为"风雨故人"的散文。这些散文表达的是对去世的亲人和挚友的无尽哀思和怀念之情。其中,《我的祖母之死》无疑是感人至深的篇章。在祖母离世三个月后,26岁的徐志摩仍沉浸在对祖母无限追念之中。同时,这一次亲历亲人的离故,让他这位已经接受了中国传统与西方文化双重教育和浸染的文人,感受到不少精神和心灵的"深刻反省",他将自己内心这份"强烈的鲜明的感情",化写成一篇饱含深情的散文《我的祖母之死》,并发表于1923年12月1日《晨报五周年纪念增刊》。全文近万字的篇幅,详细描写了徐志摩亲历祖母离世的整个过程,字里行间无一不渗透着对祖母的深情、尊爱、不舍与颂扬。在他的心里"我的祖母,在那旧式的环境里,到我们家来五十九年,真像是做了长期的苦工,她何尝有一日的安闲,不必说子女的嫁娶,就是一家的柴米油盐,扫地抹桌,哪一件事不在八十岁老人早晚的心上!我的伯父快近六十岁了,但他的起居饮食,还差不多完全是祖母经管的,初出世的曾孙如其有些身热咳嗽,老太太晚上就睡不安稳;她爱我宠我的深情,更不是文字所能描写;她那深厚的慈荫,真是无所不包,无所不蔽。但她的身心即使劳碌了一生,她的报酬却在灵魂无上的平安;她的安慰就在她的儿女孙曾,只要我们能够步她的前例,各尽天定的责任,她在冥冥中也就永远的微笑了。"这一段话既是总结了祖母的一生,同时也道出了徐志摩内心对中国传统女性美德的肯定与颂扬。可见徐志摩对于爱和美的追求是融合于中西文化、贯穿于传统和现代之中的,这应是成就他独有人格魅力的最基本动因吧。

文章中,徐志摩详细地陈述"我"接到祖母病危的加急电报后,回家途中时间的推进和地点的转换,表达出作者那种归心似箭的心情,从而使人自然地意识到祖母在作者心目中的地位与分量。当风尘仆仆回到阔别多年的宅院时,撕心裂肺的"奶奶——奶奶"呼喊声中包含着思念、哀痛、无奈等诸多复杂情感。在这种场合,爱的力量使理智的堤坝在情感的洪潮面前也全线崩溃了,以至于"我"不愿承认既定的事实,一厢情愿地从种种迹象中寻找奶奶"定是睡着了"的证据。面对着"阖着眼,仰面躺在床上"失去了生气的奶奶,"我","至少逃回了二十年的光阴",那时有纯朴的"我"、慈爱的奶奶,还有奶奶的状元糕、蜜枣,"那时是如何可爱的辰光,如何可爱的天真,但如今没有了"。隐隐约约地感觉到的那种爱和被爱的甜蜜中,不觉地掺进了一丝伤感和苦涩,使人黯然神伤。读到这样的文字,不能不使人突出地感觉到:"志摩是个写散文的能手。……在《轮盘集》里自序说:'我敢说我确是有愿心想把文章当文章写的一个人。'他又提出西洋散文家如 G.Moor;W.H.Hudson 等人的作品,说道:'这才是文章,文章是要这样写,完美的字句,表达完美的意境。……他们把散文做成一种独立的艺术,他们是魔术家。在他们的笔下,没有一个字不是活的。他们能把古奥的字变成新鲜、粗俗的雅驯,生硬的灵活。'这话正可说是志摩的自赞。"(引自苏雪林《我所认识的诗人徐志摩》)

徐志摩的一生虽然是短暂的,但他的诗文在大浪淘沙的历史之河中永存。同样徐志摩他本人在他的朋友心中永存。国学大师、"哈佛三杰"(陈寅恪、汤用彤)之一的吴宓惊闻徐志摩遭空难后,扼腕叹息,作《挽徐志摩君》诗,有句云:万古云霄留片影,欢愉潇洒性灵真。胡适在《追悼志摩》中说:"志摩走后,他们的世界里被他带走了不少云彩。"他在朋友之中是一片最可爱的云彩,永远是温暖的颜色,永远是美的花样,永远是可爱。他常说他不知道风在哪一个方向吹,其实,胡适说他们没有几个人知道风在哪个方向吹。可是，不知从哪个方向吹来的狂风卷走了他，他的朋友们的天空顿时一片惨淡，一片寂寞，因为最可爱的云消散了。成年后的徐志摩性情温柔诚挚，成为"人人的朋友"，这与祖母和母亲对他的疼爱娇宠不无关系，她们温情宽和的性格对他的影响很大。

人们常说，徐志摩是新诗人中最善于创造罗曼蒂克的情爱氛围的情歌手，同样，他也是最善于创造凄凉、哀婉意境的悲吟诗人。当然，《我的祖母之死》并非纯粹意义上的悼念文字。散文这种体裁的自由、宽泛，不受内容、格律限制的特性给徐志摩这匹神思飞扬的"野马"以纵横驰骋的天地。他似乎从不约束和羁绊自己情感，他完全以感情的眼光体验世界，又借助外界的事物来表达自我的心绪和情感。所以从这个角度说，我们不能受徐志摩散文文本表层意义的蛊惑，而更应深潜入其情感指向的内核，祖母的逝去，巨大的悲痛是难以言表的。人不能选择命运，在广袤的世界上，在一切命运意义面前，每个人都是平凡的、无力的，但我们可以选择如何面对、如何担当命运，从而使我们"平凡的生命获得"高贵"的本质。关于生命和死亡，往往意味着"苦难和厄运"的真实，世界上任何宗教信仰和哲学追问从根本上说都是不存在的。周国平先生在《平凡生命的绝唱——"我们在天堂重逢"中文版序言》中说："事实上，我们平凡生活中的一切真实的悲剧仍然是平凡生活的组成部分，平凡性是它的本质，诗意的美化必然导致歪曲。"事实上，亲眼看见了祖母从生到死这一幻灭过程的徐志摩不自觉地陷入了生与死的冥想。文章一开头就借用英国湖畔派诗人华兹华斯的诗来切入生与死这一主题的讨论。徐志摩认为，孩童的一言一行都显得内外明澈、纯真本然，光明洞彻、澄莹中立，"没有烦恼，没有忧虑，一天只知道玩，肢体是灵活的，精神是活泼的"。(《卢梭与幼稚教育》)这是因为他们根本没有体验到生的烦恼与死的恐惧。

给

亡妇

◇朱自清

本文选自《朱自清散文全集》(江苏教育出版社1990年版)。朱自清(1898—1948),原名自华,号秋实,改名自清,字佩弦,浙江绍兴人。现代著名散文家、诗人、学者、民主战士。代表作有散文《欧游杂记》《你我》《匆匆》等,诗论《诗言志辨》《新诗杂谈》等,杂文集《标准与尺度》《论雅俗共赏》等。

谦,日子真快,一眨眼你已经死了三个年头了。这三年里世事不知变化了多少回,但你未必注意这些个。我知道,你第一惦记的是你几个孩子,第二便轮着我。孩子和我平分你的世界,你在日如此;你死后若还有知,想来还如此的。告诉你,我夏天回家来着:迈儿长得结实极了,比我高一个头。闰儿,父亲说是最乖,可是没有先前胖了。采芷和转子都好。五儿全家夸她长得好看;却在腿上生了湿疮,整天坐在竹床上不能下来,看了怪可怜的。六儿,我怎么说好,你明白,你临终时也和母亲谈过,这孩子是只可以养着玩儿的,他左挨右挨,去年春天,到底没有挨过去。这孩子生了几个月,你的肺病就重起来了。

我劝你少亲近他,只监督着老妈子照管就行。你总是忍不住,一会儿提,一会儿抱的。可是你病中为他操的那一份儿心也够瞧的。那一个夏天他病的时候多,你成天儿忙着,汤呀,药呀,冷呀,暖呀,连觉也没有好好儿睡过。那里有一分一毫想着你自己。瞧着他硬朗点儿你就乐,干枯的笑容在黄蜡般的脸上,我只有暗中叹气而已。

从来想不到做母亲的要像你这样。从迈儿起,你总是自己喂乳,一连四个都这样。你起初不知道按钟点儿喂,后来知道了,却又弄不惯;孩子们每夜里几次将你哭醒了,特别是闷热的夏季。我瞧你的觉老没睡足。白天里还得做菜,照料孩子,很少得空儿。你的身子本来坏,四个孩子就累你七八年。到了第五个,你自己实在不成了,又没乳,只好自己喂奶粉,另雇老妈子专管她。但孩子跟老妈子睡,你就没有放过心;夜里一听见哭,就竖起耳朵听,工夫一大就得过去看。十六年初,和你到北京来,将迈儿,转子留在家里;三年多还不能去接他们,可真把你惦记苦了。你并不常提,我却明白。你后来说你的病就是惦记出来的;那个自然也有份儿,不过大半还是养育孩子累的。你的短短的十二年结婚生活,有十一年耗费在孩子们身上;而你一点不厌倦,有多少力量用多少,一直到自己毁灭为止。你对孩子一般儿爱,不问男的女的,大的小的。也不想到什么"养儿防老,积谷防饥",只拼命的爱去。你对于教育老实说有些外行,孩子们只要吃得好玩得好就成了。这也难怪你，你自己便是这样长大的。况且孩子们原都还小，吃和玩本来也要紧的。你病重的时候最放不下的还是孩子。病的只剩皮包着骨头了，总不信自己不会好；老说："我死了，这一大群孩子可苦了。"后来说送你回家，你想着可以看见迈儿和转子，也愿意；你万不想到会一走不返的。我送车的时候，你忍不住哭了，说："还不知能不能再见？"可怜，你的心我知道，你满想着好好儿带着六个孩子回来见我的。谦，你那时一定这样想，一定的。

除了孩子，你心里只有我。不错，那时你父亲还在；可是你母亲死了，他另有个女人，你老早就觉得隔了一层似的。出嫁后第一年你虽还一心一意依恋着他老人家，到第二年上我和孩子可就将你的心占住，你再没有多少工夫惦记他了。你还记得第一年我在北京，你在家里。家里来信说你待不住，常回娘家去。我动气了，马上写信责备你。你教人写了一封复信，说家里有事，不能回去。这是你第一次也可以说第末次的抗议，我从此就没给你写信。暑假时带了一肚子主意回去，但见了面，看你一脸笑，也就拉倒了。打这时候起，你渐渐从你父亲的怀里跑到我这儿。你换了金镯子帮助我的学费，叫我以后还你；但直到你死，我没有还你。你在我家受了许多气，又因为我家的缘故受你家里的气，你都忍着。这全为的是我，我知道。那回我从家乡一个中学半途辞职出走。家里人讽你也走。哪里走！只得硬着头皮往你家去。那时你家像个冰窖子，你们在窖里足足住了三个月。好容易我才将你们领出来了,一同上外省去。小家庭这样组织起来了。你虽不是什么阔小姐,可也是自小娇生惯养的,做起主妇来,什么都得干一两手;你居然做下去了,而且高高兴兴地做下去了。菜照例满是你做,可是吃的都是我们;你至多夹上两三筷子就算了。你的菜做得不坏,有一位老在行大大地夸奖过你。你洗衣服也不错,夏天我的绸大褂大概总是你亲自动手。你在家老不乐意闲着;坐前几个"月子",老是四五天就起床,说是躺着家里事没条没理的。其实你起来也还不是没条理;咱们家那么多孩子,哪儿来条理? 在浙江住的时候,逃过两回兵难,我都在北平。真亏你领着母亲和一群孩子东藏西躲的;末一回还要走多少里路,翻一道大岭。这两回差不多只靠你一个人。你不但带了母亲和孩子们,还带了我一箱箱的书;你知道我是最爱书的。在短短的十二年里,你操的心比人家一辈子还多;谦,你那样身子怎么经得住! 你将我的责任一股脑儿担负了去,压死了你;我如何对得起你!

你为我的捞什子书也费了不少神;第一回让你父亲的男佣人从家乡捎到上海去。他说了几句闲话,你气得在你父亲面前哭了。第二回是带着逃难,别人都说你傻子。你有你的想头:"没有书怎么教书? 况且他又爱这个玩意儿。"其实你没有晓得,那些书丢了也并不可惜;不过教你怎么晓得,我平常从来没和你谈过这些个! 总而言之,你的心是可感谢的。这十二年里你为我吃的苦真不少,可是没有过几天好日子。我们在一起住，算来也还不到五个年头。无论日子怎么坏，无论是离是合，你从来没对我发过脾气，连一句怨言也没有。——别说怨我，就是怨命也没有过。老实说，我的脾气可不大好，迁怒的事儿有的是。那些时候你往往抽噎着流眼泪，从不回嘴，也不号啕。不过我也只信得过你一个人，有些话我只和你一个人说，因为世界上只你一个人真关心我，真同情我。你不但为我吃苦，更为我分苦；我之有我现在的精神，大半是你给我培养着的。这些年来我很少生病。但我最不耐烦生病，生了病就呻吟不绝，闹那伺候病的人。你是领教过一回的，那回只一两点钟，可是也够麻烦了。你常生病，却总不开口，挣扎着起来；一来怕搅我，二来怕没人做你那份儿事。我有一个坏脾气，怕听人生病，也是真的。后来你天天发烧，自己还以为南方带来的疟疾，一直瞒着我。明明躺着，听见我的脚步，一骨碌就坐起来。我渐渐有些奇怪，让大夫一瞧，这可糟了，你的一个肺已烂了一个大窟窿了！大夫劝你到西山去静养，你丢不下孩子，又舍不得钱；劝你在家里躺着，你也丢不下那份儿家务。越看越不行了，这才送你回去。明知凶多吉少，想不到只一个月工夫你就完了！本来盼望还见得着你，这一来可拉倒了。你也何尝想到这个？父亲告诉我，你回家独住着一所小住宅，还嫌没有客厅，怕我回去不便哪。

前年夏天回家，上你坟上去了。你睡在祖父母的下首，想来还不孤单的。只是当年祖父母的坟太小了，你正睡在圹底下。这叫做"抗圹"，在生人看来是不安心的；等着想办法罢。那时圹上圹下密密地长着青草，朝露浸湿了我的布鞋。你刚埋了半年多，只有圹下多出一块土，别的全然看不出新坟的样子。我和隐今夏回去，本想到你的坟上来；因为她病了没来成。我们想告诉你，五个孩子都好，我们一定尽心教养他们，让他们对得起死了的母亲你！谦，好好儿放心安睡罢，你。

简评

在抗日战争的艰苦岁月里，朱自清先生以认真严谨的态度从事教学和文学创作及研究，曾与叶圣陶合著《国文教学》等书。其散文朴素缜密，清隽沉郁、文笔清丽，极富有真情实感，朱自清以他独特的美文艺术风格，为中国现代散文增添了瑰丽的色彩，为建立中国现代散文全新的审美特征，创造了具有中国民族特色的散文体制和风格。《给亡妇》是一篇悼念亡妇的抒情性散文。作者与亡妻武钟谦于1917年结婚，1929年11月妻子不幸病逝于扬州家中。三年之后，作者怀着悲痛的心情写了这篇文章，尽情诚挚地抒发了对亡妻的悼念之情，最早发表于1933年1月1日《东方杂志》，后收入散文集《你我》。

"悼亡"之诗文自古就有，但像这样震撼人心的作品却也不多。李广田说朱自清是个"至情的人"，凡和他相处的人，"没有不为他的至情所感的"，"正由于他这样的至情，才产生他的至文"，《给亡妇》就是"至情表现"。他又说，那时每当教师教这篇文章，"总听到学生中间一片欷嘘声，有多少女孩且已暗暗把眼睛揉搓得通红了"（李广田《最完整的人格》）。由此可见朱自清悼亡的真情感人之深。翻阅"中国文学史"，深情动人、悼亡抒情的作品可谓不少，古典诗词尤为惊心动魄！唐代元稹为悼亡妻韦丛而作的《离思五首·其四》中的千古名句："曾经沧海难为水，除却巫山不是云。"通过"索物以寄情"的比兴手法，将诗人的思念和忠诚抒发得淋漓尽致，感人肺腑。宋代大文学家苏轼因日夜思念亡妻不已，产生幻觉，在梦幻的朦胧与现实的交叠中，隐约感觉到妻子还在自己的身边。"夜来幽梦忽还乡。小轩窗，正梳妆。相顾无言、惟有泪千行"（《江城子·十年生死两茫茫》）。无论元稹还是苏轼，他们都从自身的情感出发，正面抒发自己对亡者的思念。元稹的悼念半是承诺，半是抒情，浅显易懂却充满深情，意蕴丰富；苏轼情溢于胸，陷于想象无力自拔，失妻之痛，可见一斑。对亡妻的发自内心的深爱和痛苦炽烈的思念，在他们情真意切的表述中，字字有情，句句含意，令人感动。朱自清的《给亡妇》也是痛悼、思念亡妻的。在至情至性的文字里，作者集中记叙了亡妻对孩子无私的母爱、对自己深厚的感情。虽然写的是家务事，却没有冗长沉闷的感觉。不同的是，前者的思念之情通过作者的正面书写，直抵九泉之下的妻子。而朱自清则是从对面落笔，由亡妻对"我"的思念和爱来反衬"我"对亡妻的爱与思念。较之元、苏的千古名篇，《给亡妇》这种从对面落笔的手法，无论是在抒写的感情深度上，还是在创作的技巧上都别具一格。

从文章内容上看，一如巴金先生的《怀念肖珊》、孙犁先生的《亡人逸事》，虽然所写皆是生活琐碎之事，但所抒情感真挚动人，撼人心魄，不失为一篇优美的散文。《给亡妇》之所以动人，归根结底还在作者对他所写的对象，有极为深刻的感受。读朱自清作品不难发现，在朱自清的生活中"唯一的慰藉"，"只有伴侣"（《残信》）。这个"伴侣"在朱自清的心灵有着极重的分量，"相从十余载，耿耿一心存"，朱自清不但写了许多诗悼念亡妇，而且在以家庭生活为题材的文章中，几乎篇篇写到亡妇，例如《笑的历史》主要写亡妇，《女儿》写到亡妇，《择偶记》写到亡妇，《冬天》也写到亡妇。在《冬天》里，作者说："现在她死了快四年了，我却还老记着她那微笑的影子。"真可谓朝思暮想，深刻难忘了。在《给亡妇》里，作者说，"世界上只有一个人真关心我，真同情我"，"我之有现在的精神，大半是你给我培养的。"这确是"非其秒备赏之，不能道此句"了。是的，只有像朱自清那样对生活有兼独特感受且对自己妻子有至深感情的人，才能写出像《给亡妇》那样使人回味无穷、闻之动心的至情散文来。

《给亡妇》是一篇书信体散文，阴阳两隔的妻子已成为心中永久的伤感，作者怀着悲痛的心情写了这篇文章，尽情地抒发了对亡妻的悼念之情。朱自清与武钟谦婚后12载，夫妻恩爱，感情相融。全文叙述了亡妻的无私的母爱和妻情，字里行间浸透着作者深切的哀思和怀念。全篇对行文没有华丽辞藻的雕琢，全是日常生活中的口语，但是亡妻的一颦一笑，一言一行，却在细腻柔美的叙述中如在目前，由悲哀的思忆引起怨、恨、悔多种情绪的交织，如涓涓细流，流淌在字里行间。从文章结构上看：作品的铺排也是平实和朴素的，两者风格是相一致的。全文共分五段：一是向亡妇概述几个儿女的情况。俗话说：知妻莫如夫。因为作者知道亡妇心里第一惦念是儿女，因此一开始便以此告慰亡妇在天之灵；二是详细回叙亡妇十二年中如何把生命耗尽在儿女身上的情形，以及写她的母爱；三是写她为丈夫历经千辛万苦，以及写她的情。全文叙述了亡妻的无私的母爱和夫妻深情，字里行间浸透着作者深切的哀思和怀念、伤感；四是写她如何因劳成疾终于死去的情由；五是总叙了她对丈夫和儿女的深厚的情。最后凭吊亡灵，与开篇首尾呼应，自然收束全文。全文结构上起承转合之间水到渠成，不见斧凿痕迹。从整个结构来看，作者是将情节极为自然地伸展着，但伴随着作者的倾诉，作品中形成的感情层次，也是一层紧扣一层，一层重压一层，作者越写越细，越写越深，感情越来沉重，终于不可抑止地对着亡妻的新坟，发出内心的呼告："我们想告诉你，五个孩子都好，我们一定尽心教养他们,让他们也对得起死了的母亲你!谦,好好儿放心睡罢,你。"在末尾一段描写上坟中,作者没有激情陈词,没有强烈动作,没有悲痛,没有眼泪,有的只是这种平静的轻声细语,然而在这平静的细诉中却是蕴含着何等沉痛,那发自内心深处的几个"你",一字比一字沉重,直击心扉,它把贯串通篇的情感,一下子提高到不可超越的高峰,真是一字一泪,令人不忍卒读。

朋

友

◇巴金

这一次的旅行使我更了解一个名词的意义，这个名词就是：朋友。

七八天前我曾对一个初次见面的朋友说："在朋友面前我只感到惭愧。你们待我太好了，我简直没法报答你们。"这并不是谦虚的客气话，这是真的事实。说过这些话，我第二天就离开了那个朋友，并不知道以后还有没有机会再看见他。但是他给我的那一点点温暖至今还使我的心颤动。

我的生命大概不会很长久罢。然而在短促的过去的回顾中却有一盏明灯，照彻了我的灵魂的黑暗，使我的生存有一点光彩。这盏灯就是友情。我应该感谢它，因为依靠它我才能够活到现在；而且把旧家

本文选自《巴金散文集》（上）（浙江人民出版社1982年版）。巴金（1904—2005），原名李尧棠，字芾甘。四川成都人，祖籍浙江嘉兴。作家、翻译家、社会活动家、无党派爱国民主人士。1923年巴金离家赴上海、南京等地求学，从此开始了他长达半个世纪的文学创作生涯。1927年1月赴法国巴黎求学。开始写作《灭亡》。1928年12月回上海，

从事文学编辑与创作。1933年，《家》在上海出版，任《文学季刊》编委。1938年2月写完《春》。1945年于重庆作《第四病室》。1949年7月参加第一次文代会，当选为文联委员。1950年后任平明出版社总编辑，上海市文学艺术界联合会副主席，中国作家协会上海分会主席。1977年任中国作家协会主席。1984年5月作为世界七大文化名人之一，应邀参加了在日本东京召开的第四十七届国际笔会大会。20世纪80年代中期以后出版了《随想录》之《病中集》《无题集》等作品。90年代后出版随笔集《再思录》，编辑出版了《巴金全集》（二十六卷）等。巴金在"文革"后撰写的《随想录》，内容朴实、感情真挚，充满着作者的忏悔和自省，巴金因此被誉为"20世纪中国文学的良心"。2003年11月国务院授予巴金"人民作家"称号。他的主要作品包括长篇小说爱

庭给我留下的阴影扫除了的也正是它。

世间有不少的人为了家庭抛弃朋友，至少也会在家庭和朋友之间划一个界限，把家庭看得比朋友重过若干倍。这似乎是很自然的事情，我也曾亲眼看见一些人结婚以后就离开朋友，离开事业……

朋友是暂时的，家庭是永久的，在好些人的行为里我发现了这个信条。这个信条是我实在不能够了解的。对于我，要是没有朋友，我现在会变成怎样可怜的东西，我自己也不知道。

然而朋友们把我给救了。他们给了我家庭所不能给的东西，他们的友爱，他们的帮助，他们的鼓励，几次把我从深渊的边沿救回来，他们对我表示了无限的慷慨。

我的生活曾经是悲苦的，黑暗的，然而朋友们把多量的同情，多量的爱，多量的欢乐，多量的眼泪分给了我，这些东西都是生存所必需的，这些不要报答的慷慨的施舍，使我的生活里也有了温暖，有了幸福。我默默地接受了它们。我并不曾说过一句感激的话，我也没有做过一件报答的行为，但是朋友们却不把自私的形容词加到我的身上。对于我，他们太慷慨了。

这一次我走了许多新地方，我就像看见了许多新朋友。我的生活是忙碌的：忙着看，忙着听，忙着说，忙着走。但是我不曾感受到一点困难，朋友们给我准备好了一切，使我不会缺乏什么。我每走到一个新地方，我就像回到我那个在上海被日本兵毁掉

244

的旧居一样。

　　每一个朋友，不管他自己的生活怎样苦，怎样简单，也要慷慨地分些东西给我，虽然明知道我不能够报答他。有些朋友，甚至连他们的名字我以前也不知道，他们却关心我的健康，处处打听我的"病况"，直到他们看见了我那被日光晒黑了的脸和膀子，他们才放心地微笑了。这种情形的确值得人掉眼泪。

　　有人相信我不写文章就不能够生活。两个月以前，一个同情我的上海朋友寄稿到《广州民国日报》的副刊，说了许多关于我的生活的话。他也说我一天不写文章第二天就没有饭吃。这是不确实的。这次旅行就给我证明：即使我不再写一个字，朋友们也不肯让我冻馁。世间还有许多慷慨的人，他们并不把自己个人和家庭看的异常重要，超过一切，靠了他们我才能够活到现在，而且靠了他们我还要活下去。

　　朋友们给我的东西是太多，太多了。我将怎样报答他们呢？但是我知道他们是不需要报答的。

　　最近我在法国哲学家居友的书里读到了这样的话："生命的一个条件就是消费……世间有一种不能跟生存分开的慷慨，要是没了它，我们就会死，就会从内部干枯。我们必须开花。道德，无私心就是人生的花。"

　　在我的眼前开放着这么多的人生的花朵了。我的生命要到什么时候才会开花？难道我已经是"内部干枯"了么？

　　一个朋友说过："我若是灯，我就要用我的光明

情三部曲《雾》《雨》《电》，激流三部曲《家》《春》《秋》，抗战三部曲《火》以及小说《寒夜》《憩园》，散文《随想录》等。译作有长篇小说《父与子》《处女地》。2005年10月17日在上海逝世，享年101岁。

来照彻黑暗。"

　　我不配做一盏明灯。那么就让我做一块木柴罢。我愿把我从太阳那里得到的热散发出来,我愿意把自己燃烧得粉身碎骨,给人间添一点点温暖。

简 评

　　巴金先生1904年11月生在四川成都一个封建官僚家庭里,五四运动后,巴金深受新潮思想的影响,走出家庭,走向社会,并在这种思想的影响下开始了他个人的反封建斗争,开始了新的人生。巴金先生说,他是靠友情生活到现在的。青年时的巴金埋头于写作,为了写作,他到四十岁才结婚。没有自己的家,朋友的家就是他的家,写作之余,巴金先生常常旅游到各处去看朋友,并写下了《旅途随笔》,散文《朋友》就是《旅途随笔》中的一篇。本文写于1933年,也就是作者在他29岁时写下的一篇流淌出内心真情实感的随笔散文。文中写巴金的朋友默默无闻地付出自己的一切,使巴金几次从黑暗的深渊边缘走出,使巴金以更饱满的热情诚恳地对待生活,友谊如同一盏清澈明亮的灯,引导着巴金走过泥泞,踏平坎坷。巴金先生在一个明争暗斗的封建大家庭里度过了他的青少年时期,除了母亲给予的无私的爱,他很难得到更多的亲情的关怀,但是性格内向的巴金却有一大帮志同道合的朋友,他对朋友无话不说,至诚至义,以真情换真情。巴金先生的小说《灭亡》发表后,他得到生平的第一笔稿费,他一分不剩地全给了朋友,巴金先生说,没有这些朋友,他就没法写出这部小说。著名翻译家文洁若女士在回忆文章《巴金印象》中记述道:1985年3月巴金、茅盾、叶圣陶、夏衍和冰心等作家倡议修建的中现代文学馆正式开馆。巴金不但捐赠了大批藏书和文稿,还捐赠给文学馆人民币30几万元。巴金一向靠稿费为生,从不拿工资,家里生活非常俭朴。这就更让人觉得他的奉献是多么的可贵了。正如他在三十年代所说的:"人生只能是给予,而决不是攫取!"

在巴金先生最后的日子里,他的亲人和众多朋友一直陪伴在他的身边。还是在1999年2月,巴金先生一次病危被抢救过来时,他就说"从今天起,我为你们活着"。早年巴金先生也曾经说过"友情是我生命中的一盏明灯,灯亮着,我走夜路也不会感到孤独。"细细品味《朋友》,深深的思索让我们清醒地认识到:真正的朋友,不在于他对你有多少甜言蜜语的赞叹,为捍卫友情的尊严做出怎样惊天动地的壮举,最重要的是在你身处困境时,朋友能伸出他那热情的双手。友谊是我们生存必不可少的东西。如果你有朋友,你会感到温暖;如果你做别人的朋友,别人会因你而感到温暖。朋友,我们种一颗友谊的种子在心田,它总会绽放出最美的花朵。珍惜每一个朋友,珍视每一份友情,用真心去浇灌友谊之花,然后去领略友情的无限风光吧! 朋友无价,友谊无价!

《朋友》使我们对"朋友"有了更深的了解。巴金在文章的结尾告诉我们:"一个朋友说过:'我若是灯,我就要用我的光明来照彻黑暗。'我不配做一盏明灯。那么就让我做一块木柴吧。我愿把我从太阳那里得到的热散发出来,我愿意把自己燃烧得粉身碎骨,给人间添一点点温暖。"读了巴金先生的《朋友》,我们会更加感动于人世间真挚的友情。的确,黑暗中,朋友是明灯,驱散你前进路上的迷雾;陌路前,朋友是路标,指明你前进的正确方向。在每一个瞬间,朋友的心都牵挂着你,因为朋友间架设着一座人间真情的桥。纪申在《留给世界一片爱——怀念冰心大姐》一文中说:冰心与巴金的情谊至深。几十年的交往,相互关心,情同手足。愈到年老,彼此的心愈益贴近,即使都无力握笔,而信息从未间断。冰心自己就这样说过:"我和巴金——恕我不称他'巴老',因为他比我小几岁,我一直拿他当弟弟看待——认识从三十年代

朋友

初期就开始了。几十年来相知愈深！……小林(巴金之女)叫'姑姑'，吴青(冰心之子)叫他'舅舅'，仿佛我们就是亲姐弟似的。冰心在巴金一幅画像旁题写赠言："人生得一知己足矣，此际当以同怀视之。"巴金1994年5月20日给冰心题字："冰心大姐的存在就是一种力量，她是一盏明灯，照亮我前面的道路。她比我更乐观。灯亮着，我放心地大步向前。灯亮着，我不会感到孤独。"巴金的朋友都把"多量的同情，多量的爱，多量的欢乐，多量的眼泪"分给了巴金，而这些东西正是巴金"生存所必需的"。"这些不需要报答的慷慨的施舍，使我的生活里也有了温暖，有了幸福。我默默地接受了他们。我并不曾说过一句感激的话，我也没有做过一件报答的行为，但是朋友们却不把自私的形容词加到我的身上。对于我，他们是太大量了。"朋友对巴金是赤诚的，巴金也向朋友们敞开了自己的坦诚。多么真挚的朋友情谊啊！这也正是巴金终生奋斗的力量之源。

巴金和朋友的交往，为我们提供了一个友谊的标本，而这个标本又是我们今天人和人的交往中不可或缺的。巴金自1978年底在香港《大公报》开辟《随想录》专栏，从1978年12月1日写下第一篇《谈〈望乡〉》到1986年8月20日写完最后一篇即第一百五十篇《怀念胡风》，历时八年，全长四十二万字的散文巨著，一次次伴随着内心巨大冲突而逐渐深入的痛定思痛的自我忏悔，我们同样能感受到老人对朋友的炽热之情。

崇

高的母性

◇ 黎烈文

　　辛辛苦苦在外国念了几年书回来，正想做点事情的时候，却忽然莫名其妙地病了，妻心里的懊恼、抑郁，真是难以言传的。

　　睡了将近一个月，妻自己和我都不曾想到那时有了小孩。我们完全没有料到他会来得那么迅速。

　　最初从医生口中听到这消息时，我可真的有点慌急了，这正像自己的阵势还没有摆好，敌人就已跑来挑战一样。可是回过头去看妻时，她正在窥伺着我的脸色，彼此的眼光一碰到，她便红着脸把头转过一边，但就在这闪电似的一瞥中，我已看到她是不单没有一点怨恨，还显露出喜悦。

　　"啊，她倒高兴有小孩呢！"我心里这样想，感觉

本文选自倪平编《黎烈文散文选集》（百花文艺出版社，2009年版）。黎烈文（1904—1972），笔名李维克、林取、六曾、亦曾、朱露明等。中国现代著名作家、翻译家、教育家；湖南湘潭人；抗战胜利后到台湾大学任外文系教授直至去世。论著有《西洋文学史》《法国文学巡礼》，小说集《舟中》，散文集《艺文谈片》等。译著有《红与

黑》《羊脂球》《两兄弟》
《红萝卜须》《妒误》《企
鹅岛》《法国短篇小说
集》《乡下医生》《伊尔
的美神》《最高的勋章》
《第三帝国的士兵》《法
军侵台始末》《法国短
篇小说选》《双重误会》
《屋顶间的哲学家》《爱
的哲学》等。

着几分诧异。

从此,妻就安心地调养着,一句怨话也没有;还
恐怕我不欢迎孩子,时常拿话安慰我:"一个小孩是
没有关系的,以后断不再生了。"

妻是向来爱洁净的,这以后就洗浴得更勤;起居
一切都格外谨慎,每天还规定了时间散步。一句话,
她是从来不曾这样注重过自己的身体。她虽不说,
但我却知道,即使一饮一食,一举一动,她都顾虑着
腹内的小孩。

肚子一天天大起来,她所有的洋服都小了,从前
那样爱美的她,现在却穿着一点样子也没有的宽大
的中国衣裳,在霞飞路那样热闹的街道上悠然地走
着,一点也不感觉着局促。

有些生过小孩的女人,劝她用带子在肚上勒一
勒,免得孩子长得太大,将来难于生产,但她却固执
地不肯,她宁愿冒着生命的危险,也不愿妨害那没有
出世的小东西的发育。

妻从小就失去了怙恃,我呢,虽然父母全在,但
却远远地隔着万重山水。因此,凡是小孩生下时需
用的一切,全得由两个没有经验的青年去预备。我
那时正在一个外国通讯社做记者,整天忙碌着,很少
有工夫管家里的事情,于是妻便请教着那些做过母
亲的女人,悄悄地预备这样,预备那样。还怕裁缝做
的小衣给初生婴儿穿着不舒服,竟买了一些软和的
料子,自己别出心裁地缝制起来。小帽小鞋等件,不
用说都是她一手做出的。看着她那样热心地、愉快

地做着这些琐事,任何人都不会相信这是一个在外国大学受过教育的女子。

医院是在分娩前四五个月就已定好了,我们恐怕私人医院不可靠,这是一个很大的公立医院。这医院的产科主任是一个和善的美国女人。因为妻能说流畅的英语,每次到医院去看时,总是由主任亲自诊察,而又诊察得那么仔细!这美国女人并且答应将来妻去生产时,由她亲自接生。

因此,每次由医院回来,妻便显得更加宽慰、更加高兴。她是一心一意在等着做母亲。有时孩子在肚内动得太厉害,我听到妻说难过,不免皱着眉说:"怎么还没生下地就吵得这样凶!"

妻却立刻忘了自己的痛苦,带着慈母袒护劣子的神情,回答我道:"像你啰!"

临盆的时期终于伴着严冬来了。我这时却因为退出了外国通讯社,接编了一个报纸的副刊,忙得格外凶。

现在我还分明地记得:十二月廿五日那晚,十二点过后,我由报馆回家时,妻正在灯下焦急地等待着我。一见面她便告诉我小孩怕要出生了,因为她这天下午身上有了血迹。她自己和小孩的东西,都已收拾在一个大皮箱里。她是在等我回来商量要不要上医院。

虽是临到了那样性命交关的时候,她却镇定而又勇敢,说话依旧那么从容,脸上依旧浮着那么可爱的微笑。

一点做父亲的经验也没有的我,自然觉得把她送到医院里妥当些。于是立刻雇了汽车,陪她到了预定的医院。

可是过了一晚,妻还一点动静都没有,而我在报馆的职务是没人替代的,只好叫女仆在医院里陪伴着她,自己带着一颗惶扰不宁的心,照旧上报馆工作。临走时,妻拉着我的手说:"真不知道会要生下一个什么样子的小孩呢!"

妻是最爱漂亮的,我知道她在担心生下一个丑孩子,引得我不喜欢。我笑着回答:"只要你平安,随便生下一个什么样子的小孩,我都喜欢的。"

她听了这话,用了充满谢意的眼睛凝视着我,拿法国话对我说道:Oh! merci! tu es bien bon!(啊!谢谢你!你真好!)

在医院里足足住了两天两夜,小孩还没生,妻是简直等得不耐烦了。直到二十八日清早,我到医院时,看护妇才笑嘻嘻地迎着告诉我:小孩已经在夜里十一点钟生下了,一个男孩子,大小都平安。

我高兴极了,连忙奔到妻所住的病房一看,她正熟睡着,做伴的女仆在一旁打盹。只一夜工夫,妻的眼眶已凹进了好多,脸色也非常憔悴,一见便知道经过一番很大的挣扎。

不一会儿,妻便醒来了,睁开眼,看见我立在床前,便流露出一个那样凄苦而又得意的微笑,仿佛对我说:"我已经越过了死线,我已经做着母亲了!"

我含着感激的眼泪,吻着她的额发时,她就低低地问我道："看到了小东西没有？"

我正要跑往婴儿室去看，主任医师和她的助手——一位中国女医生，已经捧着小孩进来了。

虽然妻的身体那样弱，婴孩倒是颇大的，圆圆的脸盘，两眼的距离相当阔，样子全像妻。

据医生说，发作之后三个多钟头，小孩就下了地，并没动手术，头胎能够这样要算是顶好的。助产的中国女医生还笑着告诉我：

"真有趣！小孩刚出来，她自己还在痛得发晕的当儿，便急着问我们五官生得怎样！"

妻要求医生把小孩放在她被里睡一睡。她勉强侧起身子，瞧着这刚从自己身上出来的、因为怕亮在不停地闪着眼睛的小东西，她完全忘掉了近来——不，十个月以来的一切苦楚。从那浮现在一张稍稍清瘦的脸上的甜蜜的笑容，我感到她是从来不曾那样开心过。

待到医生退出之后，妻便谈着小孩什么什么地方像我。我明白她是希望我能和她一样爱这小孩的。——她不懂得小孩愈像她，我便爱得愈切！

产后，妻的身体一天比一天好。从第三天起，医生便叫看护妇每天把小孩抱来吃两回奶，说这样对于产妇和婴孩都很有利的。瞧着妻腼腆而又不熟练地，但却异常耐心地，睡在床上哺着那因为不能畅意吮吸，时而呱呱地哭叫着起来的婴儿的乳，我觉得那是人类最美的图画。我和妻都非常快乐。因着这小东西的到来，我们那寂寞的小家庭以后将充满生气。我相信只要有着这小孩,妻以后任何事情都不会想做的。从前留学时的豪情壮志,已经完全被这种伟大的母爱驱走了。

然而从第五天起,妻却忽然发热起来。产后发热原是最危险的事,但那时我和妻一点不明白,我们是那样信赖医院和医生,我们绝料不到会出毛病的。直到发热的第六天,方才知道病人再不能留在那样庸劣的医生手里,非搬出医院另想办法不可。

从发热以来,妻便没有再喂小孩的奶,让他睡在婴儿室里吃牛乳。婴儿室和妻所住的病房相隔不过几间房子,那里面一排排几十只摇篮,睡着全院所有的婴孩。就在妻出院的前一小时,大概是上午八点钟罢,我正和女仆在清理东西,虽然热度很高、但神志仍旧非常清楚的妻,忽然带着惊恐的脸色,从枕上侧耳倾听着,随后用了没有气力的声音对我说道:"我听到那小东西在哭呢,去看看他怎么弄的啦!"

我留神一听,果然有遥远的孩子的啼声。跑到婴儿室一看,门微开着,里面一个看护妇也没有,所有的摇篮都是空的,就只剩下一个婴孩在狂哭着。这正是我们的孩子。因为这时恰是吃奶的时间,看护妇把所有的孩子一个一个地送到各人的母亲身边吃奶去了,而我们的孩子是吃牛乳的,看护妇要等别的孩子吃饱了,抱回来以后,才肯喂他。

看到这最早便受到人类的不平的待遇,满脸通红没命地哭着的自己的孩子,再想到那在危笃中的母亲的锐敏的听觉,我的心是碎了的。然而有什么办法呢？我先得努力救那垂危的母亲。我只好欺骗妻说那是别人的孩子在哭着。我狠心地把自己的孩子留在那像虎狼一般残忍的看护妇的手中,用医院的救护车把妻搬回了家里。

虽然请了好几个名医诊治,但妻的病势是愈加沉重了。大部分时间昏睡着,稍许清楚的时候,便记挂着孩子。我自己也知道孩子留在医院里非常危险;但家里没有人照料,要接回也是不可能的,真不知要怎么办。后来幸而有一个相熟的太太,答应暂时替我们养一养。

孩子是在妻回家后第三天接出医院的,因为饿得太凶,哭得太多的缘故,已经瘦得不成样子,两眼也不灵活了,连哭的气力也没有了,只会干嘶着。并且下身和两腿生满了湿疮。

病得那样厉害的妻,把两颗深陷的眼睛睁得大大的,将抱近病床的孩子凝视了好一会,随后缓缓地说道:"这不是我的孩子啊！……医院里把我的孩子换了啊！……我的孩子不是这副呆相啊……"

我确信孩子并没有换掉,不过被医院里糟蹋到这样子罢了。可是无论怎样解释,妻是不肯相信的。她发热得太厉害,这时连悲哀的感觉也失掉了,只是冷冷地否认着。

因为在医院里起病的六天内,完全没有受到适当的医治,妻的病是无可救药了,所有请来的医生都摇着头,打针服药,全只是尽人事。

在四十一二度的高热下,妻什么都糊涂了,但却

崇高的母性

知道她已有一个孩子；她什么人都忘记了，但却没有忘记她的初生的爱儿。她做着呓语时，旁的什么都不说，就只喃喃地叫着："阿团！团团！弟弟！"大概因为她自己嘴里干得难过吧，她便联想到她的孩子也许口渴了，她有声没气地，反复地说着：

"团团嘴干啦！叫娘姨喂点牛奶给他吃罢！……弟弟口渴啦，叫娘姨倒点开水给他吃罢！"

妻是从来不曾有过叫喊"团团""弟弟""阿团"那样的经验的，我自己也从来不曾听到她说出这类名字，可是现在她却这样熟稔地、自然地念着这些对于小孩的亲爱的称呼，就像已经做过几十年的母亲一样，——不，世间再没有第二个母亲会把这类名称念得像她那样温柔动人的！

不可避免的瞬间终于到来了！一月十四日早上，妻在我的臂上断了呼吸。然而呼吸断了以后，她的两眼还是茫然地睁开着。直待我轻轻地吻着她的眼皮，在她的耳边说了许多安慰的话，叫她放心着，不要记挂孩子，我一定尽力把他养大，她方才瞑目逝去。

可是过了一会，我忽然发现她的眼角上每一面挂着一颗很大的晶莹的泪珠。我在殡仪馆的人到来之前，悄悄地把它们拭去了。我知道妻这两颗眼泪也是为了她的"阿团""弟弟"流下的！

简评

1932年黎烈文先生在巴黎大学研究院获文学硕士学位，归国后任《申报·自由谈》主编，在他主持期间，"自由谈"改变了以"茶余酒后消遣"为目的的文风，约请鲁迅、瞿秋白、茅盾、陈望道、叶圣陶、巴金等进步作家为"自由谈"撰稿，呼吁救亡，针砭时弊，成为当时具有广泛影响的报纸副刊。发表了鲁迅、茅盾等许多左翼作家抨击时弊的杂文作品，他和鲁迅成了忘年的莫逆之交。后来曾短暂地主编《中流》文学半月刊。不幸得很，不久妻子辗转病榻，死于非命。不到一年，"八·一三"日军侵犯上海，全面抗战爆发，很快就带着孩子回到湖南家乡去了。抗战胜利以后去了台湾，先是在报社工作，后来得罪了上级，丢了工作，然后怀着"满腹牢骚到台湾大学教几个小时的课。在给好朋友巴金的信中说："我也穷得厉害。"1972 年 11 月离开人世。身后萧条，台湾报纸有这样的文字报道："黎先生就这样走了，平日里埋头写作，不求闻达；死了以后仍然是冷冷清清地走上他最后一段路程。"历史的原因，今天的读者，尤其是大陆的读者，对一代大家黎烈文先生，尤其是后半生或许知之甚少。

这也是一篇悼念亡妻之作，和朱自清的《给亡妇》一样，相同的一点就在于"悼亡"的作者都是以"真情"来抒写，表达对亡妻的绵绵情愫。不同的是，朱自清含着泪回顾自结婚以来妻子对自己的忘我的奉献。本文则着重写妻子对孩子的眷眷深情，从艰难中小生命的孕育开始，到产房里死亡线上的挣扎，再到地狱之门的母性的晶莹的泪珠。在叙述的过程中，没有号啕，没有喊叫，却感人至深。从文章的行文过程看，作者的情感与简单情节的推进交织在一起，从文字上看不到作者情感的大起大落，有的只是把温馨的记忆娓娓道来，仿佛在叙说着一个久远的故事。这就是一个举重若轻的大作家的大手笔。事实上，作者的心底波澜、深沉的感伤是明摆着的，但他在文字的处理上采取的是淡化，情感似乎在虚无缥缈间，实际上已经不可抗拒地弥漫于读者的心灵上，久久地不能散去。这和人们司空见惯了的大喊大叫的伤感是不可同日而语的，正如同本文的艺术风格。

黎烈文与妻子的深情是在法国留学时开始的，黎烈文留学的大学是法国地城大学，地城是介于巴黎和里昂之间的一个大学城，是世界著名的葡萄产地，气候宜人，环境优美，每年夏末初秋葡萄收获季节，地城市长都要在市政厅宴请在该城就读的外国留学生。1928 年，地城葡萄酒会照例在古老的市政厅举行,来自中国的黎烈文、严冰之等4位留学生(另两个是一对年轻夫妇)被邀参加。市政厅几条长案上摆满了装满葡萄酒的玻璃杯,50多岁,身材魁梧的地城市长作简短演讲后,逐一敬酒碰杯,当轮到为中国留学生敬酒叙谊时,了解到黎烈文、严冰之均单身便当场做起月下老人,市长提议为黎烈文、严冰之的幸福干杯,引起各国朋友掌声四起,笑声不断,使他俩很不好意思,特别严冰之更是面红耳赤,十分羞涩。干杯时黎烈文替严冰之喝下那杯敬酒。这次酒会上他们相识了。严冰之是上海崇明人,幼年父母双亡,遗产伯父母代管,并由他们抚养成人。1928年进入地城大学学习。他过去见过黎烈文,但都是点头而过,酒会后他们的了解逐步深入,两颗孤独、寂寞的心终于在异国的土地上擦出了火花,他们相恋了。黎烈文也因严冰之由学法律改为学文学。三年地城大学毕业后,他们双双进巴黎大学攻读硕士学位,他学文学,她学历史。

他们的爱情与日俱增,在巴黎大学时已达到热恋阶段。巴黎的名胜罗浮宫、埃菲尔铁塔见证了他们的爱情,特别是洛业森林更是他们经常去的地方,这里偏僻、幽静是恋爱的理想处所。他们有时在浓荫下比肩漫步,有时在小舟上对坐摇桨,葱郁的花木,晴朗的天空,清澈的湖水都曾影下了这一对中国青年男女的身影。秋天的一个晴好的日子,他们忽然想起到附近的一个小镇游玩,于是便毫无准备地到了里昂,又乘火车往米兰。他们随着兴之所至,在米兰的许多大街小巷里转悠了半天,似乎什么未找到、看到,感到十分不满足。严冰之游兴未尽,提议索性到更远的地方看看,于是又乘火车到了一个小站。这里完全是一片荒野,麦子早已收割,许多尚呈绿色的小片带状草地远伸到无穷无尽的远方,周围镶嵌着一些颜色更深的灌木丛。一幢幢孤立的农舍散布其间,村子里的马车道蜿蜒曲折,车辙深凹,他们索性顺道走进一个小村庄。在这些难得见到外国人的小地方,这两位黄种人的出现颇引起当地村民的惊诧。人们目不转睛地盯着他们,窃窃私语,实在使他们有点难看、狼狈。村子里似乎也没有什么可看,他们在众目睽睽中转悠了一圈,饱嗅了牛马粪的气味,只好扫兴回程了。

在漆黑而寂静的乡村小站,只有他俩坐在长条凳上候车。秋天的寒风吹来,严冰之不禁打了一个冷战,她突然感到害怕起来。黎烈文连忙脱下身上那件晴雨不离身的薄呢外套披在她单薄的身上,两人紧紧靠在一起,等待9点钟火车的到来。11点钟回到巴黎。回来后,严冰之得了重感冒,黎烈文悉心照料,他们的爱情之果成熟了。

爱妻去世,黎烈文写了:《写给一个在另一世界的人》《回家途中》《湖上》《秋外套》《琐忆》《崇高的母性》《花与树》等七篇悼念文章,不同的文章站在不同的角度,以抒述他对妻子刻骨铭心的深情为主题,后结集出版为《崇高的母性》。读这些震撼人心的文章,似乎使人感觉到,那些震撼人心的经典美文,几乎无一例外地具有悲剧性,几乎无一例外地是不可抗拒的命运的个性折射。《崇高的母性》再现了妻子上天入地的爱。尤为母爱是不需要理由的,为了孩子,母亲可以幸福地牺牲事业、健康、生命,这就是母性的崇高。黎烈文最大的不幸就是深爱着的妻子死于非命,妻子生产时被庸医所误因产褥热而死,妻死后他悲痛欲绝,写下《崇高的母性》一书,寄托无尽的哀思。文章的结尾足以催人泪下,难以忘怀:"可是过了一会,我忽然发现她的眼角上每一面挂着一颗很大的晶莹的泪珠。我在殡仪馆的人到来之前,悄悄地把它们拭去了。我知道妻这两颗眼泪也是为了她的'阿团''弟弟'流下的!"

美

◇ [印度]泰戈尔

本文选自《世界美文观止》（作家出版社2014年版）。罗宾德拉纳特·泰戈尔（1861—1941），印度著名诗人、文学家、戏剧家、社会活动家、哲学家和印度民族主义者。1861年5月7日生于印度加尔各答一个富有的贵族家庭。1913年，他以《吉檀迦利》成为第一位获得诺贝尔文学奖的亚洲人。他的诗中含有深刻的宗教和哲学的见解，泰戈尔的诗在印

夕阳坠入地平线，西天燃烧着鲜红的霞光，一片宁静轻轻落在梵学书院娑罗树的枝梢上，晚风的吹拂也便弛缓起来。一种博大的美悄然充溢我的心头。对我来说，此时此刻，已失落其界限。今日的黄昏延伸着，延伸着，融入无数时代前的邈远的一个黄昏。在印度的历史上，那时确实存在隐士的修道院，每日喷薄而出的旭日，唤醒一座座净修林中的鸟啼和《娑摩吠陀》的颂歌。白日流逝，晚霞鲜艳的恬静的黄昏，召唤终年为祭火提供酥油的牛群，从芳草萋萋的河滨和山麓归返牛棚，在印度那纯朴的生活，肃穆修行的时光，在今日静谧的暮天清晰地映现。

我忽然想起，我们的雅利安祖先，一天也不曾忽

视一望无际的恒河平原上日出和日落的壮丽景象。他们从未冷漠地送别晨夕和晚祷。每位瑜伽行者和每家的主人，都在心中热烈欢迎迷人的景色。他们把自然之美迎进了祭神的庙宇，以虔诚的目光注望美中涌溢的欢乐。他们抑制着激动，稳定着心绪，将朝霞和暮色溶入他们无限的遐想。我认为，他们在河流的交汇处，在海滩，在山峰上欣赏自然美景的地方，不曾营造自己享受的乐园；在他们开辟的圣地和留下的名胜古迹中，人与神浑然一体。

暮空中萦绕着我内心的祈祷：愿我以纯洁的目光瞻仰这美的伟大形象，不以享乐思想去黯淡和去贬低世界的美，要学会以虔诚使之愈加真切和神圣。换句话说，要弃绝占有它的妄想，心中油然萌发为它安献身的决心。

我又觉得，认识到真实是美，美是崇伟，不是件容易的事。我们摈弃许多东西，把厌烦的许多东西推得远远的，对许多矛盾视而不见，在合乎心意的狭小范围内，把美当作时髦的奢侈品。我们妄图让世界艺术女神沦为女婢，羞辱她，失去了她，同时也丧失了我们的福祉。

撇开人的好恶去观察，世界本性并不复杂，很容易窥见其中的美和神灵，将察看局部发现的矛盾和形变，掺入整体之中，就不难看到一种恢宏的和谐。

然而，我们不能像对待自然那样对人。周围的每个人离我们太近，我们以特别挑剔的目光夸大地看待他的小疵。他短时的微不足道的缺点，在我们

度享有史诗的地位，代表作有《吉檀迦利》《飞鸟集》《眼中沙》《四个人》《家庭与世界》《园丁集》《新月集》《最后的诗篇》《戈拉》《文明的危机》等。

的感情中往往变成非常严重的过错。贪欲、愤怒、恐惧妨碍我们全面地看人，而让我们在他人的小毛病中摇摆不定。所以我们很容易在寥廓的暮空发现美，而在俗人的世界却不容易发现。

今日黄昏，不费一点力气，我们见到了宇宙的美妙形象。宇宙的拥有者亲手把完整的美捧到我们的眼前。如果我们仔细剖析，进入它的内部，扑面而来的是数不清的奇迹。此刻，无垠的暮空的繁星间飞驰着火焰的风暴，若容我们目睹其中一部分，必定目瞪口呆。用显微镜观察我们前面那株姿态优美的斜倚星空的大树，我们能看清许多脉络，许多虬须，树皮的层层褶皱，枝桠的某些部位干枯、腐烂，成了虫豸的巢穴。站在暮空俯瞰人世，映入眼帘的一切，都有不完美和不正常之处。然而，不抛弃一切，广收博纳，卑微的，受挫的，变态的，全部拥抱着，世界坦荡地展示自己的美。整体即美，美不是荆棘包围的窄圈里的东西，造物主能在静寂的夜空毫不费力地向世人昭示。

强大的自然力的游戏惊心动魄，可我们在暮空却看到它是那样宁静，那样绚丽。同样，伟人一生经受的巨大的痛苦，在我们眼里也是美好的，高尚的，我们在完满的真实中看到的痛苦，其实不是痛苦，而是欢乐。

我曾说过，认识美需要克制和艰苦的探索，空虚的欲望宣扬的美，是海市蜃楼。

当我们完美的认识真理时，我们才真正地懂得美。完美地认识了真理,人的目光才纯净,心灵才圣洁,才能不受阻挠地看见世界各地蕴藏的欢乐。

简评

在家庭氛围的熏陶下,泰戈尔从小喜爱文学,关心社会问题,童年时代就开始尝试写作诗歌、小说和剧本,14 岁发表著名诗篇《献给印度教庙会》,15 岁发表短篇小说《女乞丐》,17 岁发表长诗《诗人的故事》。泰戈尔是印度文学中最多产的作家,在长达 60 余年的创作生涯中,总共写了 50 多部诗集,30 种以上的散文著作,12 部中、长篇小说,近百篇短篇小说和 30 多部剧本,还创作了 20 多首歌曲和 2000 多幅美术作品,还出版了有关语言、文学、哲学、政治、历史、宗教和化学等方面的论著,把印度文学推向了世界。泰戈尔对中国怀有特殊的深厚感情。他热爱中国和中国文化,十分关心中国人民的命运。1881 年,年仅 20 岁的泰戈尔就在他五哥乔蒂林德拉纳特创办的孟加拉文的杂志《婆罗蒂》上,发表著名论文《在中国的死亡贸易》,严厉谴责英国向中国倾销鸦片、毒害中国人民的罪行。1924 年,他访问了中国。他从年幼时起就向往这个古老而富饶的东方大国,并且十分同情中国人民的处境,写文章怒斥英国殖民主义者的鸦片贸易。这次访问终于实现了他多年的愿望。他在中国不但被视为近现代最重要的东方作家,而且被看作世界上最优秀的作家之一。他与荷马、但丁、莎士比亚、歌德、巴尔扎克、托尔斯泰并驾齐驱而毫不逊色,他的作品在中国长期畅销不衰。

本文通过对黄昏美景的描绘,表达了作者对美的辩证的理解与看法。文章一开始就为读者描绘了一幅壮观而又宁静的黄昏的画面。但是我们必须指出,作者的本意不是为了赞扬黄昏落日之美,更深一层,

美

而是为了借此表达自己对美的真正内涵的理解。作者要表达的是,美的内涵包括真实、崇高、伟大、整体而非局部……同时,认识美又不是一件容易的事。不过,常见的是在现实生活中许多人只凭自己的好恶、偏爱、世故等,片面地看待世界和人生,如此,当然就难以感受到现实中和人的本身的"美和神灵"。

泰戈尔以充满睿智的诗一般的语言,向我们诠释了这两个最朴实的概念:"整体即美";"当我们完美地认识真理时,我们才真正懂得美"。文章开篇描绘了一幅意境深邃的晚景画,意象浑厚,直观形象地向我们展示了自然的美:一种博大的美。使我们初步感悟到"整体"的外延。后文多次展示这种美的内涵:"我们见到了宇宙的美妙形象。宇宙的拥有者亲手把完整的美捧到我们眼前","进入它的内部,扑面而来的是数不清的奇迹","不抛弃一切,广收博纳,卑微的、受挫的、变态的,全部拥抱着,世界坦荡地展示自己的美"等。

我们也要看到,泰戈尔也是一个近乎偏执的狂热圣徒,他对神的热爱远远超过对生命的热爱。人所追求的神就是他最终的希望所在,这种希望,能够支持他生活并给予他力量。因此,他的崇拜对象——神必须与他的情感、希望、爱和信仰相一致。他还虔诚地说过,我们与美的最初相识是在于它的色彩斑驳的外衣,它以它的条纹和羽毛吸引着我们。不仅如此,它还用它的被毁损了的形象来触动我们,但是当我们对美的认识成熟了,这种明显的不协调就会变成韵律的和谐。诗人的世界就是如此。在这个美的世界,我们可以发现它的许许多多的组成部分:寥廓的天空、灿烂的星河和它发出的炙热光焰。假如只把其中的某一小部分摆在我们面前,那么美的就会变成可怕的。美是整体的,它包含了大量局部的丑陋的事物在整体上仍然给人以巨大的美感。如果我们将宇宙割裂为许许多多的部分,就会发现我们走进了一个极为恐怖骇人的世界。

散文的结尾水到渠成、画龙点睛:"当我们完美地认识真理时,我们才能真正地懂得美"。这里的"真理",便是指从"整体"看人世,看人世的整体。泰戈尔的诗中含有深刻的宗教和哲学的见解,对泰戈尔来说,他的诗是他奉献给神的礼物,而他本人是神的求婚者。他的诗是一种极致的优美,意境总是那么令人欢愉,宛若安详的天堂就在眼前。他所用的意象亦是一贯极端的优雅。一个东方的虔诚的信徒,在其心境寂寞之时可以通过内省证悟宇宙灵魂。而通过内省对宇宙万物的证悟能够与西方的这种通过服务将宇宙灵魂外现出来的精神,也就是在让丰富的美与福祉从幽寂晦暝之中展现到阳光之下时对意志的行驶,结合起来。"完美地认识了真理,人的目光才纯净,心灵才圣洁,才能不受阻挠地看见世界各地蕴藏的欢乐。"

然而,揭示自然之美不是诗人的本意,诗人将自然之美和人世的美对应着写,是要由此及彼,由表及里,让我们明白一些更为深刻的东西:怎样认识人世的美?自然的美中有"数不清的奇迹",里面仍有"风暴";人世的美"有不完美和不正常之处",但人的目光不能局限其中。自然的美容易看见,"造物主能在静寂的夜空毫不费力地向世人昭示",人世的美不易看见,因为我们是在"合乎心意的狭小范围内"找美。如果我们"撇开人的好恶去观察",就"很容易窥见其中的美和神灵"。美是客观存在的;关键是认识美的人不能将美置于"荆棘包围的窄圈"里,"合乎心意的狭小范围内",要以一种博大的胸怀看人世,看人世中万事万物的整体,不能局限于一部分。世间的人和事都有不完美和不正常之处,应"抛弃一切,广收博纳",才能形成真正的"整体美"。那么,我们才能忽视"自然力的游戏惊心动魄",发现它的"宁静""绚丽"之美;我们才能将"伟人一生经受的巨大痛苦"视为美。我们也就能感受到20世纪初期,从东方大地上冉冉升起,并照亮世界诗坛的神秘的东方诗圣——罗宾德拉纳特·泰戈尔。

后　记

　　散文,在中国文学史上是与诗、词鼎足而三的重要文体,有着崇高的地位。唐宋以来的古代散文已经被人们奉为经典自不待言,近代以来特别是自"五四"以来的近百年时间里,优秀的散文作品无论在内容构成或是思想情致方面,都可与古代经典比肩。近年来,写作散文的作家越来越多,喜爱阅读散文的读者也越来越多,应运而生的散文集也林林总总地呈现于读者面前。我总觉得散文的选本和阅读方式还存在一些不足之处,特别是对近百年来的散文作品没能很好地梳理和总结,尤其对年轻人来说,缺少必要的指导。于是,我产生了一个较为大胆的想法:梳理一下近百年来的散文精品,对作品及其作者做一些简单的介绍和分析,为读者更好地阅读现当代经典散文提供一个可供选择的读本,也希望通过这样的撷选和推广,能使一部分作品在历史长河的淘漉中留存下来,成为后来人的经典。而这,也是选文和出版的主要动机。

　　在撷选本丛书的作品时,我着眼于选择那些叙述内容真实、表现手法质朴、能真实地记录作者现实生活的思想和感情轨迹之作。所选散文的作者中,著名学者、知名教授、有成就有社会影响的作家占相当的比重,他们的散文,或含蕴深厚,意境优美深邃;或摇曳多姿,情思高蹈浩瀚,无论芸芸众生,峥嵘岁月,抑或江河湖海,大地山川,或灵动飘逸,或凝练深刻,或趣味灵动，或高雅蕴藉……本丛书所选入的散文大多无愧于这样的评价。因此，一册在手，与经典同行，就能与作者进行思想交流，就能以丰富的知识启迪智慧，以睿智的思想陶冶情操，从而在读者的心灵里打开一个情趣盎然而又诗意充沛的境界。在生活节奏日益加快、人们性情渐趋浮躁的今天，我们非常需要这样的阅读。

读书给社会和个人带来的影响都是不可估量的。"一个人的精神发育史，应该是一个人的阅读史。"同样的道理，一个民族的精神境界，在很大程度上取决于全民族的阅读水平；一个国家谁在看书，看什么样的书，决定了这个国家的未来。国际阅读学会曾在一份报告中指出：阅读能力的高低，直接影响到一个国家和民族的未来。具体说来，阅读经典，可以强化文化认同，凝聚国家民心，振奋民族精神；可以提高公民素质，淳化社会风气，建构核心价值观。阅读经典，是接受教育、发展智力、获得知识信息的最根本途径，是人类社会特有的文化传播活动。

基于上面的认识，我编写了《现当代经典散文品读》。本丛书的编纂和作品的入选，是编者这个特定的人在特定的时期对特定作品的看法和眼光，代表着个人的审美体验，不要求读者一定要认同编者的看法，更不能代表作者的原意。因此，对本丛书编写过程中产生的一些想法做一个简略的归纳，供读者朋友参阅。

一、鉴于丛书的容量，首先面临一个不容回避的问题，即是如何在浩瀚的散文中遴选出既恰当又是读者喜闻乐见的作品来？毫无疑问，作为旨在拓宽阅读领域和提升阅读效果的散文读本，唯一的标准，那就是作品本身。真正意义上的阅读，是读者和写作者的心灵对话，一如心仪的挚友，在山间道旁的谈文论道，读者需要的恰恰是不拘任何形式的"随意性"。我们尊重阅读是"很个人"的提法，更何况强调开卷有益的阅读本身，更无须过于条理化、理论化，阅读者的追求也并非一种文学样式的全部、一种文学流派的前世今生、一个作家创作上的成败得失。

二、丛书的编撰体例，每篇散文都附有"作者简介"和"简评"两个部分的内容。了解作者的相关资料，是阅读前的必要准备；简评部分的文字则尽可能地拓宽阅读的视野，是阅读的引申、提炼，两者结合起来，从而建构起一个有机统一且有益于阅读的抓手。比如，读梁思成先生的散文《千篇一律与千变万化——音乐、绘画、建筑之间的通感》，一般读者可能对作者笔下的建筑领域里一些专业问题不是十分了解，"作者简介"和"简评"则对梁思成先生作为古典建筑领域里的顶级专家和教育家所从事的工作大体上予以介绍，为阅读做了必要的铺垫。文本虽是梁思成先生写中国古典建筑的散文，但作者拳拳赤子之心在字里行间很自然地得以升华，也就很容易引起阅读过程中的强烈共鸣，作者笔下的中国建筑艺术给读者带来的心灵上的冲击是难以忘怀的。

三、丛书共分10册：(1)华丽的思维；(2)悠远的回响；(3)精彩的远方；(4)文化的清泉；(5)诗意的栖居；(6)理性的精神；(7)心灵的顾盼；(8)且观且珍惜；(9)现实浇灌理想；(10)岁月摇曳诗情。每个分册写在前面的一段文字，是编者阅读经典的心灵感悟和情感抒发，不能简单地等同于对入选散文的解读，更不能先入为主地影响读者的阅读。

四、选入的散文，内容上可能涉及一些至今尚无定论的思想学术、科学文化等方面的内容，有的尚在研究、探讨之中；有的虽有了比较统一的看法，但也不一定就是最终的结论；有的观点虽然在现实中影响比较广泛，但也不可避免地存在一定的分歧，等等。编者力争在简评文字中尽可能地向读者介绍有代表性、较为流行的观点。即便如此，也未必就可以视为最权威的看法，倒是衷心希望读者阅读时，在认真分析、品味的基础上有自己的比较、鉴别，尽可能地接近比较科学的解读。有兴趣的时候,读者不妨就文中反映出的某些问题,进行深入的研究性阅读,带着这种"问题意识",一定会使阅读欣赏的效果得以增强,阅读欣赏的水平得以提高。比如,读瑞士华裔作家许靖华先生的散文《达尔文的错误》。文中传达了一些不同于传统观点的信息而了解对"进化论"提出挑战的代表作品,无疑对阅读是有帮助的。

五、丛书所选入的近三百篇散文中,绝大部分篇目,由于作者观察生活的特殊视角和独到的眼光,加之作者渊博的知识和雅致的文笔,将读者在现实生活中熟悉的或不熟悉的、遇到的或未曾遇到的人和事,叙述得饶有情致,有巨大的吸引力。但是,世易时移,不要说20世纪早期的作家,即使是与我们同时代的作者,文中所持的看法也并不见得百分之百地为今天的读者所接受。见仁见智,读者在品读之后有不同于作者的看法是很自然的事。比如,读李欧梵先生的《美丽的"中国城"——唐人街随笔》,不可避免地会对作者的观点产生不同看法。再比如,读毕飞宇先生的散文《人类的动物园》。从根本上说,工业文明的社会发展,为满足自己的需要,人类修建了动物园,但是,动物园的出现不是简单地把动物关起来了事,还折射出种种社会问题、人与自然的关系问题等。

六、每一个作家都生活在特定的社会环境中,每一个作家的作品和现实生活都有着千丝万缕的联系,我们能够从每一个作家的作品中读出他们现实的生活记录,感受他们跳动的思想脉搏,尤其是那些在现当代文学史上有一定地位、影响的作家,我们通过他们的作品,不仅能够读出作者其人,还能够从他们充满生命力的文字中,去瞻仰他们在文学史上留给后人的那渐行渐远的背影。比如,读季羡林先生的《赋得永久的悔》。我们看到的是作者用大量的篇幅,回忆了孩提时代吃的东西。为什么一想起母亲就讲起吃的东西呢?原因很简单,民以食为天,穷人家一直过着吃不饱的日子,因此对吃过的东西特别是好

后记

269

吃的东西，留下的记忆当然最难忘。再比如，读五四时期著名女作家石评梅的散文《墓畔哀歌》。面对这个在人生的凄风苦雨中痴守残梦的柔弱女子，谁能说清楚她那样泣血坟茔、奉献了全部的青春年华，且沉浸在对死者的哀悼之中难以自拔是一种幸福，抑或是一种不幸？今天的读者聆听到作者"墓畔哀歌"的时候，自然会联想到民国时期的"才女"形象以及她那逼人的才华。

七、文学源于生活，反过来文学又是对现实生活的阐述和暗示。

所以，阅读一个作家的作品，不能脱离其特定的生活环境。通过阅读，读者可以从不同的侧面感知不同时代作者笔下的现实生活，从而达到了解社会、体悟人生、历练品格、升华灵魂的阅读效果。比如，我们读钟敬文《西湖的雪景——献给许多不能与我共欣赏的朋友》、胡适《九年的家乡教育》、蒙田《与书本交往》、杰克·伦敦《热爱生命》、叶广芩《离家的时候》、宗璞《哭小弟》、刘小枫《苦难的记忆——为奥斯维辛集中营解放四十五周年而作》，等等。只要我们潜下心来，一定会有多方面的感知和启迪。

每一本书的问世都有一定的机缘。本丛书之编撰要追溯到20年前，当时，编者在一所高中教语文，由于教学的需要，为学生奉献了校本教材《诗文鉴赏》。之后，随工作辗转，当年的校本教材也屡次修订增补，才有了今天的《现当代经典散文品读》。其间，安徽师范大学出版社曾为作者提供诸多帮助；时任社长的汪鹏生先生，从策划到出版，均做了大量的工作。北京大学哲学系教授朱良志先生拨冗赐序，为本书增色添彩。在此，一并向上述帮助过我的人致以最真挚的谢忱！

徐宏杰

于淮南八公山下　2018年5月